T0034361

LIBRES

Papel certificado por el Forest Stewardship Council®

Primera edición: noviembre de 2020
Primera reimpresión: noviembre de 2021

Printed in Spain – Impreso en España

ISBN: 978-84-666-6761-6
Depósito legal: B-11.594-2020

Compuesto en Comptex & Ass., S. L.

Impreso en Rodesa
Villatuerta (Navarra)

BS 6 7 6 1 A

Libres

Noemí Casquet

Estas son las canciones que escucharon Alicia, Diana y Emily. Adéntrate en este viaje con ellas.

Para Cristina, por ser compañera
en este extraño viaje paralelo.
Encuentra la liberación del ser y
ya sabes que cuando llega el vacío, ese
agujero negro, es que vas por buen camino.
Gracias por tu sabiduría. Te quiero, bruji.

I

Alas rotas

—Quieres ser libre, Alicia, pero tienes las alas rotas —escribe Diana.

II

Volar

Pensé que estaba preparada para este momento. Que había recuperado la fuerza tras esa discusión en una playa ibicenca. Que conectar con el poder de mi orgasmo era suficiente para plantarle cara al miedo. Que construir ese mensaje que aboga por la libertad y el amor iba a curar cualquier herida. Pero no.

En un segundo se rompe el cristal que sostenía mi esperanza. Mil pedazos hieren mi alma. Cómo he podido ser tan gilipollas. Cómo. Trago saliva. Se atasca en mi tráquea. Toso fuerte. Las lágrimas perfilan un nuevo —y húmedo— camino por la redondez de mis mejillas. El tictac de un reloj se escucha a lo lejos. Todavía no sé dónde se esconde el tiempo en este piso tan pequeño. Sufro el calor de un 9 de agosto en Madrid. Cuarenta grados a la sombra. Sesenta grados en mi interior. El sudor que humedece mi frente. Mis axilas que huelen. Mi pulso que tiembla. Mis mocos que se disuelven. El pelo que me cae por la cara. Un silencio virtual que no ayuda nada. La pantalla de mi móvil esperando una respuesta. Y yo que he perdido mi capacidad léxica. Qué decir cuando no tienes voz. Arqueo la espalda, noto mis alas rotas. Es cierto, tiene razón: ya no sé volar. ¿Alguna vez lo hice? Me repito esa historia que parece ajena, pero que es mía. Aquel relato donde las noches eran eternas, el vino resbalaba por el cristal de las copas, las manecillas no marcaban las horas y las faldas siempre eran cortas.

El llanto se apiada de mi delirio. Y lloro tan fuerte que resuena en mi pecho. De repente, el móvil vibra. Un mensaje. Otro más.

«Alicia, ¿estás?», pregunta Emily.

Vuelvo a la realidad, al presente. Veo las letras borrosas. Apoyo el móvil en las piernas. La dureza del suelo me obliga a mover las nalgas. Las lumbares se resienten. Me retiro el pelo de la cara. Respiro. Sorbo los mocos que se escapan sigilosos. Me preparo para la verdad. Es difícil. ¿Alguna vez ha sido fácil? ¿En qué mundo vives? Deslizo mi dedo. Vuelvo a esa primera frase, la de las alas rotas, la que ha generado este caos interno. Y otra vez siento la espada clavada. Sigue leyendo, Alicia. Serpenteo por la conversación. Saben que estoy en Madrid, Rita se lo ha dicho. Lógico. «Lo que dijiste, Alicia, fue muy doloroso», añade Diana. Siento el dolor en la espalda. Lleno el suelo de plumas blancas. Emily interviene en la conversación. «Lo cierto es que, a pesar de todo, os echo de menos.»

El primer aliento de un recién nacido. El último suspiro antes de sumergirnos en la eterna oscuridad. El rayo de sol que se cuela por la ventana y te da los «buenos días, princesa». La felicidad al correr por la orilla de la playa. La liberación al tirar los tacones tan lejos como alcanza tu fuerza cuando vuelves de una fiesta. El grito que retumba desde lo alto de una colina. La caricia después de un buen polvo. Los ojos de un «te quiero». El abrazo de las chicas. El olor de Diana. La locura de Emily. La fuerza que nace de mis entrañas.

«Y yo», responde Diana.

Pistoletazo de salida. Las lágrimas se adelantan sin piedad, saltan al vacío y se estampan contra la piel de mis muslos sudorosos. Mis manos pierden el control. El móvil deja de vibrar. Diana y Emily siguen en línea esperando mi respuesta. Y yo me muero por volver a abrazarlas. Tengo tantas formas de pronunciar «lo siento», tantas maneras de decir «os quiero» y tantas aventuras en mi cabeza que no se pueden sintetizar en un texto. No creo ni que cupieran en un multiverso. La infinidad de mis pajas mentales, la cantidad de realidades que he dibujado y he borrado de inmediato, las veces que me he torturado por mi orgullo y mi estupidez... ¿Llegarán a su fin?

«Quiero hablar con vosotras, pero en persona. ¿Nos tomamos un café esta tarde?», escribo.

El latido sigue disparado, parece que el corazón vaya a salir rodando. No sé si las costillas podrán soportar tanto misterio.

Diana está escribiendo...

Emily está escribiendo...

«Por mí bien. ¿Quedamos a las seis en Sol?», dice Emily.

«OK», concluye Diana.

Miro el suelo. Floto cinco centímetros sobre el pavimento. Mis alas, poco a poco, recuerdan el significado del vuelo.

III

Un café

Son las cuatro. Me ducho. Sí, otra vez. Estoy sudada. Será el calor de agosto o los nervios del encuentro. No puedo cagarla. Otra vez no, por favor.

Intento elaborar el discurso perfecto en mi cabeza. Recuerdo un tanto borrosa nuestra discusión. La huella que deja el tiempo hace que las vivencias no sean ni tan dramáticas ni tan perfectas. Es curioso cómo percibo la misma escena de otro color. De un presente negro en una playa desconocida de Ibiza a un pasado rosado lleno de matices que no logro descifrar. Pienso en el pigmento que traerá ese café. Y lo tiño de rojo pasión, como mis labios.

El bochorno madrileño que ralentiza el tiempo y el cuerpo; las alas llenas de heridas que se sujetan a mi espalda gracias a una venda mal colocada. La intención intacta de crear una nueva realidad junto a ellas. El móvil vibra encima de la mesa. Faltan cinco minutos para las diecisiete y quince. Busco en el bolso los auriculares. Me peleo con los nudos que se crean de la nada. A veces me pregunto qué sucede en el interior de un bolsillo. Escucho el tono de un mensaje. Ring. Otro. Y otro. Quién cojones es. Me levanto de la cama. Dejo a un lado mi batalla —perdida, parece— con los auriculares. Cojo el móvil. «Hola, Alicia. Tengo ganas de verte.» Sonrío.

Cojo la cartera, las llaves, el laberinto de mis auriculares y me lanzo al infierno del asfalto. La sombra no reduce el fuego del sol. Apenas hay personas en la calle. El aire acondicionado de las tiendas me provoca un alivio momentáneo. Entro en el metro. Respiro el frescor. Vuelvo a mirar el móvil. Otro mensaje. «Cuánto hace que no nos escribíamos, ¿dos meses? Esto no puede volver a pasar. Te quiero más en mi vida, cachorrita.» Cada vez que Ricardo me llama «cachorrita» muere un gatito. Aun así, las mejillas se me ruborizan y el pulso nervioso por el inminente encuentro con las chicas es eclipsado por un cosquilleo tímido en mi vientre. Escribo. «Hola, Ricardo. Cuánto tiempo. Te he echado de menos. ¿Cuándo nos vemos?» Su respuesta no tarda ni un minuto. «Tú controlas el tiempo.» «¿El martes, por ejemplo?» «¿Una cerveza?», me contesta. «Perfecto. Me vas a pegar unos buenos azotes cuando te cuente lo gilipollas que he sido en Ibiza.»

Casi me paso la parada. Sol. Salgo corriendo. El silbido de la puerta del metro que está a punto de cerrarse. El sudor de las axilas me mancha la camiseta. Estoy nerviosa. Creo que me meo. Subo por las escaleras mecánicas. Y ahí está, una plaza abarrotada de guiris con abanicos de lunares y hombros chamuscados. Miro el reloj. Llego tarde, cinco minutos. Alzo la vista. Ellas.

No sé si sonreír. ¿Las saludo desde lejos? Están charlando. La última vez que las vi acabamos rompiendo nuestra amistad. ¿Y ahora? Emily hace un gesto. Diana se gira. Me observan. Me hago la loca, como si las acabara de ver. Saludo con la cabeza. Indiferencia. Me muero por ir corriendo y abrazarlas fuerte. Contengo las ganas.

—Hola.

—Hola, Alicia —dice Emily. Sonrío.

—¿A dónde vamos a tomar un café? —interrumpe Diana.

—Hay una cafetería muy bonita a dos calles.

—Perfecto.

Empezamos a caminar. Se hace el silencio. ¿Qué digo? ¿Qué hago? Pasamos unos minutos en tensión hasta llegar al local. Es un rincón precioso, lleno de flores y plantas. Entramos. El frescor del aire acondicionado alivia el sofoco.

—¿Os parece bien esta mesa? —pregunta Emily.

Asentimos. Una vidriera nos muestra la calle Mayor. Pedimos tres infusiones con hielo. Carraspeo. Noto los ojos negros de Diana atravesando mi alma, apuntándome como una navaja en el estómago. Emily está justo a su lado, frente a mí.

—Qué raro es todo, ¿verdad? —comenta Emily.

—Un poco —respondo.

—Bueno, ¿quién empieza? —verbaliza Diana con una voz gélida.

Trago saliva. Dejo correr el tiempo. Unos segundos se cuelan entre nuestros pensamientos. Las ganas de decir «Os quiero, teníais razón, lo siento».

—Pues si nadie habla, empiezo yo —dice Diana.

—¡Lo siento! —grito.

La pareja que está a nuestro lado se gira de forma repentina. Mi perdón ha salido disparado. Sin vaselina. Sin consentimiento. Sin frenos. Igual que mis lágrimas, las que intento contener en mis párpados sin éxito.

—Lo siento —repito más suave.

La mirada de Diana cambia de inmediato. Sus ojos negros están enrojecidos. Arquea las cejas ligeramente, sus fosas nasales se abren. Reprime el llanto. La camarera interrumpe el momento. ¿Gracias?

—Y el té verde con hielo, que supongo que es para ti.

Asiento con la cabeza. Es consciente de la tensión emocional. Se aleja con cierto sigilo. Yo sigo peleándome con mis párpados, que no son capaces de dominar el arrepentimiento. Diana sigue luchando contra su orgullo y sus recuerdos.

—Chicas, yo..., yo no quería. Fui una imbécil, joder —digo.

—Alicia, ya está —sentencia Diana—. Las tres fuimos unas estúpidas. Podríamos haberlo hecho mejor.

—Estaba tan obsesionada con Pablo...

—No, Alicia. Estabas obsesionada con el amor —puntualiza Emily.

—Me conocéis demasiado.

Sonreímos.

—¿Qué pasó con Pablo? —pregunta Diana.

—Que teníais razón. —Bebo un sorbo pequeño de mi infusión fresquita—. Pablo solo quería un amor de verano, alguien a quien manipular. Me hablaba de esos contactos que me iban a ayudar en el mundo editorial y que jamás me presentó. O de la importancia de una libertad que pasó de ser colectiva a ser individual. Cada día era una copia exacta del anterior. Las mismas palabras, el mismo tono de sus «te quiero», el sabor de sus besos. Acabé viviendo su vida porque no me creía capaz de apostar por la mía. «El amor es así», me dije. Luego, él se acostó con una chica de su trabajo y los celos me pudieron. Un día su hija vino a casa muy cabreada porque su padre no le pagaba la universidad.

—¿Y él qué decía?

—Lo negaba todo. «Eres mi diosa», repetía.

—Y en el sexo, ¿qué tal? —cuestiona curiosa Emily.

—Al principio brutal, una explosión de placer tras otra. Pero con el paso de los días mis orgasmos dejaron de tener importancia y todo se centraba en su polla y en su corrida. Nada más.

—Joder, debiste de matarte a pajas —concluye Emily.

—No te creas. Las últimas semanas en Ibiza no me podía correr. Imposible llegar al orgasmo.

—¡¿En serio?!

—Te lo juro.

—¿Y por qué? —interrumpe Diana.

—Pues no lo sé. Supongo que me sentía tan reprimida y tan sometida que mi cuerpo se rebeló contra mí. Al final, esta experiencia me ha servido para conocerme más y para valorar a las personas que merecen mi lucha por encima de todo, como vosotras.

Las miro. Sonríen. Suspiro.

—Tía, perdona, pero yo sigo intrigada. ¿Te has podido volver a correr? —dice Emily.

—Eso, eso. ¡Fuera dramas! Hablemos de lo importante. Sí, me he corrido hace... —miro el reloj— cuatro horas. Después del subidón orgásmico, os he escrito. Ha sido volver a Madrid, a mi vida, y pum. Supongo que necesito sentirme libre para llegar al clímax, no sé.

—La libertad..., qué concepto —reflexiona Diana.

—¿Por qué lo dices?

—¿Dónde está el límite de la libertad?

—Esa pregunta me la he hecho tantas veces...; sobre todo cuando estaba con Pablo. ¿En qué momento pasas de ser libre a ser imbécil?

—Yo también he reflexionado mucho sobre eso. ¿Hasta qué punto fuimos libres de contarte lo de Gloria en la playa? ¿De acorralarte, de entrometernos, de no apoyarte?

—Bueno, Diana, yo...

—No, Alicia. No lo hicimos bien.

—Joder, yo tampoco. Saqué cosas personales muy feas. Mi ego me destruía por dentro y no fui capaz de articular ni un ápice de arrepentimiento. Con el paso del tiempo me he dado cuenta de que en realidad queríais ayudarme. Y de que fui muy muy capulla con vosotras.

—Y nosotras contigo, Alicia. Esta situación es responsabilidad de las tres —añade Emily.

—¿A dónde nos ha llevado todo esto? —plantea Diana.

—A valorarnos.

—Y a querernos más —responde Emily.

Sonreímos. Emily descansa los brazos sobre la mesa en un gesto de «alto al fuego». Entrelazamos las manos. Creamos un círculo fuerte que devuelve la reminiscencia de un vínculo único, el mismo que nos hizo emprender un viaje en busca de nuestra verdadera esencia, de nuestro yo. Renacemos de las cenizas.

—Os he echado de menos. —Diana llora desconsolada.

El orgullo y la fortaleza que aparenta Diana se resquebrajan en menos de un segundo y deja ver qué hay en su interior. Dolor. Nostalgia. Rabia. Saudade. Me levanto, la abrazo. Emily se une. Y durante no sé cuánto tiempo permanecemos fusionadas. Lo que parecía imposible resulta que es tangible. Que sí, que se puede, que volvemos a estar, que volvemos a ser. No unas zorras. Ni tampoco malas.

Volvemos a ser libres.

IV

Actualización

El color del momento se tiñe de rojo como la pasión, el amor, el sexo, la sangre. El vínculo, la hermandad. El fuego del verano, la calidez de sus brazos. El olor a sudor de sus axilas que se enmascara con un toque de perfume fresco y floral. Las lágrimas de Diana que mojan los bíceps. La sonrisa de Emily emite un sonido cercano, íntimo. Y yo que no sé cuántas veces he creado y destruido este momento en mi imaginación. Resulta que es incluso mejor de lo esperado.

Pasan unos minutos, no sé cuántos. La pareja de al lado sigue mirándonos con cara de juicio y molestia. Será porque sin querer les he puesto el culo en la cara. Vuelvo a mi silla. Emily se acomoda en la suya. Diana coge un puñado de servilletas y se seca las mejillas. El papel se humedece fácil, son muchas lágrimas. Yo imito su gesto y sin querer se me escapa una risa volátil e incierta. Las miro. Diana sonríe y sigue llorando. Emily se apoya en su hombro. Nos observamos en silencio. Sin cuestionar, sin juzgar. Solo con las ganas de estar, de ser, de celebrar, de amar, de olvidar, de crear y de liberar.

Un mal gesto hace que la gravedad se rebele contra mí. Tiro la taza de té verde con hielo y acabo mojando toda la mesa en menos de un segundo. Diana y Emily cogen los móviles rápidamente. Yo aparto mi silla de un empujón y una pequeña cascada acaba encharcando el suelo. Giro la cabeza en busca de la camarera. Se adelanta al gesto, viene con una bayeta dispuesta a limpiar mi torpeza.

—Tía, qué desastre eres. No has cambiado nada —dice Emily.

Soy patosa de nacimiento. Luchar contra eso es difícil, lo sé.

—Nos tenemos que poner al día, chicas —retoma la conversación Diana.

—¡Cierto! Contadme cosas, venga. ¿Sigues con Rita?

—Sí —se ruboriza Diana—. Estamos muy bien.

—Tía, madre mía. Quién te ha visto y quién te ve —añade Emily.

—¿Verdad? Cuando te conocimos no te habías masturbado jamás y ahora estás saliendo con una mujer maravillosa...

—... a la que le has comido el coño varias veces, ¿no? —interrumpe Emily.

Diana se ríe muy alto. La pareja se levanta, nos mira de reojo y se marcha.

—Parece que tu repentina bisexualidad los ha incomodado —observa Emily.

—O nuestro vocerío —señalo.

—También, también. Bueno, Diana, sigue contando. ¿Dónde está Rita?

—En Ibiza, claro. Vendrá a Madrid en unas semanas. Tengo muchas ganas de verla.

—¿Cuánto hace que no os veis?

—Pues hace unos días estuve en Ibiza y fue... mágico. Ay, qué tonta me pongo cuando hablo de ella.

Lo cierto es que sí. Su sonrisa tímida se escapa para instalarse en sus labios. No lo puede evitar. Desvía la mirada hacia la mesa y juega con un sobre de azúcar entre los dedos. Un ligero rubor tiñe sus mejillas tensas color café. Algunas trenzas largas caen por su cara y la bisutería plateada y tribal que las adorna golpea contra la madera. Ella se sumerge en el recuerdo de un encuentro pasado y en la nostalgia de la presencia de Rita.

—Te veo más enamorada, Diana.

—Lo estoy, no sabéis cuánto. Rita me hace sentir algo profundo, intenso y bonito.

—¿Os habéis dicho «te quiero»?

—¡Pues claro! Si somos novias, Emily.

—¿Y las tijeritas? —Guiña el ojo y le da unos golpecitos con su codo izquierdo. Nos reímos.

—También, pero invitamos a Manuela a unirse.

—¿Quién coño es Manuela? —pregunto.

—Un vibrador que tiene Rita. Parece un micrófono y es, buah, impresionante. He mojado varias sábanas con esa mierda.

Volvemos a soltar una carcajada que retumba por la cafetería. La camarera nos lanza una mirada un poco asesina mientras les cobra unos *smoothies* de fresa a unos turistas.

—¿Y qué tal eso de las relaciones abiertas? —pregunto.

—Lo cierto es que muy bien. Nos comunicamos mucho todo lo que hacemos.

—¿Has hecho algo con otra persona?

—No, de momento no.

—¿Y ella?

—Sí, claro, en Ibiza tiene varias amistades.

—¿Y no te molesta? —vuelvo a interrogar.

—Esas personas estaban en su vida antes que yo. Vivimos separadas y nos vemos una o dos veces al mes. Además, está consensuado.

Recuerdo los celos que sentí cuando Pablo se acostó

con aquella chica. Admiro la madurez de Diana y siento cierta envidia. ¿Yo sería capaz?

—Oye, ¿sigues vendiendo bragas, zorra? —corta la conversación Emily.

—Sí, sigo con el negocio, pero cada vez menos. Ahora estoy invirtiendo mi dinero.

—Vaya, señora empresaria —bromea.

—¿Qué estás tramando? —pregunto.

—Rita me ha ayudado a materializar mi arte, a entender lo que llevo dentro y plasmarlo en un lienzo en blanco. Poco a poco voy perdiendo el miedo y ya no siento vértigo. Estoy pensando en crear una página web para vender algunos cuadros y apostar por las redes sociales para que me conozcan. Aunque esto último me da un poco de yuyu, ya sabéis. Esa exposición... No sé si estoy preparada.

—¡Claro que sí! Me parece muy buena idea, Diana. ¿Puedo ver algún cuadro?

—Claro.

Coge su móvil, que está apoyado encima de la mesa, y nos enseña algunas creaciones que conceptualizan el alma, la vida, la muerte o el sexo a través de unos colores vívidos.

—Y este es sobre mi primer orgasmo. La explosión de energía que sentí, el *squirt* en tu cama, Alicia, y la búsqueda de mi propia voz, que había sido callada en tantas ocasiones.

—Vaya, Diana, no tengo ni puta idea de arte, pero esto es alucinante. Me encanta —comparto.

—Muchas gracias, chicas. Me alegro de que os gusten. Estoy entusiasmada con la idea, pero, de momento, tengo que seguir mojando bragas y enviándolas por correo.

—¿Y tú, Alicia? —pregunta Emily.

—¿Yo qué?

—¿Qué has hecho?

—Si ya os lo he contado, ¿no?

—Pero con detalles.

—Bueno, pues estuve muerta de asco en Ibiza. Cada día era igual que el anterior, a medida que avanzaban las semanas, se me fue cayendo la venda que me cegaba y no me dejaba ver la persona tóxica y asquerosa que es Pablo.

—Menudo pieza, ¿eh? —dice Emily.

—Lo cierto es que sí.

—¿Y la novela?

—La novela... ahí está. No he escrito nada desde nuestra pelea. No podía recordar las vivencias. Dolía demasiado.

—Te ayudaremos en lo que haga falta, Alicia, pero esa novela saldrá al mercado —dice Diana mientras me coge de la mano.

—Es difícil. Aunque tengo contactos dentro del mundo editorial, no es lo mismo ser escritora fantasma que escribir tu propia novela. Y más tal y como están las cosas: solo venden libros los grandes escritores y los *influencers* que no saben ni utilizar el imperativo correctamente.

—Pero ¿Pablo no te habló de una editora, bla, bla, bla...?

—Sí.

—Podrías escribirle.

—Tal vez.

—Aunque antes tendrás que acabar la novela, ahora que los recuerdos no duelen, ¿verdad? —comenta Diana.

Sonrío.

—Sí, sí, pero tendremos que inspirarte un poco —suelta Emily.

—¿Inspirarme? ¿Cómo?

—Con un viaje.

—¿Cómo, cómo? —insisto.

—Tías, que a mí me falta una fantasía por cumplir.

Hago memoria. Emily nos mira con una ceja levantada y con las expectativas muy altas para lo corta que es mi memoria.

—No me lo puedo creer —se ofende.

—No te enfades, Emily —digo.

Cojo el móvil. Busco entre las fotografías. Veo una de nuestro contrato. Y ahí está la fantasía.

—Coño —suelto.

—Qué.

—Es cierto.

—El qué —interroga Diana un poco perdida.

—Lo del viaje.

—Claro, joder, no os iba a mentir —responde Emily.

—Pero ¿qué viaje? —vuelve a preguntar Diana.

—Diana, mi viaje, ¡mi fantasía! Solo me queda una.

Le muestro la fotografía del contrato ampliando la tercera propuesta de Emily. Diana abre los ojos y la boca. Toma una bocanada de aire.

—Qué —repite Emily.

Se instala el silencio por un momento. Sonreímos para nuestros adentros. El pecho me vibra tan fuerte que no puedo controlarlo. Diana ha destrozado el sobre del azúcar y la mesa se ha llenado de granos blancos. Los esconde debajo del pequeño plato que sostiene su taza vacía, como quien no quiere la cosa.

—Que tenemos un viaje que planear, ¿no? —responde Diana.

—¡Sí, joder! —grita Emily, golpeando la mesa.

A través de la ventana veo más gente paseando por la calle Mayor. El calor amaina, pero el fuego interno acaba de prender. La camarera nos mira con bastante odio. Emily se levanta, va a la barra. «Tres tercios, por favor.» Diana grita de alegría. Brindamos.

—Por Cap d'Agde.

—Por el zorrerismo que vamos a vivir en el pueblo *swinger* más grande del mundo —suelta Emily.

—Madre mía, va a ser una auténtica locura —preveo.

Las burbujas acarician la lengua. Qué bien sienta una cerveza fresquita en pleno agosto.

—Bien, ¿y cuándo nos vamos? —pregunta Diana.

—¿Qué os parece en septiembre? Así me da tiempo a terminar la novela.

—¡Buena idea! A finales del mes que viene yo podría tener mi web terminada.

—Pues ya está. La última semana de septiembre nos vamos a Cap d'Agde.

—¡Hecho! —dice Diana.

Emily no dice ni una palabra. Hay algo extraño en ella. Agacha la cabeza y se muerde el labio.

—Veréis, chicas... —comenta tan bajito que casi ni la escucho.

—¿Qué pasa? —pregunto.

—Os tengo que contar algo.

V

Crónica de una despedida anunciada

A Diana y a mí nos cambia la cara. Dejo el tercio en la mesa. Emily lanza una mirada nostálgica, triste e ilusionada a la vez. Puedo ver todos los matices de sus emociones en los destellos azulados y amarillentos de sus ojos.

—No sé cómo deciros esto...

—¿El qué, Emily?

—Quería explicaros lo que ha sucedido durante este tiempo de separación. La verdad es que pensé que no volveríamos a ser amigas...

—Pero qué cojones pasa. ¿Estás bien? —se preocupa Diana.

—Sí, sí. Estoy bien, tías, tranquilas. Pero tengo una noticia que, por un lado, me ilusiona y me empodera y, por otro, me entristece mucho.

Una lágrima asoma por la comisura de sus ojos. Nos mira y fuerza una sonrisa. Inspira fuerte por la nariz para retener esos mocos que se le escapan por las fosas nasales.

—A ver cómo os lo cuento...

—¡Suéltalo ya, por Dios, que me va a dar un infarto, Emily! —grita Diana.

—Me voy.

—¿Qué?

—¿Cómo?

—Me vuelvo a Estados Unidos.

El silencio protagoniza el momento. Emily sigue esbozando un gesto amargo mientras Diana y yo nos miramos sin saber muy bien qué decir, sin entender el significado de esa frase, esa intención, ese plan, esa ¿despedida?

—¿Te vas? —pregunta Diana.

—Sí. Qué mal se me dan estas cosas... A ver, os cuento.

Le doy un buen trago a la cerveza. Sea lo que sea lo que viene ahora, creo que va a ser necesario ahogarlo en alcohol. Solución inmadura, sí, pero es lo que hay.

—Cuando volví de Ibiza, sentí que los fantasmas del pasado me acompañaban en el presente. El retiro tántrico abrió la tumba de mis desgracias, de mis recuerdos, de aquello que enterré para que no doliera más. Lo cierto es que durante un tiempo conseguí olvidar las vivencias, ¿sabéis? Luego me di cuenta de que no podía seguir engañándome; no con vosotras, no a vosotras. Y, bueno, ya conocéis la historia de mi vida. El cáncer de mi madre, la relación tóxica con James, mi indiferencia ante los estudios y la enorme preocupación de mi padre.

Emily pausa su discurso. Bebe un sorbo del tercio. Traga lentamente. Cierra los ojos. Otra lágrima se escapa. Diana acaricia su espalda con cariño y compasión.

—Una noche de insomnio me planteé qué pasaría si me enfrentara al pasado: acabar con James de una vez por todas, hablar con mi padre y pedirle perdón, llevarle girasoles a mi madre y contarle lo que he vivido, aunque ella ya no esté. Y también retomar mis estudios. Así que contacté con un antiguo profesor, íntimo amigo de la familia, que durante años estuvo enseñándome química, matemáticas y física avanzada. Da clases en la Universidad de Stanford, es director adjunto de Ingeniería Química. Le escribí un *e-mail* explicándole mi situación. Se acordaba de mí. «Como para olvidar ese brillante cerebro», me dijo. Me hizo especial ilusión. Después de varios correos, le pregunté qué posibilidades tenía de matricularme en la carrera.

—¿Y qué te dijo?

—Que podría mover algunos hilos. Por suerte, mi nota media es muy buena a pesar del bajón del último año. Me falta realizar el SAT (la prueba de acceso a la universidad) y escribir una carta de solicitud para poder entrar.

—¿Cuándo tienes el examen? —pregunto sin estar preparada para la inminente respuesta.

—El 6 de octubre.

Es agosto y sueño con poder parar el tiempo. En este momento. Pausa. Y ya está.

—Sé que es una mierda, tías. Yo no sabía que íbamos a solucionar lo nuestro, yo...

—Oye, Emily, no digas tonterías —interrumpe Diana.

—¿Cómo?

—Me has escuchado. Tienes que hacerlo, ¡claro que sí! Es el momento de retomar tu vida y apostar por tu carrera, de enviar a la mierda a James y de convertirte en una puta ingeniera química.

—Sí, pero vosotras...

—A nosotras no nos echas de tu vida ni con aguarrás. Estamos y seguiremos estando aquí, Emily, contigo. Pero ¿sacrificar tu vida por nuestra amistad? Ni de puta coña, amiga. ¿O ya no te acuerdas del propósito del Club de las Zorras?

—Pues...

—Todavía recuerdo tus palabras: «Probar a ser mil yoes y escoger finalmente a uno; al de verdad». —Me tomo una pequeña pausa—. Emily, has encontrado a tu yo, al de verdad.

Los ojos se vuelven borrosos y unas gotas saladas nacen

en mi lagrimal. Diana y Emily también lloran. Es la crónica de una despedida anunciada.

—Además, así tenemos excusa para ir a Estados Unidos. —Intento quitar dramatismo a la situación.

—¿En serio? ¿Vendréis a verme? —Emily sonríe.

—Por supuesto. No te voy a mentir, me duele este instante. Pero estamos aquí, seguimos juntas. Y ahora más que nunca quiero exprimir cada momento que pasemos zorreando.

—*Fuck*, os quiero mucho.

Nos abrazamos. Casi tiro el tercio con mis tetas. Por esta vez, mi torpeza no ha ganado. Menos mal.

—¿Cuándo te vas?

—Compré el billete para el 7 de septiembre.

—Estamos a 9 de agosto —dice Diana.

—Nos queda menos de un mes —añado.

—Pues nada, la semana que viene nos vamos a Cap d'Agde, ¿os parece? —propone Diana.

Miro el calendario del móvil. No tengo nada a la vista, lo cual me angustia un poco. El dinero me agobia. ¿Algún día viviré sin esta preocupación? Es insano, joder.

—Podemos irnos el jueves, ¿no? —sugiero.

—¿Cuántos días estaremos allí? —pregunta Emily.

—No sé, ¿cuántos quieres estar?

—¿Toda la vida?

—Chicas, necesito que este viaje sea *low cost* total, por favor —insisto.

—Sí, yo también voy jodida de pasta.

—Y yo.

—Estamos apañadas. La dura vida de los *millennials*.

—¿Otro tercio? —propone Emily.

—¡Venga!

Bebemos unas cuantas cervezas. No sé qué hora es, pero

la calle está más oscura y abarrotada de gente. Yo las miro desde mi silencio y mi inocencia, desde mi desdicha y mi dolor, e intento guardar cada detalle en la retina, capturar fotos con el cerebro para no olvidar ni el brillo de sus sonrisas, ni el pulso de sus almas, ni el vaivén de sus melenas.

—Entonces, hemos dicho que nos vamos a Cap d'Agde con tu coche, Alicia. Menudo viaje te vas a pegar.

—No os preocupéis. Estoy *ready* para lo que sea.

—Qué bien volver a estar las tres juntas otra vez. Os echaba tanto de menos... —insiste Emily.

Sonreímos. Miro el reloj, son las ocho y media. De repente, se enciende una bombilla en mi cabeza.

—Oye, Diana, ¿sabes algo de tus padres? No te he preguntado.

—Ah, tranquila. No, no sé nada de ellos. Desde que me largué de casa, no he vuelto a tener contacto.

—Cuánto lo siento...

—¿Por? Sé que estas cosas llevan su tiempo. Volveré a ellos cuando esté preparada. De momento, prefiero vivir a mi manera y saber quién soy. Es difícil, ¿sabéis? Tengo tantas cosas arraigadas en mi cabeza que a cada cosa que hago me pregunto si es decisión mía o forma parte del aleccionamiento. Joder, me he planteado cosas tan rutinarias como los desayunos o mi forma de lavarme los dientes. Pero con cada respuesta me acerco un poco más a mi verdadero yo.

—¿Y te está gustando?

—¿El qué?

—Lo que estás descubriendo de ti.

—Mucho. Demasiado. Me sorprende, ¿sabes? Nunca pensé que fuese capaz de hacer las cosas que he hecho. Y lo que me queda por vivir...

—¿Dónde estás alojada?

—Encontré una habitación barata en el centro de Madrid. Es muy pequeña, pero le he puesto unas telas con mandalas en las paredes y unas lucecitas preciosas. Y he adoptado a un gato.

—¿Qué dices, tía? —grita Emily.

—Sí. Entré en Instagram y vi una publicación de una compañera de clase. No me lo pensé demasiado y lo adopté.

—¿Cómo se llama? —pregunto.

—Bartolo.

—Joder, ¿en serio?

—Sí.

—¿Le has puesto Bartolo a un gato? Pobre desgraciado —se cachondea Emily.

—¿Por?

—Es nombre de *pringao*.

—¡Anda ya!

—¿Cómo se te ocurrió ese nombre? —curioseo.

—Bueno, en realidad ya se llamaba así. O eso me dijo mi compañera.

—¿Y cómo es? ¿Tienes alguna foto?

—Sí, mirad.

Diana coge su móvil y nos enseña una foto de Bartolo. Es un gato común, grande y delgado, completamente negro y con los ojos verdes.

—Un gato negro, siempre me han gustado —digo.

—¿Sí? Pues son los últimos que se adoptan y los primeros que se sacrifican. Dicen que los gatos negros son más cariñosos que los demás.

—¿Y es verdad?

—De momento es lo más mimoso que existe en este planeta.

—Es demasiado guapo para un nombre tan feo —vuelve Emily.

—Y dale con el nombre.

—Por Bartolo. —Alzo mi tercio. Brindamos.

Seguimos charlando sobre las trastadas de Bartolo, lo bien que se lleva con sus dos compañeros de piso y lo pesado que se pone cuando le toca comer.

—¿Qué plan tenéis? —pregunta Emily.

—¿Qué plan propones?

—¿Yo? No sé, pero no quiero irme a casa. Me apetece estar con vosotras.

—A mí también —interrumpe Diana.

Vuelvo a mirar la hora. Son las diez menos cuarto.

—Tengo una idea...

—Suéltala.

—Rita me habló de un sitio por Madrid, pero no recuerdo su nombre. ¿Se lo puedes preguntar, Diana? Era un sitio de blues.

—¿Blues? ¿Y el perreo? —Emily se entristece.

—El blues se puede perrear también, Emily —se mofa Diana.

—Entonces, me vale.

Diana sonríe tímida cuando coge el móvil y ve un mensaje. Es de Rita. Insiste en lo pesada que es hablando de ella y en lo enamorada que está.

—Es algo extraño. Nunca pensé que me gustaran las chicas y resulta que soy bisexual. Ni tan siquiera sé en qué momento lo supe.

—Es curioso eso. ¿En qué momento sabemos que somos heterosexuales? Eso ni tan siquiera se cuestiona, se asume. Es lo que te dice el sistema y no puedes salir de la norma. Desde que naces, ya estás encasillada y clasificada. Qué pereza —digo.

—Pues sí. Aunque todavía me sigue resultando extraño estar con una chica, eh. O sea, no por nada, pero pienso en mi yo del pasado y en lo ciega que estaba...

—No es ceguera, es aleccionamiento —corrijo.
—¿Y qué diferencia hay?
—Cierto, ninguna.
—Al final somos personas más allá de lo que tengamos entre las piernas. Somos seres humanos, coño. Y la conexión puede surgir con cualquiera —añade Emily.
—O entre varios —concluyo.
—Rita dice que el bar de blues se llama La Coquette —informa Diana.
—¡Eso! ¡La Coquette!
—¿Está muy lejos de aquí? —pregunta Emily.
—Pues san Google nos lo dirá.
Busco La Coquette en Google. Calle de las Hileras, 14. Abre a las nueve.
—No está muy lejos, cerca de Ópera.
—¡Coño! Pero si está al lado del mexicano. ¿Nos tomamos unas micheladas como en los viejos tiempos?
—Dices «viejos tiempos» como si hubiesen pasado años. Emily, que solo han pasado dos meses.
—Es que hemos vivido tantas cosas en dos meses que parece una vida entera.
—¡Y lo que nos queda!
Nos levantamos y nos despedimos de la camarera. Sonríe un tanto forzada. Creo que se alegra de que nos larguemos. Cruzamos Sol con cierta dificultad y mucha paciencia y llegamos a la calle Hileras. Nos desviamos a la izquierda. Entramos en el restaurante. Hay una mesa libre. Milagro. Pedimos unos tacos y tres micheladas con clamato y cerveza Modelo Especial. Añoraba el sabor de nuestra amistad.
—Amiga, que te vas a Estados Unidos —le suelto a Emily.
—Calla, calla, que se me había olvidado.
—¿Estás nerviosa?

—Un poco. No sé cómo va a reaccionar mi padre y, sobre todo, no sé cómo lo voy a gestionar yo. Será duro.

—Eso sin duda. Pero muy liberador.

—Eso espero.

El pelo rosa de Emily se entromete entre su boca y el taco. Pone una cara extraña mientras saca el mechón de entre sus labios. Nos reímos. Sin querer expulso un perdigón que acaba en la michelada de Diana. Ataque de risa. De vuelta a nuestra normalidad.

—¿Nos vamos?

Caminamos calle abajo cogidas de las manos hasta encontrar el garito. Es un antro bastante curioso. Un cartel que parece pintado por un niño de cinco años nos confirma que es el lugar correcto, o al menos el que estamos buscando. Hay varias personas en la calle fumándose un pitillo. Huelo a marihuana. Me acuerdo de Ibiza y no sé si quiero o si estoy preparada. No por Pablo, ese se puede ir a tomar por culo, sino por lo gilipollas que fui al mantener una relación como esa, tan tóxica que borró hasta mi esencia. Me prometo que nunca más. Y no, no habrá próxima vez para el amor romántico de mierda.

VI

El de la armónica

Estamos a punto de entrar en el garito. Alguien nos abre la puerta.

—Gracias —susurra Diana.

—Estamos en el descanso —nos informa un chico medio calvo y con perilla. Emily le hace ojitos.

Unas escaleras descienden hasta un pequeño cubículo cutre, sí, pero con personalidad.

—Parece una mazmorra —suelta Emily—. ¿Estás segura de que es aquí?

—No sé, eso ponía en Google Maps, tía —me excuso.

Una sala de metro y medio con una barra que ocupa casi todo el espacio, dos mesas y cuatro sillas donde apenas te cabe el culo. Se escucha blues, sí, gracias a Spotify. El local no está lleno aunque hay movimiento. Me sorprende la cantidad de guiris que hay. ¿Habrá salido en alguna guía de Lonely Planet? Me da igual. Pedimos tres chupitos de tequila. Un muchacho con el pelo largo y rizado, gafas y calvas en la barba nos sonríe.

—¿Es la primera vez?

Qué rabia me da ser la novata allá a donde voy. ¿Tanto se nota? ¿Lo llevamos escrito?

—¿Por qué lo dices? —vacila Emily.

—No vemos chicas tan guapas por este lugar.

Puaj.

—¿Y chicos? —pregunta Diana.

—¿Cómo?

—Si veis chicos guapos por este lugar.

—Tampoco. El blues no es un género muy moderno y eso hace que la mayoría de los que vienen no tengan menos de cincuenta años y, entre nosotros, bastante mal llevados.

—Mira, Alicia, como te gustan a ti —suelta Emily.

Será hija de puta.

—A veces te odio, Emily.

—Lo sé, pero luego se te pasa, ¿verdad?

—Qué remedio.

—Anda, zorras, por nosotras, porque por fin estamos juntas —brinda Diana.

El tequila quema mi esófago. No estoy entrenada. Pienso en la resaca de mañana. Voy un poco pedo. Emily también. Está perreando sola. Pasamos un arco que separa un espacio de otro. Se presenta el resto del local, oscuro y lleno de cáscaras por el suelo, con taburetes de madera enanos. Diana ríe alto.

—Mi culo ahí no entra —se cachondea.

A la izquierda está el escenario, diferenciado por una elevación de cinco centímetros y varios instrumentos que se apelotonan y descansan hasta el siguiente pase. Un grafiti azul anuncia el nombre del lugar: La Coquette. Las paredes son de obra vista y con cierto aire carcelario. Aun así, me sorprende lo acogedor que resulta.

—Mirad, hay hueco al fondo.

A la derecha, una grada de un solo nivel nos espera impaciente. Es de madera, con espacio suficiente para acogernos a las tres. Nos acomodamos. Tenemos el escenario justo enfrente.

—Hemos triunfado, ¿no? —balbucea Emily.

—Bueno, voy a por tres tercios. Invito a esta ronda —dice Diana.

Emily me coge fuerte de la mano. Apoya su cabeza en mi hombro. Yo dejo caer suavemente la mía sobre la suya. Suspira. No hace falta decir nada. Diana vuelve con las cervezas bien frías y con la cara desencajada.

—¿Qué ha pasado? —pregunto.

—La misma mierda de siempre —anuncia Diana.

—¿Por?

—El camarero me ha dicho que si voy a cantar.

—¿Y qué tiene de malo? —comento.

—¿Acaso os lo ha dicho a vosotras? —se enfada Diana.

—Pues no, la verdad.

—Ahí tenéis la respuesta. Miradme: negra y gorda. En su mente soy cantante.

Vemos a un grupo de chicos que entran y se acomodan. El más menudo serpentea por el escenario hasta llegar al hueco de la batería con mucha dificultad. Una chica coge la guitarra eléctrica. Otro, el bajo. El más alto se planta frente al micrófono.

—Buenas noches. Vamos a por el segundo pase. Somos The Bluestagram, la banda de esta *jam session* de blues...

—¿Qué es una *jam session* de blues? —les pregunto a las chicas.

—Supongo que cualquier persona puede subir a tocar, ¿no? —responde Emily.

—... y si alguien quiere subir a tocar o a cantar que hable con Javier. —El chico alto del micrófono señala la zona de la barra—. Él os apuntará, ¿de acuerdo? Hoy tenemos a varios hermanos y hermanas a los que iremos llamando para que nos acompañen. Y nada más, que disfrutéis. Un, dos, tres, *cuá*...

Retumba la batería en el pecho. Una música suave y

sensual hace que este sitio, pequeño y siniestro, ahora sea grande y hogareño. Notas de guitarra eléctrica bien encajadas. La batería que mantiene el tempo de la canción. Una voz rasgada entra con fuerza y narra una historia en la que se repiten las mismas frases. Mi pie adquiere vida propia, como la cabeza de Diana y los hombros de Emily. Estamos hipnotizadas por estos doce compases.

El garito está repleto de gente. Alguien se asoma y se deja llevar por el ritmo. Nosotras seguimos bebiendo y disfrutando del concierto. Sin prisas, sin pensamientos. Escuchando canciones que hablan sobre viajes, desamores, whisky, celos, mujeres, hombres, atardeceres en el Mississippi o sobre el pollo del corral.

—Bien, espero que estéis disfrutando de esta noche de domingo. Ahora vamos a llamar a compañeros y compañeras para que se unan a nosotros. Un fuerte aplauso para Raquel, por favor.

Una chica menuda, con curvas, pelo rubio, labios carnosos y una sonrisa que conquista a cualquiera sube al escenario. Viste unas deportivas blancas, unos pitillos negros que marcan sus infinitos ángulos y un top blanco de tirantes finos. Sonríe tímida. Desconocemos lo que puede llegar a hacer con su voz, pero no tardamos demasiado en descubrirlo. La pequeñez de su cuerpo no corresponde a la fuerza de su aullido.

—En cuanto baje del escenario, le pido matrimonio —dice Emily.

Acaba la canción. Raquel hace una reverencia. Los aplausos vuelven. El grupo agradece el gesto.

—Muchas gracias. Por favor, ahora me gustaría llamar al escenario a Leo, uno de los mejores armonicistas de nuestro país.

—¿Armonicista? —pregunto.

Entra, muy seguro de sí mismo, un chico alto, un metro setenta y cinco, con unos vaqueros negros ajustados. La camisa oscura con estampado de leopardo envuelve sus hombros anchos. Gira la cabeza ligeramente, saluda a un colega. Una media melena rubia acaricia su cuello. Con energía, sube al minúsculo escenario. No se presenta. Marca el compás con unos chasquidos al aire que realiza con la mano derecha. Sonríe mucho. Acto seguido, los músicos entran al mismo ritmo dirigidos por una armónica con gran presencia. La voz de Leo es aguda y rota. Empieza con tanta potencia que nos sorprende. Su belleza es especial, alguien que sobresale por encima del resto de una forma sigilosa, sencilla y sin añadidos. La naturalidad de un hombre que quiere mostrarse ajeno al qué dirán.

The gypsy woman told my mother
before I was born:
«I got a boy-child's comin',
he's gonna be a son-of-a-gun».

Diana y Emily susurran entre ellas. Siento que me señalan. Estoy embelesada. Hay algo en el aura de ese hombre que me atrapa, me hipnotiza, me busca, me encuentra y me rapta. No quiero lidiar con ello. No quiero esquivarlo. Quiero seguir escaneando el ángulo de su sonrisa, el movimiento de su pelo rubio, el posible tacto de su barba dorada y el flechazo de unos ojos azules que disparan contra mí. Espera un momento. ¿Disparan contra mí?

—Alicia, creo que te está mirando —dice Diana.

—¿A mí?

Trago saliva. Pum, pum. Abro las piernas. ¿Hay alguien ahí? Cuánto tiempo sin escucharte. Ya era hora de que aparecieras.

Leo sigue cantando y tocando la armónica. Hace un trino y mueve la cabeza rápido de un lado al otro. Me lo imagino comiéndose un coño. El mío, por poner un ejemplo fácil.

I got a black cat bone,
I got a mojo too,
I got John the Conqueror,
I'm gonna mess with you.

Al finalizar la última frase de la estrofa, nos señala. Me da un pequeño infarto. El corazón no me funciona, no bombea, no reacciona. Emily me da codazos y Diana se ríe descarada. Yo intento actuar con cierta normalidad en un caos repentino que me ha pillado desprevenida. Ni tan siquiera me planteaba ligar esta noche.

—Muchas gracias, espero que os haya gustado. Es un placer estar aquí esta noche. Vamos a cantar un tema de nuestro querido Ray Charles, *Mess Around.*

Un tempo rápido, unas caderas que no pueden dejar de moverse. Emily se levanta. «Venga, ¡a bailar!», insiste. Y por qué no. La sigo. Nos ponemos a improvisar unos pasos en medio de la sala. La gente nos mira. Algunos se mofan y otros aplauden. Leo no pierde detalle. Se ríe. La batería no baja el ritmo. Por un momento, todo son risas, movimientos de cadera, cuerpos vibrando y un curioso mareo consecuencia del estado etílico. La canción se acaba.

—Un fuerte aplauso para estas mujeres que nos han deleitado con un baile, por favor —comenta Leo.

El garito acoge una ovación prolongada. Nosotras hacemos reverencias en señal de agradecimiento y volvemos a nuestro pequeño rincón. La banda sigue tocando hasta que Leo se despide y se esfuma entre la multitud.

—Voy a por unas cervezas —dice Emily.

—No, no. Voy yo —me adelanto.

No lo pienso demasiado. Me acerco a la barra. Ahí está Leo rodeado de amigos, saludando, sonriendo y atrapando a pequeños admiradores en su telaraña de buenrollismo.

—Perdona, ¿me pones tres tercios? —le pido al camarero.

Se lo pongo fácil, me dejo ver. Estoy a su lado. Se gira. Me sonríe. Por fin puedo ver los detalles de su cara iluminados por la luz cálida, directa y reveladora de los focos que hay sobre nuestras cabezas. Unas pequeñas arrugas marcan su piel fina, blanca y delicada; algunas manchas rojas y unas pecas anchas y desdibujadas salpican sus mofletes. Los ojos son rasgados, azules, seductores, emanan falsa inocencia. Saben lo que quieren, lo tienen claro. Sus cejas, pobladas, enmarcan la dureza de su mirada. Se coloca con calma un mechón del flequillo largo tras la oreja. Los labios finos dejan entrever una dentadura pequeña y bien colocada. Me viene un ligero olor a tabaco, jabón y sudor. No es perfecto. No es idílico. No es portada de ninguna revista. No es lo más bello que he visto en mi vida ni lo más fuerte que ha pisado la Tierra. No es un empotrador nato ni un rompecorazones. No es el cabrón de las películas ni el galán de las novelas. Es un hombre natural, bello en su propia armonía, con detalles cercanos a los estereotipos de belleza establecidos que contrastan con otros más alejados. El equilibrio del atractivo escondido tras un físico sin grandes hazañas pero con muchas sorpresas.

—¿Qué tal estás? ¿Te ha gustado el concierto? —me pregunta.

—Sí, mucho. Es la primera vez que escucho blues en directo y me ha encantado.

—Ah, ¿sí? ¿No conocías el lugar?

—No, la verdad. Llevo poco viviendo en Madrid. Este verano estuve en Ibiza y la novia de mi amiga me habló de este sitio. Y aquí estoy.

—¿De dónde eres?

—De Barcelona. Bueno, de un pueblo pequeñito llamado Montgat. ¿Y tú? ¿Eres de Madrid?

—No, soy alicantino. Vivo en Madrid desde hace tres años.

—Vaya, ya eres medio madrileño —bromeo.

—Casi, casi. —Se ríe—. ¿Qué te trae por la capital?

—La búsqueda.

—¿De qué?

—De mí misma.

—Vaya...

—Sí, conversación profunda, lo sé. Podemos cambiar de tema...

—No, no. Me encanta. ¿Y al final? ¿Te has encontrado?

—Poco a poco. Por el camino me estoy cruzando con personas alucinantes como ellas. —Señalo a las chicas que saludan desde la distancia.

—Eso es lo mejor de perderse, que siempre vuelves con más anécdotas en la mochila.

Leo coge su tercio. Pago los míos. Brindamos.

—¿Me das un minuto? Voy a llevarles los tercios.

—Claro, aquí te espero.

Les llevo las cervezas. Sonríen, me abrazan. Cuando me voy, Emily me azota el culo. Me hace daño. El concierto sigue y escucho de fondo esa música que me tiene cautiva.

—¿A qué te dedicas? —me pregunta Leo.

—Soy escritora.

—¡Anda! ¿Y puedo leer...?

—Antes de que lo preguntes: no, no puedes leer nada

mío. Soy escritora fantasma. Eso significa que escribo los libros que firman *influencers*, celebridades y demás.

—¿Te gusta?

—¿El qué?

—Tu trabajo.

—Sí, me apasiona la escritura, pero estos libros solo me dan de comer. Ahora estoy trabajando en una novela propia que ojalá vea la luz pronto.

—¿De qué trata?

—Narra las aventuras de tres mujeres en busca de su liberación. No llega a ser novela erótica, ni tampoco *chick-lit*.

—¿*Chick* qué?

—*Chick-lit*. Es el nombre de un género más cercano a la novela romántica y cuyo público objetivo son mujeres. En realidad, es curioso, nace en la segunda oleada del feminismo, ¿sabes?, para mostrar así la valía de la mujer a través del noviazgo, los problemas diarios, el sexo... Pero a día de hoy la gran mayoría de estas novelas siguen perpetuando los roles de género, el consumismo, la superficialidad... y no conecto nada con eso.

—Interesante.

—Perdona, menuda conversación. ¿A qué te dedicas tú?

—Lo acabas de ver.

—¿Eres músico de...?

—Antes de que lo preguntes: sí, soy músico de profesión. Y no, no tengo una banda. Trabajo en varios proyectos. Colaboro como armonicista con bandas de blues y de rock, soy profesor en escuelas de música y además toco en el metro y en la calle.

—¿En serio?

—Suena un poco vagabundo, ¿verdad? Al final me las

apaño para ganar lo justo y pagar una habitación en un piso compartido.

—¿Eres feliz?

—Sí, joder. Me dedico a lo que me apasiona y puedo vivir de ello. Soy un privilegiado.

—Pues por ti y por tu rebeldía. —Alzo mi cerveza.

—Por la tuya. —Me sigue.

Las botellas de cristal chocan como nuestras miradas cuando bebemos el tercio. Sonreímos.

—¿Y estás soltero? —lanzo.

—Ha llegado el momento de *la* conversación.

—Sí, lo siento. Sé que es muy típica. En realidad no estoy ligando contigo, ¿eh? Es simple curiosidad.

—¿No estás ligando?

—No, para nada. Solo nos estamos tomando unas cervezas en la barra de un garito cutre de blues. ¿Te parece que estoy ligando contigo?

—No lo sé, no te conozco. ¿Cómo sueles ligar?

—Diciendo que no lo estoy haciendo.

En ese instante, justo en ese preciso segundo, descubro la mirada de Leo oculta tras ese velo de bondad, timidez y castidad. Todo aquello que sus ojos decían sobre él se borra en un parpadeo. Sus pupilas se agarran a las mías y me apuntan con la pistola de su iris. El párpado inferior se tensa y se transforma en un felino hambriento a punto de cazar a su distraída presa. Jamás había lidiado con una mirada tan transformadora, reveladora, sincera y sensual como la suya. Leo es consciente del poder que tiene de empotrarte, ahora sí, con un sencillo abrir y cerrar de ojos.

—¿Y tú cómo sueles ligar? ¿Con esa mirada?

—¿Qué mirada?

—No tienes ni idea, ¿verdad?

—No sé de qué me hablas.

—Claro, claro.

—¿Hablas de esta mirada tal vez?

Leo se pone bizco y saca la lengua.

—¿O de esta otra?

Cambia la cara y sus ojos se vuelven blancos, terroríficos.

—O quizá de esta...

Y, de nuevo, el control de la intensidad de sus luceros que iluminan el camino hacia mis bragas mojadas. Tengo el corazón embriagado de adrenalina por esta sobredosis de seducción. Mojo los labios. ¿Quieres jugar, Leo? Juguemos al mismo juego. Bebo del tercio. El silencio se instala entre nosotros. No es incómodo, es desafiante. Cuando el culo de la cerveza toca la barra, alzo la mirada y le devuelvo la jugada con un as bajo la manga. Clavo mis ojos verdes en la inmensidad de su cielo azul. Él dibuja media mueca.

—¿Qué hacéis cuando acabe la *jam*?

—¿Qué propones, casi madrileño?

—Hay pocos bares en Madrid que deberías conocer si te gusta el blues, pero, si quieres, puedo hacerte una ruta.

—¿Y dónde acaba esa ruta?

—¿Dónde quieres que acabe?

En tu casa, joder, en tu puta casa. Quiero follarte hasta dejarte sin aliento, comerte la polla hasta que pongas los ojos en blanco y te olvides de tu existencia.

Pero hoy no es la noche, Leo. Hoy estoy con ellas.

—Me encanta ese plan, pero tal vez en otro momento, cuando estemos solos y con más tiempo. Esta noche me apetece pasarla con ellas. —Volteo mi cabeza y las señalo.

—Por supuesto, lo entiendo perfectamente.

—Eso sí, dame tu teléfono porque de mí no te escapas —amenazo.

—No sé si eso es bueno o malo.

—Descúbrelo tú mismo.

«Apunta», me dice y sonríe. Cojo el móvil de mi bolsillo y abro la agenda de contactos. Nombre: Leo. Apellido: El de la armónica. Él suelta una carcajada cuando se da cuenta de su improvisado —y acertado— bautismo. Exprimo las últimas gotas de la cerveza. Justo cuando estoy a punto de irme, Leo:

—Oye, juegas con ventaja.

—¿Por? —digo.

—Tú sabes mi nombre, pero yo no sé el tuyo. He estado conversando con una completa desconocida.

—¿Acaso cuando te diga mi nombre dejaré de serlo?

—Pruébalo.

Me hago de rogar. Me acerco más a él y los cuerpos se rozan. El olor a tabaco es más fuerte y se entremezcla con el sudor de las axilas y el jabón de su pelo limpio y sedoso. No hay perfume ni desodorante; ningún intento de silenciar lo que en él grita: la naturaleza del ser (humano).

—Me llamo Alicia —le digo.

Leo se toma un tiempo para procesar ese matiz, a veces identificativo, a veces insignificante de una persona.

—Ha sido un verdadero placer desconocerte, Alicia. —Sonríe.

El juego de palabras me pone cachonda. No lo exteriorizo demasiado. Hago una mueca amable, guiño el único ojo que sé guiñar, el derecho, y me esfumo como una diva, aunque esa estampa solo está en mi cabeza.

VII

Un mensaje

Como soy una patosa, me tropiezo de vuelta a nuestro pequeño rincón. Emily y Diana se ríen.

—No puedes dejar de ser un desastre, ¿verdad? —señala Emily.

—No sé qué me pasa. Cuando me pongo nerviosa, siempre la lío —añado.

Me hago un hueco entre ellas. Nos cogemos de la mano.

—¿Y bien? —pregunta Diana.

—¿Qué?

—¿Qué tal ha ido? No te hagas de rogar, que te conozco.

—Ja, ja, ja. Ha ido muy bien. Tengo su número de teléfono y me ha propuesto hacer una ruta de bares por Madrid esta noche.

—¡¿Y por qué no has ido?! —exclama Emily.

—Porque esta noche es vuestra. No voy a anteponer un polvazo a estar con mis amigas que me recuerdan lo desastre que soy.

Sonreímos. Suena un blues lento y calmado. Cierro los ojos. Durante unos segundos, me evado del tiempo y del espacio. Vuelvo al cuarto oscuro que se presenta ante mí cuando los párpados caen. Ese lugar donde encuentro los temores más arraigados y los silencios más incómodos. Donde me esperan la lista de fracasos y la celebración de los logros. Y es ahí, en medio de ese garito cutre de blues, cuando entiendo aquello que no funciona en mí. Aquello que me hizo cagarla con Diego, la piedra con la tropecé cuando conocí a Pablo.

Rita tenía razón. Mi problema es la idea que tengo del amor, de las relaciones, del apego y, por supuesto, la negación de mi ser, que viene intrínseca. El romanticismo parece el único motor de mis movimientos. Ignoro las múltiples formas que adquiere ese pum pum en el corazón. Creo que ese sentimiento todo lo puede. En lo más profundo de mi ser, sigo dejándome engañar por las carreras al aeropuerto dignas de cualquier película romántica, por los ramos de rosas, por las joyas, por el Moët, por los violines o por el subidón de un primer beso apoteósico en lo alto de la torre Eiffel. Al final, el amor romántico tóxico es como aquel vestido que me compré en una página extraña de internet: lo que pedí y lo que me llegó no tenían nada que ver.

He pasado años buscando la representación del amor romántico y lo único que he aprendido es que dista de lo natural. Cuántas veces habré escuchado o leído la fábula del hilo rojo en una publicación de Facebook. Es mentira, una completa y cruel mentira.

Me duele acabar con esta idea, despegarme de la historia que año tras año me repetía, que tantas veces he leído, que tantas otras he visto. Que tanto he promulgado romper y que nunca lo he conseguido. Pero ahora entiendo que el amor real, el verdadero, tiene mil formas. Lo encuentro materializado en cada relación, sin un primer o un segundo puesto en la escala de prioridades; sin orden. En mi madre, en Emily, en Diana, en mis amantes, en mis ex, en mí. Es imposible clasificarlo, cada fórmula tiene su propio espacio. Por lo tanto, se acabó. No puedo más. Basta. Basta de mitades, basta de ideales, basta de falsedades. Que el amor que yo construya sea mío, un traje a medida para mis valores. Esta vez sí.

—¿Alicia? ¿Estás ahí? —escucho a lo lejos.

Abro los ojos. Vuelvo a la realidad. Emily y Diana me miran extrañadas. Yo sonrío sin más. Veo que la gente se levanta, hay movimiento. Leo me observa desde la barra y disimula cuando percibe que yo también lo miro.

—Sí, perdonad. Me he ido a mi mundo. ¿Se ha acabado ya?

—¡Sí! ¿Qué hacemos ahora? —pregunta Emily.

—Yo estoy un poco cansada. Son las dos de la madrugada, ¿nos tomamos la última y vamos a casa? —propongo.

—¡Trato hecho!

Cogemos nuestros tercios vacíos y los dejamos en la barra. Las chicas se adelantan. Me hago la remolona. Toco el hombro de Leo. Él se gira. Esboza una sonrisa con esos labios finos.

—¿Os vais?

—Sí, vamos a tomar la última.

—Genial. ¿Me escribirás, Alicia?

—No lo sé. Puede.

—¿No te apetece quedar y hacer esa ruta por los mejores bares de blues de la ciudad? Es mi única oferta. No sé qué más te puedo ofrecer.

—Hazte el inocente...

—Soy inocente.

—Ya, claro.

—¿No me crees?

—Nada.

—Tendrás que conocerme.

—O quedarme con las ganas. Quién sabe.

Leo se ríe. Bebe un trago largo de su cerveza. Me mira con esos ojos azules tan penetrantes. Me tengo que ir.

—Que disfrutes de tu noche, Leo.

—Lo mismo te deseo, Alicia.

Subo las escaleras. No me giro. Noto su mirada clavada en la nuca. Me quedo con la duda de saber si realmente es así. Abro el portón de la entrada. Las chicas me esperan en la acera de enfrente. Doy pasos rápidos.

—Pensábamos que estarías follando.

—Anda ya, chicas, ¿de verdad? Vamos a por esa última copa.

Caminamos hasta el próximo bar abierto un domingo de agosto por la noche. Pienso en Leo. ¿Cómo será follar con él?

—¿Os viene bien este?

Entramos en un bar de rock. Hay mucha gente. Pedimos unos tercios. Bailamos un poco. Saltamos con Queen. Cantamos canciones noventeras. Y cuando nos damos cuenta, estamos borrachas y son las cuatro de la mañana.

—Con que una noche tranquilita, ¿eh? —digo.

—Con vosotras es imposible.

Salimos del local. Paseamos por Madrid. Nos despedimos. Paro un taxi.

—A Corazón de María, 33, por favor.

Cojo el móvil. Abro el WhatsApp. Busco a Leo entre los contactos. Miro su foto de perfil. Sale encima de un caballo, en medio de un bosque amplio y verde. Escribo un «hola». Lo borro. Miro a través de la ventana. Vuelvo a abrir el chat, pero esta vez les envío un mensaje a ellas. «Os quiero.» Pasan pocos segundos y obtengo una respuesta. «Y nosotras.» Sonrío. Unas mariposas en el estómago. Un estallido en el pecho. Por fin, joder, por fin. Pago el taxi.

Llego a casa. Huele raro. Mierda, la basura. Mañana la bajo. Me desmaquillo y me lavo los dientes. Meo. Hace calor. Enciendo el ventilador. Me tumbo encima de las sábanas y dejo que la brisa acaricie mi piel. Abro la aplicación del banco para ver cuánto dinero me queda. La cosa no pinta bien. Voy a tener que volver a escribir otros libros además del mío. Lo conseguirás, Alicia. Puedes hacerlo. Inspiro. Espiro. Leo se cuela otra vez en mi cabeza. Y por qué no. Tengo ganas de conocerlo. ¿Acaso pierdo algo? Un polvo, Alicia, y listo. Vuelvo al WhatsApp. Miro su foto de perfil. Qué bien le sienta la libertad a este hombre, por favor. Escribo un mensaje. «Que sepas que te escribo porque esa ruta resulta tentadora.» A los pocos instantes, Leo:

«Te vas a enamorar del blues, del jazz y de Madrid. Prepárate».

¿Podré encontrar el equilibrio?

VIII

La furgoneta

A pesar de mi tremenda falta de motivación, he aceptado un proyecto editorial. No sé cómo lo haré con el viaje, la novela y la necesidad de pagar las facturas, pero encontraré la fórmula porque, al final, todo sale bien. O al menos como debe salir.

Me hago un café bien cargado y dedico la mañana de este caluroso martes a escribir sobre consejos de belleza y rutinas de maquillaje. La historia de una *youtuber* que en muy poco tiempo se ha posicionado entre las más grandes con cuatro bailes, un buen curso de edición de vídeos y un desparpajo andaluz. El cóctel perfecto para el entretenimiento de las masas. Me da pereza leer sus apuntes o llamarla por teléfono y continuar con la entrevista. Me agobia pensar que es tiempo que no dedico a mi novela. Todo se resume en lo mismo: alimentar la cuenta bancaria.

Ser escritora no es garantía de nada, y mucho menos de triunfo y de éxito. Tal vez, si tienes suerte, si le das al botón adecuado. La gran mayoría de los autores acaban apretados entre decenas de títulos desconocidos en una estantería al fondo de cualquier librería, olvidados en las eternas e infinitas listas de Amazon. Se habla poco y mal del fracaso, con boca pequeña y mirada esquiva. Mientras, en una realidad paralela, escuchamos historias de los grandes éxitos del momento; de cómo tal autora ha vendido millones de ejemplares o de cómo tal autor se ha revelado como un fenómeno internacional. Y parece fácil, pero no, no lo es.

En qué grupo estaré, no lo sé. Pero al menos soy consciente de en cuál estoy ahora: en el de los escaparates, las entradas de las librerías, el top cinco de las listas de los más vendidos, el de los miles de *stories* de Instagram. Ahí estoy, sí, aunque sea en la sombra. Viendo cómo una chica *youtuber* con cuatro bailes, un buen curso de edición de vídeos y un desparpajo andaluz acaba de firmar con su nombre un libro que ni tan siquiera ha leído. Así es el trabajo de la escritora fantasma, el único que te ofrece garantías de estar en el bando ganador, con la condición de ser invisible.

Suena mi teléfono. Sonrío. «¿Qué haces, desconocida?» Que qué hago. Cagarme en todo, eso es lo que hago. «Trabajando, ¿y tú?» «¿Estás escribiendo tu novela?» «No exactamente.» «¿Cuándo puedo pedir cita para nuestra ruta?» Pienso un momento. ¿Este finde tengo algo que hacer? Abro la agenda. Cap d'Agde. Coño, es verdad. «Leo, lo tendremos que dejar para la semana que viene. Este finde me voy a... —espera, Alicia. ¿Le vas a decir a dónde vas? Bueno, ¿qué pasa? ¿Tengo algo de lo que avergonzarme? No. ¿Entonces?—... a Cap d'Agde, un pueblecito francés.» Leo está escribiendo. «La semana que viene es perfecta. Los jueves y los viernes madrugo bastante. Salgo a tocar al metro. ¿Qué tal el viernes por la noche?» «Adjudicado.» «¿Esto es una cita?», me escribe. ¿Lo es? Qué más da. Qué cambiaría; la intención sería la misma, solo que con distinta etiqueta. «Esto es una ruta de blues por Madrid con una chica que desconociste en un garito cutre.» Leo me manda un *emoji* de corazón.

Me hago la comida. Una ensalada básica de pasta. Necesito algo fresco y fácil de digerir para así paliar este sofoco provocado por el verano en la capital. ¿O será por las ganas que tengo de follar? No lo sé.

Vuelve a sonar mi teléfono. Es Ricardo. Cierto, había quedado con él. «¿Cuándo y dónde nos vemos?» Miro el reloj. Son las tres de la tarde. «¿Sobre las seis en Tribunal?» «Hecho.»

Adelanto un poco más el libro. Me sorprendo de mi rapidez. Me ducho, me pongo máscara de pestañas y pintalabios rojo. Hace casi dos meses que no veo a Ricardo. ¿Por qué estoy nerviosa? Me enfundo en un vestido fresco y veraniego, me pongo unas sandalias planas y me preparo para morir en el infierno del asfalto. Escucho lo nuevo de Los Zigarros. No soy muy dada al rock español, pero esta banda tiene algo que me atrapa. Las chicas me escriben. Diana cuenta que su gato se ha quedado dormido a su lado esa noche. Emily está estudiando para la prueba de acceso. Las aviso de que he quedado con Ricardo. Ambas se vuelven locas. Salgo del metro. El impacto del bochorno es horrible. Subo las escaleras y ahí está, Ricardo. Lleva una camiseta básica, unos pantalones ceñidos y unas sandalias de cuero (vegano, supongo) negras. No recordaba que tuviese tantos tatuajes. ¿Serán nuevos? Tal vez. Lleva el pelo repeinado como siempre, con los laterales rapados y ese estilo cincuentero que tanto me gusta. El pendiente en el lóbulo izquierdo. La sonrisa que sigue sin ser perfecta, pero sí muy sincera. Los ojos castaños alegres. Camino sonriente y me acerco a él. Algo nace en mí, es extraño. Ricardo me atrajo desde el primer momento, pero... no de este modo. ¿De qué modo hablas, Alicia? ¿Acaso sigues clasificando el amor? Cierto, cierto. Ricardo me atrae. Y punto.

—Alicia, estás preciosa. Ven aquí.

Me abraza fuerte. Me invade una mezcla de desodorante y perfume. Al contrario que a Leo, a Ricardo le gusta sazonar su cuerpo.

—Cuánto tiempo. Qué ganas tenía de verte —susurro.

—¿Cuánto ha pasado? ¿Dos meses? —me pregunta.

—¡Por lo menos!

—Me tienes que contar muchas cosas, cachorrita. ¿Qué te apetece? ¿Café o cerveza?

—¿Soy muy alcohólica si opto por la segunda opción?

—Anda ya. Vamos a tomarnos unas cervezas.

Empezamos a caminar. No llevamos ni dos pasos cuando me para.

—Espera. ¿O prefieres un mojito?

—Joder, me has ganado, Ricardo.

—Conozco una coctelería cerca de aquí. Tiene terraza. Venga, vamos.

—Pero antes..., un momento.

—¿Qué pasa? —Ricardo me mira extrañado.

—No puedo más, te lo tengo que decir.

—¿El qué?

—Odio que me llames cachorrita.

Ricardo se ríe. Me vuelve a abrazar.

—¿Por qué no me lo dijiste antes?

—¡Me daba vergüenza! No te quería incomodar.

—Tú no me incomodas nunca. Tenemos confianza, Alicia. A partir de ahora, sinceridad siempre, ¿de acuerdo?

—Prometido. —Sonrío.

Me coge de la mano. Me pilla desprevenida. Acto seguido pasa su brazo por encima de mis hombros. Me achucha contra sus costillas. Siento esa energía tan pura, tan limpia, tan hogareña que emana de él. Es única.

Llegamos a una plaza llena de mesas. Nos sentamos y pedimos dos mojitos. Ricardo me vuelve a coger de la mano. Las dejamos quietas encima del aluminio.

—Cuéntame, ¿qué has hecho estos dos meses?

—He sido muy gilipollas, Ricardo.

—No me lo creo.

—Pues sí. Me enfadé con las chicas. Estuvimos tiempo sin hablarnos.

—No jodas, ¡¿en serio?! ¿Y ahora?

—Estamos bien. El domingo pasado hicimos las paces.

—Menos mal. Sois maravillosas las tres. ¿Qué pasó? ¿Quieres contármelo?

—Sí, claro, aunque es largo.

—Bueno, pediremos los mojitos que hagan falta.

Nos reímos. Ricardo sigue sin soltar mi mano. Me siento bien, comprendida, apoyada. Y ese runrún no se va de mi pecho.

—¿Te acuerdas de que nos íbamos a Ibiza?

—Sí, al festival, ¿no? Me acuerdo de Diana y su negocio de bragas usadas. ¿Qué tal le va, por cierto?

—Muy bien. Aunque ahora quiere dejarlo y centrarse en su arte.

—Seguro que lo conseguirá. Bueno, venga, sigue.

—El festival fue una locura. Ya sabes que me acosté con una chica por primera vez.

—Sí, gracias por tu mensaje. Me encantó recibirlo y que te acordaras de mí. Pero cuéntame más detalles, ¿qué tal fue?

—Pues no sé cómo he estado tanto tiempo sin hacerlo. Lo encontré muy natural, muy... instintivo.

—Eso es cierto. La primera vez que me acosté con un tío me pasó lo mismo.

—Pero ¿qué cojones? ¿Tú eres bisexual?

—Sí, ¿no te lo dije?

—No que yo recuerde. A ver, tampoco es que tuvieras que hacerlo.

—Me siento más atraído por las mujeres, pero los hombres me gustan también.

—Eres una caja de sorpresas, Ricardo.

—¡Qué va! ¿Por ser bisexual? Pero si tú también lo eres.

—Ya, pero es más común entre las chicas..., ¿no?

—Mira, en el fondo todos lo somos. Yo soy de los que creen en esa teoría. En el caso de los hombres, tenemos que romper con más muros. Existe una losa enorme llamada «masculinidad tóxica» y pesa más de lo que creemos. Piensa que desde pequeños nos dan a entender que los términos «maricón» o «gay» son algo negativo, poco varonil. Nos educan para ser el macho alfa o, al menos, para intentarlo. A eso súmale la falta de gestión emocional, puesto que no podemos llorar ni mostrarnos sensibles. En fin, es una mezcla explosiva que al final nos acaba anulando.

—Joder, eres el primer hombre que me dice esto.

—Somos conscientes. En mi caso me cansé de perpetuar ciertas actitudes entre amigos. Verás, hago un pequeño paréntesis. Cuando era más joven hacía comentarios tan machistas que prefiero no recordarlos. Para que te hagas una idea, era el típico ligón y cabronazo que rompía corazones por donde fuera. Pero en mi interior percibía algo que no acababa de funcionar. Creo que esto nos pasa a todos, Alicia. Nos adoctrinan desde que somos pequeños. Es entonces cuando se establece qué debe hacer cada género, en términos binarios, por supuesto. Para la sociedad solo hay hombres y mujeres cisgénero. Nada más.

—¿Cisgénero?

—Significa que la identidad de género coincide con el fenotipo sexual. En resumen, mujeres con coño que se sienten mujeres y hombres con polla que se sienten hombres.

—Entiendo.

—La realidad es mucho más compleja, va más allá de lo que tenemos entre las piernas. Si dejáramos a la gente ser quien realmente es, sin el contexto, sin la presión social, sin una estructura, veríamos que existe una infinidad de posibilidades tan distintas y diversas... Sería maravilloso.

—Peeero...

—Pero eso no interesa. ¿Cómo me venderían coches, desodorantes, juegos, éxito? Y a ti, ¿cómo te engañarían con cuchillas rosas mucho más caras, con leche sin lactosa o con compresas y tampones?

—Hablando de compresas y tampones, en Ibiza tuve una conversación muy interesante sobre la copa menstrual y el negocio de nuestra sangre.

—¿En serio? ¿Has utilizado la copa alguna vez?

—No, nunca. Pero quiero probarla. Es que la cantidad de basura que deriva de la «higiene» femenina...

—Sí, es brutal. Yo tengo amigas que la utilizan y están muy contentas. Oye, sigue contándome. Ibiza. Que me he ido, perdona.

—¡No, no! Nada que perdonar. Me encanta cómo piensas, Ricardo.

Él sonríe. Bebe del mojito. No suelta mi mano por nada del mundo. O sí, para encenderse un pitillo. Echa el humo hacia arriba. Me mira atento.

—En Ibiza conocimos a una chica maravillosa, Rita. Vas a flipar. Resulta que iba a participar en un retiro tántrico y nos invitó.

—¿En serio?

—Sí, sí. Se acabó el festival y nos fuimos unos días a una casa enorme con vistas al mar en medio del bosque. Fue brutal. Allí conocí a un hombre, un cincuentón. Se llama Pablo.

—«A ti te gustan mayores, de esos que llaman señores...» —canta Ricardo.

Me río tanto que se me cae la baba. Absorbo. Ricardo estalla en una fuerte carcajada. La gente se gira.

—Alicia, ya empiezas a babear. Mira que esta vez no tienes la mordaza puesta.

—Soy un desastre, perdona. Sigo con la historia. Pablo es el tipo perfecto. Rico, atractivo, bohemio, libre... Me enamoró todo de él. Yo estaba deseando sentir algo por alguien, no sé. Desde que lo dejé con Diego, me sentía muy vacía, me faltaba algo y no entendía qué era.

—Por lo tanto, saciaste esas ganas de amor y de compañía con ese tal Pablo, ¿no?

—Exacto. Me fui con él a su casa, me obsesioné..., y ahí entran las chicas.

—Qué pasó.

—Me avisaron de la cara oscura de Pablo. Por lo visto, cada año se enamora de una chica jovencita, y luego se cansa de ella y a por otra. Me hicieron una encerrona y eso me dolió. Dije cosas muy feas, Ricardo, muy feas. Decidimos romper nuestra amistad.

—Vaya, qué dramático.

—No te lo imaginas. Estuve unas semanas en casa de Pablo y todo fue mal. Esa libertad que tanto promovía resultó ser mentira. Teníamos una relación abierta, pero solo para él, ¿sabes? Yo no salía de su casa.

—¿Tuviste una relación abierta? Pero, pero... ¿quién eres, Alicia?

—Traigo mucha sabiduría de Ibiza, *my friend*. Rita me habló del poliamor, de la no monogamia..., menudo universo.

—¿Y qué piensas?

—Me siento identificada con esa forma de vivir el amor,

¿sabes? Aunque después de lo sucedido en Ibiza... se me han quitado las ganas de volver a sentir.

—Te fuiste de su casa, ¿no?

—Sí, salí corriendo. Literalmente. Y nada, volví a Madrid con un bloqueo sexual increíble.

—¿Por?

—En Ibiza no conseguía correrme. Con Pablo era imposible, sobre todo a medida que me daba cuenta del tipo de persona(je) que es.

—¿Y ahora?

—Todo resuelto. Mi coño vuelve a pedir mambo.

—Interesante, interesante.

—¡Oye! —Lo empujo—. ¿Qué te resulta tan interesante?

—Saber que tu vida sexual se ha reactivado.

Lo miro de reojo. Bebo un sorbo de mi mojito un poco aguado. Ricardo me guiña el ojo. Sí, definitivamente mi coño vuelve a pedir sabrosura.

—Entonces, ¿ahora qué? —dice.

—¿Qué?

—¿Vuelves a experimentar con tu cuerpo y las chicas siguen en tu vida?

—Sí. Creo que jamás se fueron. Aunque...

—Qué pasa.

—En octubre Emily se vuelve a Estados Unidos. Quiere ponerle punto y final a varias relaciones de su pasado, retomar otras y volver a estudiar.

—¿Qué quiere estudiar?

—Ingeniería Química.

—Flipas. Joder con Emily.

—Sí, sí. Por lo visto tiene un cerebro privilegiado.

—Es una pena que se vaya, pero, por otro lado, creo que es una oportunidad única.

—Sí, yo también lo creo.

—¿Y Diana?

—Diana se fue de casa de sus padres, como ya sabes. Y en Ibiza pues..., ¿te acuerdas de Rita?

—Sí, la del retiro, ¿no?

—Exacto. Es su novia.

—¡¿Cómo?!

—Sí, sí.

—¿Novia de quién?

—De Diana.

—No te creo.

—Que sí.

—No es verdad.

—Te lo juro.

—Pero ¿Diana era bisexual cuando la conocí?

—Calla, que tuvimos un sinfín de conversaciones con ella para que entendiera que daba igual el género, que lo importante era la persona.

—Diana tiene unos valores muy conservadores. Sus padres, claro.

—Sí, le está costando. Pero se está planteando muchísimas cosas sobre su persona y sobre su vida.

—Es lo que tiene que hacer. Si quieres saber quién eres, debes empezar por cuestionarte qué haces y por qué.

—Exacto.

—O sea, que Diana tiene novia. Entiendo que está en una relación abierta.

—Entiendes bien.

—Menudo cambio, ¡madre mía!

—Sí. Ahora estamos organizando un viaje un tanto improvisado y con cierta prisa.

—¿A dónde vais?

—A Cap d'Agde.

—¿En serio? Me encanta ese pueblo.

—Sí, tenemos ganas de descubrirlo. ¿Has estado?

—No todavía. Pero está en mi lista de cosas que hacer antes de morir.

—Salimos este jueves.

—¡Vaya! Pasado mañana. ¿Y cómo vais? ¿En coche?

—Exacto. Conduzco yo.

—Joder, son muchas horas. ¿Diana y Emily no conducen?

—No, ninguna.

Ricardo se queda callado por un instante. Lo miro. Me acabo el mojito. Hago ruido intentando absorber las últimas gotas.

—A ver, te voy a proponer una cosa, pero sin compromiso, Alicia, que nos conocemos.

—Dispara.

—Yo tengo una furgoneta camperizada. Me he recorrido gran parte de España y algunos países de Europa en ella.

—¿En serio?

—Si queréis, os acompaño en este viaje. Vamos en mi furgoneta y así ya somos dos las personas que tenemos el carné.

—Ricardo, eso suena genial. Pero ¿puedes hacerlo? ¿El trabajo y eso?

—No te preocupes —se enciende otro cigarro—, soy *freelance*. Un diseñador gráfico muerto de hambre, sí. Explotado, también. Pero con disponibilidad horaria. Creo que es lo único bueno de ser autónomo, que lo puedo combinar con el ocio.

—¿Te importa si llamo a las chicas y se lo comentamos?

—Para nada.

Estoy contenta. Será el mojito. O la adrenalina de un viaje en furgoneta. Lo cierto es que, por un lado, me apetece viajar con ellas a solas; por otro, creo que es necesario un segundo conductor para hacerlo más ameno. Y Ricardo es perfecto. Hago una videollamada grupal. Emily aparece con un moño y una camiseta de tirantes roñosa. Diana está pintando.

—¡Chicas! Solo os robo un minuto.

—Dime —comenta Diana.

—Mirad con quién estoy. —Enfoco a Ricardo. Él saluda y sonríe.

—¡Ah! ¡Ricardo! —grita Diana.

—Me encanta ese hombre —añade Emily.

—A mí también, pero no se lo digáis, que luego se lo cree —susurro. Ricardo hace una mueca y me enseña la lengua.

—¡Cuéntanos! ¿Qué tal estás, Ricardo? —pregunta Diana.

—He hablado con él y le he comentado que este jueves nos vamos a Cap d'Agde.

—Hostia, ¿es este jueves ya? No he preparado nada. Tengo que poner mil lavadoras —suelta Emily.

—Ricardo me ha comentado que él tiene una furgoneta camperizada. Podemos dormir las cuatro. —Alzo la mirada en busca de la afirmación de Ricardo a mi improvisado comentario. Él asiente con la cabeza.

—¡¿En serio?! Siempre he querido hacer un viaje en furgo, como en *Into the Wild* —exclama Emily.

—Tía, menudo drama de película. Espero no acabar igual —se anticipa Diana.

—Escuchad. Os llamo para preguntaros si os parece bien que hagamos el viaje con él. A mí me iría bien tener a otra persona que conduzca; ya sabéis, son muchas horas al volante.

—¡Pues claro que nos parece bien! —dice Diana.

—¿Y a ti, Emily? Al final es tu..., bueno, eso. ¿Qué opinas?

—¿Eh? —balbucea Emily mientras se come un trozo de helado.

—¿Qué comes?

—Helado de tomate.

—¿Eso existe? Qué asco —dice Diana.

—Sí, lo compro en la heladería que hay debajo de mi casa. Está delicioso.

—¡Chicas! Por favor. Emily, dime qué te parece.

—¿El qué?

—Joder, el helado de tomate, no te jode.

—Ah, muy bueno. Sé que es...

—¡Emily!

—¡¿Qué pasa?!

—¡Que me digas qué te parece viajar con Ricardo!

—Ah, coño. Pensaba que ya estaba decidido. A mí me parece perfecto. Voy a cumplir dos deseos en uno. He fantaseado mucho con un viaje en furgo.

—Venga, pues decidido. ¡Nos vamos a Cap d'Agde con Ricardo! —grita Diana.

—Dile a Ricardo que se lleve sus «azotadores» y que si quiere puede entrenar con mi culo —comenta Emily.

Alzo la mirada. Ricardo se ríe. Media terraza está pendiente de nuestra conversación. Bajo el volumen del móvil.

—Vale, chicas. Esta noche os digo a qué hora quedamos el jueves. ¡Que nos vamos!

—¡Sí! ¡Nos vamooos!

—Os escribo. Os quiero.

—Y nosotras.

Cuelgo la videollamada. Ricardo pide dos mojitos más.

—Tendremos que celebrarlo, ¿no? —dice mientras me guiña el ojo, otra vez.

Estoy excitada, emocionada. Cada poro de mi piel, cada célula que compone mi ser, vibra. Otro viaje, otra aventura, otra búsqueda de placer, un paso más cerca de conocer quién soy. Y en esta vorágine de emociones positivas, de adrenalina, de felicidad, de locura..., de repente, un pensamiento. Una pausa. Una duda. Cómo nos vamos a distribuir en la furgoneta. Cómo dormiremos. Con quién. Miro a Ricardo, dibujo una sonrisa a medias. Él entrecierra los ojos y me mira fijamente.

—¿En qué piensas? —dice.

—¿Yo? En nada.

—Alicia.

—Qué.

—En qué piensas —insiste. Me resigno.

—En cómo vamos a dormir en este viaje.

—¿Y cómo lo haremos?

—No lo sé. ¿Cuántas camas tiene la furgoneta?

—Mira, en la parte de abajo están los asientos traseros que se convierten en una cama doble. Y el techo es elevable y se transforma en una tienda de campaña con cama doble también.

—¿Entonces?

—¿Qué?

¿Me da vergüenza dormir con Ricardo? ¿O me pone celosa que Ricardo pueda dormir con Emily o con Diana? ¿Son ambas cosas?

—Qué tonta soy, Ricardo, perdona. Ya lo decidiremos allí.

—Sin problema, Alicia. Pero relájate, que todo irá bien. Seguro que encontramos una fórmula en la que todas nos encontremos cómodas.

—Seguro que sí.

Brindamos. Nos acabamos el mojito. Empieza a anochecer. Miro la hora. Son las nueve y media. Creo que ha llegado el momento de irme.

—Ricardo, me voy a ir. Quiero avanzar con un libro que estoy escribiendo para una clienta.

—¡Claro! Yo también tengo que trabajar, ¡que este jueves nos vamos a Cap d'Agde!

—Qué ganas. Venga, invito yo.

Pago los mojitos. Ricardo me acompaña al metro. Nos abrazamos durante un buen rato. Sus brazos son acogedores, como un refugio que te protege de los fantasmas que te rondan por la cabeza.

—¿Tienes más tatuajes? —curioseo.

—Sí, me estoy haciendo el brazo entero. ¿Te gustan?

—Muchísimo. Pero ¿tenías tantos cuando nos conocimos?

—Claro, Alicia. No me has visto sin camiseta.

Trago saliva. Mi coño empieza a bailar su propia cumbia.

—Tengo todo el cuerpo lleno.

—Recuerdo el del cuello, pero el resto no.

—Si quieres, en Cap d'Agde te hago un *tour* y te cuento algunas historias.

¿Qué les pasa a los hombres con las rutas?

—Tal vez.

¿Y qué me pasa a mí con las dudas y la indecisión?

—El jueves saldremos temprano. Sobre las ocho en tu casa, ¿te parece?

—Perfecto. Aviso a las chicas.

Me abraza de nuevo.

—El último abrazo y ya paro. Es que eres tan achuchable, Alicia...

¿Eso es bueno o malo? ¿Es poco excitante?

—Venga, nos vemos el jueves. Cuídate, preciosa.

Me besa en la mejilla y se aleja. Entro en el metro. Escribo a las chicas. «El jueves a las ocho en mi casa.» Emily envía un audio gritando. Me río sola. Veo que tengo otro mensaje. Es de Leo. Me envía un blues. «Espero que no te importe que te vaya preparando para nuestra ruta del viernes que viene», me dice. Suspiro. «Para nada.» Me pongo los auriculares. *Quarter to Twelve*, de Little Walter. Suena una armónica. Claro, cómo no. Cierro los ojos.

IX

Carretera sin manta

Ha llegado el día. Mi maleta espera impaciente en la entrada del estudio. Hay restos de café en la taza que me dejé ayer al lado del portátil. Estoy sudando como nunca. No he podido dormir ni tres horas seguidas. Ayer, entre capítulo y capítulo, decidí que no me iba a depilar. Para qué. Qué tengo que ocultar. Qué quiero mostrar. No me apetece sufrir. Así que mi coño está como naturalmente se desarrolló durante la pubertad. Llevo unos modelitos de infarto para las noches de juerga en ese pueblo *swinger*, un par de bikinis, la crema solar con protección para pieles traslúcidas como la mía, mi plancha del pelo, maquillaje, el *glitter* que sobró de Ibiza y, por supuesto, condones. Por lo que pueda pasar.

Suena el interfono. Insisten. «Voy, voy.» Alicia, qué manía, que no te escuchan. Alguien me llama al teléfono. ¿Y este caos tan repentino? Miro quién es. Diana. Lo cojo.

—Dime.

—¡Estamos aquííí! —gritan.

—Baja, zorra —escucho a Emily.

Me río. La que me espera. Cojo la cartera, el móvil, las llaves. Hago un repaso mental a esa lista intangible que solo existe en un rincón de mi cabeza. ¿Cargador? Sí. ¿Cepillo de dientes? Sí. ¿Zapatos, ropa interior, bikinis? Sí, sí, sí. Salgo por la puerta. Lo llevo todo. Cierro con llave. Doy pasos rápidos para acortar la distancia que me separa de mi gente. Abro la puerta del portal. Y ahí están. Emily lleva un vestido corto y Diana, una falda larga con una camiseta de tirantes. ¿Se ha cambiado el pelo? Sus trenzas están más cortas, como por el hombro. Ricardo, unos vaqueros y una camiseta de manga corta.

—¡Venga, tía! Ya era hora —se queja Emily.

—¿Qué dices? Pero si no he tardado ni un minuto.

Miro el reloj. Son las ocho y diez. Vale, voy tarde. Nos abrazamos las tres. Damos saltos sobre nuestro propio eje. Estamos desatadas. Ricardo se ríe. Lo abrazo a él también, pero de otra forma más... ¿íntima?

La furgoneta está en doble fila. Es una Volkswagen blanca con una franja negra. Tiene algunas pegatinas con las banderas de los países que, entiendo, ha visitado Ricardo. Abre el maletero. Pongo mi maleta junto con el resto del equipaje. Emily y Diana se sientan detrás. Voy de copiloto. El salpicadero es ancho. Tiene una pantalla electrónica en la que controlar la música y el GPS. Me giro. Inspeccionó el interior. En la parte derecha hay una pequeña cocina y unos armarios. Parece que esta furgoneta tiene compartimentos por todos lados. El reducido espacio está muy aprovechado.

—Chicas, si queréis os podéis acercar. Debajo del asiento hay una palanca. Tiráis de ella y empujáis.

Y como por arte de magia, ¡chas!, las tengo a pocos centímetros. Nos ponemos el cinturón de seguridad. Ricardo escribe la dirección en el navegador. Cap d'Agde. Allá vamos.

Viajar en furgoneta es como ver la vida por encima del hombro. Los coches, la gente, las líneas de la carretera, el paisaje..., todo lo ves con altura. Algo que contrasta con la lentitud del trayecto. Nos quedan nueve horas por delante, sin contar las paradas. Ricardo propone quedarnos a dormir por mi tierra, en algún bosquecito apartado, para descansar y continuar al día siguiente. Asentimos.

El calor se presenta de forma repentina. Estoy sudando. Mis pies huelen, el pelo se me pega a la frente. Hoy no tendré acceso a una ducha. ¿Tal vez mañana? La furgoneta plantea ciertas dudas vitales que no sé muy bien cómo voy a gestionar. Prefiero dejar de pensar en eso.

—Diana, ¿te has cambiado el pelo? Tienes las trenzas más cortas, ¿no?

—¿Fuiste a la peluquería de Raúl? —pregunta Emily.

—Ni de coña, ¡es carísima! Además, no os lo dije, pero... no me gustó cómo trataron mi pelo.

—¿Tu pelo?

—Sí, mi pelo afro —añade Diana.

—¿Qué le pasa?

—Pues que requiere de un tratamiento especial. Las trenzas no me quedaron mal, pero al poco tiempo se me empezaron a caer. Me fui a una peluquería de Lavapiés especializada en pelo afro. Fue una maravilla, la verdad. Ayer volví y me he puesto las trenzas un poco más cortas. Con el verano se agradece.

Me quedo pensativa. ¿Cuántos obstáculos se le habrán presentado a Diana a lo largo de su vida? Es algo que no expone, que se reserva para sus adentros. Supongo que es normal, sobre todo al principio de nuestra relación, cuando ni tan siquiera nos conocíamos.

—Yo tampoco he vuelto a ir a la de Raúl. He aprendido a cubrirme las raíces en casa. A estas alturas, se podría decir que soy una experta. —Se ríe Emily.

—Mantener una peluquería en medio de Malasaña no

debe de ser nada económico. Fuimos al sitio más caro de todo Madrid —comento.

—Pero por el club mereció la pena —añade Emily.

Nos quedamos calladas. Diana le da un codazo. Yo abro los ojos en señal de alerta. Emily nos mira extrañada. Diana señala a Ricardo. Automáticamente, Emily se lleva las manos a la boca en señal de «*mierdahemetidolapata*». Nos reímos. Me volteo de nuevo y observo el horizonte. Parece que Ricardo no estaba pendiente de nuestra conversación. O no ha querido darle importancia.

—¿Estás bien? ¿Necesitas algo? —le pregunto.

—¿Eh? Ah, estoy bien. Pararemos cada dos horas, si os parece bien. Así estiramos las piernas. ¿Qué me decís? —Observa a las chicas por el retrovisor.

—Ricardo, lo que tú nos digas. Nosotras obedecemos tus órdenes —suelta Emily.

Estallamos en carcajadas. En mi interior se aviva una pequeña llama, un fuego etéreo que nace de los escombros de viejas hogueras y de grandes incendios. En él se encuentran mis amores olvidados, las fotografías borradas, los cambios de estado en Facebook y los celos, esos que me acompañan a pesar de aquel «basta». Ricardo es un hombre libre y ni tan siquiera hay nada entre nosotros. ¿O tal vez sí? ¿Qué tendría que pasar para que hubiera algo entre nosotros? ¿Acaso el vínculo que creamos no es real o tangible? Pienso en la diversidad de relaciones. En Diana y Rita. En mí haciendo el gilipollas al quedarme con Pablo. O en Emily haciendo el gilipollas al seguir con James. Quizá no pueda etiquetar mis extraños sentimientos hacia Ricardo. No sé ni cómo ordenarlos o clasificarlos. Quizá tenga que dejar de hacer esta mierda de analizar y archivar. Y tampoco veo que me haya funcionado eso de la fluidez..., a dónde me llevó hace un mes, es algo que no quiero rememorar. ¿Dónde queda el equilibrio? ¿Cómo estabilizo la balanza?

Ricardo sube el volumen de la música. Suena Stephen Stills. Una voz rota y una guitarra marchita nos acompañan en el trayecto. Viajamos a ritmo de country por el desierto de asfalto que reina en gran parte del centro de la Península. Grandes almacenes de transporte. Algunas empresas cárnicas. Carteles decadentes y antiguos que todavía aguantan los temporales meteorológicos. Campos áridos que sufren el impacto del sol en pleno agosto. Cuarenta grados que no dejan margen a la vida cotidiana. Paneles azules que indican que vamos por el camino correcto y que, de algún modo, me acercan más a mi tierra. Aquella que dejé atrás hace varios meses. Pienso en el pasado, en el maletero del coche lleno de incógnitas, miedos y decisiones. En aquel día que conduje llorando y riendo por la montaña rusa de mi inestabilidad sentimental. ¿Me arrepiento? No, para nada. Sin ese portazo no me hubiese quitado las cadenas. Sin esa llave no hubiese abierto el paraíso. Sin su compañía no hubiese encontrado la hermandad.

—¿Paramos en la próxima gasolinera? —pregunta Ricardo.

No contestan. Me vuelvo. Veo a Diana inmóvil. Emily tiene la cabeza apoyada en su hombro. Está roncando con la boca abierta. Un ligero río de saliva espesa y olorosa desemboca en el hombro de Diana, que abre los ojos en señal de socorro. Me río. La capacidad que tiene Emily de dormir en cualquier situación es digna de análisis.

—Sí, paramos en la siguiente gasolinera. ¡Mira, ahí está! —señalo.

Ricardo pone el intermitente. Reduce la velocidad. Encontramos un pequeño tejado que nos protege del sol abrasador. Son las once de la mañana. Diana despierta a Emily. Ella se incorpora de forma abrupta.

—¿Dónde estamos? —se sorprende.

Miro el GPS.

—Estamos cerca de Zaragoza.

—¡¿Ya?!

Abren la puerta trasera. Salen despacio. El calor impide el movimiento ligero y dinámico. El ambiente es una hostia con la mano abierta en toda la cara. Entrecierro los ojos. Pero qué coño. No hay ni un ápice de brisa, de viento, de oxígeno. Me ahogo entre el olor a gasolina, a polvo, a estiércol, a sequedad. Necesito sumergirme en el mar. Fantaseo en silencio con ese momento.

Ricardo me toca la espalda. Estoy sudando. Se limpia en su pantalón con cierto disimulo. Siento ternura. Emily pega un salto y se sube a la espalda de Diana. Ella carga con el peso de la más alocada de las tres.

—Ni de coña te voy a llevar a cuestas, amiga —grita Diana.

—*Do you love me?* —le pregunta Emily.

Cantamos la canción de The Contours. Y ahí, en medio de una gasolinera mugrienta de la A-2, invocamos los sesenta y el rock and roll. Emily rebota en la espalda de Diana. Yo levanto los brazos y mis caderas se mueven solas. Por un momento nos olvidamos de Ricardo, que, desde el interior del pequeño supermercado, nos mira extrañado. Abre la puerta. Grita.

—Tienen cervezas fresquitas.

En poco menos de un segundo, Diana suelta a Emily y salimos corriendo hacia la tienda.

—*Fuck, fuck!* ¡Es justo lo que necesito!

Compramos unas cuantas cervezas frías y una bolsa de las patatas más grasientas que encontramos. Bueno, dos bolsas. Y unas galletas de chocolate. Salimos de nuevo al infierno. Nos sentamos en un pequeño bordillo. El suelo quema incluso en la sombra.

—Lo mejor de los viajes por carretera son las guarradas que se comen por el camino —dice Ricardo.

Asentimos en silencio con la cabeza y con sonidos guturales mientras nos llenamos la boca de patatas fritas y bebemos cerveza a grandes tragos. No nos incomoda el silencio porque nace de la confianza del ser y del estar.

—¿Has traído el *glitter*? —me pregunta Emily.

—Aham —respondo.

Y seguimos comiendo y bebiendo. Pasan unos minutos. Las gotas de sudor adquieren cierta velocidad recorriendo los recovecos de nuestros cuerpos.

—¿Dónde vamos a dormir? —pregunto.

Ricardo coge su móvil. Trazamos la ruta.

—Mirad, podemos desviarnos y así pasamos por los Pirineos. ¿Os parece si dormimos allí?, ¿en la montaña?

—¡Me encanta! —comenta Diana.

Nos acabamos las dos bolsas de patatas y las cervezas y guardamos las galletas para el camino. Decidimos seguir. Quedan tres horas más para llegar a ese lugar de descanso. Ricardo me pregunta si quiero conducir. Miro la furgoneta. Me da vértigo, pero accedo. Me siento y analizo los controles. No tiene demasiado misterio.

—¿Alguna duda?

—Está todo controlado. ¡Vámonos!

Pongo primera, nos movemos despacio. Tengo que entender todavía cómo funciona este cacharro. Supongo que en tres horas me dará tiempo. O eso espero.

Ricardo me cuenta dónde compró la furgoneta. Era de un amigo suyo que se mudó a México. «Me hizo una oferta muy atractiva y no me lo pensé dos veces. De eso hace ya...

¿cinco años? Joder, cómo pasa el tiempo.» Yo escucho atenta y sonrío, no sé muy bien por qué. Ricardo pone cariño en todo lo que cuenta. Se deleita con las palabras y con las risas que se cuelan entre frase y frase. Luego mi pelo se rebela contra mí y se adhiere a mi cara a causa del sudor. Él lo coloca detrás de mi oreja con cariño. Aparto los ojos de la carretera y cruzamos nuestras miradas. No decimos nada. Es una fracción de segundo que remueve mi esternón y lo descoloca. Miro el GPS.

—Tienes que salir en este desvío, Alicia.

—Gracias.

Vuelven las sonrisas y las miradas. Subimos el volumen de esa canción de Radiohead que tanto motiva a Ricardo. Emily nos cuenta mil batallas de animadoras y empollones propias de cualquier película estadounidense.

—Pero ¿realmente eso se vive así?

—¡Sí! Es una locura.

El viaje se hace ameno con sus aventuras, hasta que se cansa y vuelve a romperse el cuello en una postura incómoda para sumirse en el coma más profundo. Pienso en lo que nos deparará Cap d'Agde. Creo que soy adicta a la adrenalina. ¿Qué pasará cuando Emily no esté? La penumbra cierne todo acto de felicidad y entusiasmo. Y me ensimismo en mis propios fantasmas, creando un millón de futuros posibles sin ella. No sé si estoy preparada para la despedida. ¿Acaso alguien lo está?

Pasan unas horas. El paisaje cambia de forma progresiva. El gris del asfalto es sustituido por el verde de los árboles. La temperatura empieza a descender. La carretera serpentea. Voy despacio. Miro por el retrovisor. Una cola de coches que se ven obligados a llevar mi ritmo. No siento lástima.

—¿Paramos en ese supermercado y compramos algo de comida? —sugiere Ricardo.

Pongo el intermitente. Aparco la furgoneta como puedo. Nos bajamos. Llenamos la nevera de cerveza, vino, fruta, algo de verdura, salchichas veganas, huevos y zumos. En los armarios guardamos los cereales, las latas de conserva, las tostadas y las porquerías que hemos añadido sin pensar demasiado en nuestra salud.

Ricardo vuelve a ponerse al volante. Pocos kilómetros más adelante, encontramos un pequeño rincón para dormir. Es una llanura verde rodeada de árboles. Escondemos un poco la furgoneta. Miro el reloj. Son las cinco de la tarde.

—Me muero de hambre —se queja Emily.

Sacamos una mesa plegable y un par de sillas. Este vehículo es una caja de sorpresas. Ricardo eleva el techo. Me da una tela enorme con un mandala rojo. «Para el suelo, así nos podemos tumbar.»

Pasamos la tarde bebiendo cerveza y riéndonos con las tonterías de Emily y de Ricardo. Escucho atenta las explicaciones de cómo dar un buen azote. Diana me coge de la mano y se apoya en mi hombro. Acaricio sus trenzas. Me relaja. Proponemos dar un paseo por los alrededores. Emily está demasiado perezosa. «Id vosotras.» Ricardo también se queda. Yo necesito estirar las piernas. Encontramos un camino de tierra y piedras. Es llano. Se agradece. Voy en sandalias.

—¿Sabes algo de tus padres? —le pregunto.

—Pero si ya te lo dije, ¿no?

—Sí, pero me sorprende que unos padres no se preocupen por su hija.

—Bueno, tienen otra hija que les ha salido como ellos querían.

—¿Tu hermana?

—Exacto.

—¿Con ella has hablado?

—Sí, justo me escribió ayer, de hecho.

—¿Y qué te dijo? Si me lo quieres contar, vaya.

Se instala un silencio un poco incómodo. No dura demasiado.

—Que sigue en Hong Kong con su vida de ensueño. Me habló de mis padres. Me echó la bronca por lo sucedido. Lo normal, vaya.

—Joder.

—Nada, estoy acostumbrada. Mi hermana es la extensión de mis padres. Sieeempre controlándome.

—Pero ¿te preguntó dónde estabas?

—Sí, claro.

—¿Y qué le dijiste?

—La verdad.

—Bueno..., ¿qué verdad? —cuestiono.

—Pues que estoy viviendo en un piso compartido, que tengo un gato y... ¡ah! Que tengo novia.

—¡¿En serio?! No te creo. —Detengo el paso de forma dramática—. ¡¿Le dijiste a tu hermana que estás con Rita?!

—Sí. Además le conté que había dejado la carrera y que estaba trabajando en una página web para vender mi arte *online*.

—Y... ¿qué te dijo?

—Se pasó un buen rato escribiendo y borrando, escribiendo y borrando. Al final, ni me contestó.

—¿Cómo estás tú?

—Bien, Alicia, son muchos años ya. Una se acostumbra a estas cosas.

—Supongo que no debe de ser fácil perder el vínculo con tu familia.

—¿Sabes? Durante toda mi existencia me he esforzado

en gustarles, en quererlos, en aceptar que son así. Pero me he cansado. La familia es algo más que un vínculo de sangre. Es un refugio, un apoyo, una motivación... O debería serlo.

—Diana, creo que hay pocas familias así.

—Mis padres han estado muy alejados de mí y de mis aficiones. Era extraño convivir con ellos. Cuando comíamos juntos, mi padre siempre hablaba sobre sus teorías, sobre su «fabuloso» día en la embajada de donde coño estuviéramos, o daba su opinión sobre alguna noticia. Tuve una educación muy estricta basada en la religión cristiana, en el clasismo, en la importancia del reconocimiento social. Para ellos, tenía que ser una gran empresaria, como mi hermana, para mantener el estatus.

—Joder. ¿En cuántos países has vivido, Diana?

—Nací en Suecia y viví allí hasta que cumplí los seis años, más o menos. Después nos mudamos a Alemania, y cuando tenía catorce nos trasladamos de nuevo, esta vez al Reino Unido. Al año siguiente, Francia. Luego, Italia. Y ahora, Madrid.

—Vaya, qué locura.

—Sí, ha sido muy duro. En cada país tenía que hacer nuevas amistades, y ser negra no es una ventaja en este mundo de mierda en el que vivimos. En algunos lugares me aceptaban más y en otros, menos. Los críos se metían con mi tamaño, con mi piel, con mi pelo, con mi nariz... En fin... «Gorila», «negrata», «mono» y un largo etcétera.

—¿En serio?

—El físico siempre ha sido mi carta de presentación. Bueno, la mía y la de todo el mundo, sí, lo sé. Pero en mi caso viene de la mano de los estereotipos y prejuicios que cada sociedad tiene con respecto a las personas negras. Al final te acostumbras a las miradas, a que te pregunten constantemente de dónde eres, a ser la que menos liga de la clase, a que las tallas cambien dependiendo de la tienda, a que todo el mundo quiera tocar tu pelo aun sin consentimiento, a que la gran mayoría de las personas que te rodean sean blancas. A ser la rara, la diferente, el patito feo de cada lugar. A no mirarme en el espejo. A odiarme mucho, Alicia.

—Siento escuchar esto, Diana.

—Fueron una infancia y una adolescencia difíciles. El único cobijo que encontraba era mi familia, y no era acogedor, créeme. Había demasiadas normas, castigos, expectativas... Me acostumbré a estar sola, a no contarle mis preocupaciones a nadie.

—No sabía esto, Diana.

—He aprendido a gestionar el dolor, la rabia, la desigualdad, las miradas, el racismo, la gordofobia y un montón de mierdas más. Y ahora, encima, añado a este caldo de odio un ingrediente más: ser bisexual y salir con una chica.

—Rita es maravillosa, tía. Y creo que te ayudará en todo esto.

—Bueno, en lo de ser bisexual sí, claro. En lo demás... lo dudo. He vivido experiencias que tú o Rita no viviréis por vuestro tamaño y vuestro color de piel.

—Pero, perdona mi ignorancia, ¿crees que vuelve a haber racismo?

—¿Acaso desapareció?

Diana carraspea. Seguimos paseando sin prisas, relajadas, disfrutando de la brisa de un día de verano en la montaña.

—Racismo no es solo que me llamen «negra de mierda», ¿sabes? O que me maten o me agredan. Eso es solo la punta del iceberg, lo que todo el mundo ve. Racismo también es que me hipersexualicen por ser negra, que me hagan un comentario horrible y los demás callen, que la gente espere que actúe de una manera o de otra, que asocien el color de la piel, e incluso la religión, con una determinada posición económica, que no tenga las mismas oportunidades de acceso a puestos de trabajo o universidades, que me persigan en una tienda porque piensen que voy a robar, que no aparezca en las representaciones culturales, que el dependiente cambie el tono de su voz al verme, que solo haya un estereotipo de belleza posible... Y podría seguir y seguir.

Jamás entenderé su dolor ni podré empatizar con su sufrimiento. Jamás podré vivir sus experiencias o compartir anécdotas que a todos nos pasan cuando somos pequeños. La abrazo. No por compasión. No por lástima. La abrazo porque la quiero con todo mi ser. Nos fundimos durante unos segundos en un apapacho sincero, caluroso y algo sudoroso.

—Te quiero —susurro.

—Y yo a ti, Alicia. Me habéis cambiado la vida.

—No, nosotras no hemos hecho nada. El mérito es tuyo. No lo olvides. Tú has hecho que tu vida cambie.

Sonreímos en silencio. Caminamos un poco más. La luz empieza a esconderse tras las copas de los árboles. Nos cogemos de la mano.

—Oye, cuéntame sobre la venta de tus obras, Diana. ¿Cómo lo llevas?

—Es un camino jodido. De momento estoy aprendiendo sobre redes sociales, diseño web, gestión de una tienda *online*... En fin, haciendo mil cursos para aprender a ser *freelance*.

—Seguro que te irá bien.

—O no, quién sabe. El del arte es un mundo complicado. He leído sobre el tema. Tengo que llegar a gente, crear una buena reputación, hacer un trabajo excelente. Estoy dejando poco a poco el negocio de las bragas, y cuando tenga la web me pondré en contacto con marcas, artistas y establecimientos para poder empezar a trabajar en el sector.

—Todos querrán que lo hagas gratis y te dirán que es importante para conseguir un nombre. Así funciona el mundo creativo. «¿No es tu pasión?» «Pero si en tus redes sociales no cobras.» Etcétera.

—Me voy preparando entonces, la que me espera. Lo cierto es que Rita me está ayudando mucho. A ella el negocio *online* le va genial. Se ha posicionado bien y vende como una loca.

—¿Cerámica?

—Sí. Es una artista, Alicia.

Diana sonríe cuando habla de Rita. Sus mejillas se ruborizan. Sus ojos brillan. Sus dientes blancos relucen.

—Estás enamorada, ¿eh?

—Muchísimo. Qué locura, ¿verdad?

—¿Por?

—Por todos los muros que he derribado. Algunos todavía se mantienen en pie, pero otros están destrozados.

—Te estás reconstruyendo.

—Bueno, creo que jamás me construí a mí misma. Digamos que todos menos yo pusieron ladrillos y cemento.

Llegamos a la furgoneta. Escuchamos música. Emily y Ricardo están perreando. Beben a morro de una botella de vino blanco. No paran de reírse. ¿Qué está pasando? En cuanto nos ven, se acercan corriendo. Nos abrazan. Huelen a alcohol rancio.

—¡Qué bien que estéis aquí! —balbucea Emily.

¿Cuánto tiempo hemos estado lejos de ellos? ¿Veinte años? Menuda celebración.

—Bebed un poco de vino —dice Ricardo.

Diana y yo nos miramos un tanto cómplices. Después de nuestra conversación, no me apetece emborracharme. Supongo que a ella tampoco. Pero es agosto, estamos en medio del monte, vamos de camino a Cap d'Agde y no sé cuántos momentos nos quedan juntas. Emily abre el maletero, remueve entre su equipaje.

—¡¡Tachán!! —grita, enseñándonos una botella de tequila.

—¡Pero Emily!

—¿Qué? El tequila es la bebida de nuestra amistad.

Lo cierto es que sí. No sé si me alegra o si me parece lamentable. Bah, qué más da. Durante los segundos en los que me planteo mi postura frente a esta afirmación, Emily ya ha llenado mi boca de licor.

—No tenemos ni limón ni sal, pero no pasa nada, os lo imagináis.

La boca de Diana rebosa y acaba derramando gran parte del ¿chupito? Se aparta y se limpia con la mano. Traga como puede. Emily ni se entera. Bebe a morro. Y va a por Ricardo.

—Ven aquí, Ricardo, obedece.

Él me mira con cara de «sálvame, por favor». Yo no salgo a su rescate. Lo apoyo con una sonrisa. Bailamos al son del reguetón, cómo no. Con Emily es difícil escuchar otro tipo de música. Nos pegamos a Ricardo. Él se ríe muy alto. Se enciende un cigarro. Y así pasan las horas y se instala la noche. Entre sorbos de vino, chupitos de tequila mal administrados y latas de conserva que vamos abriendo. El alcohol hace que nuestras energías mermen. Acabamos tumbadas en la tela y miramos las estrellas, que en verano parecen más definidas.

Emily insiste en pintarle las uñas a Diana. Ella se deja.

Yo apoyo mi cabeza en el hombro de Ricardo. Él me acaricia suave el pelo. Pasamos unos minutos ajenos al tiempo y al espacio, escuchando cómo Diana le pide concentración a Emily y esta le acaba llenando todos los dedos de esmalte. Ricardo se asoma.

—¿Me permites? —le dice.

—Sí, mejor. Menudo desastre tengo en las manos.

—*Puesh* no tengo *quitaeshmalte*, Diana —trata de vocalizar Emily.

Acto seguido suelta una risa maléfica y se tumba a mi lado hecha un ovillo. La abrazo. Ricardo se concentra con el pincel. Diana respira aliviada. «Menos mal.» Justo en este momento de calma mental, física y espiritual, Emily:

—Oye, una preguntita...

—Qué.

—¿Cómo *vamosh* a dormir *eshta* noche? —chapurrea.

X

Demasiado silencio

Silencio. Emily nos mira con unos ojos un tanto desvaídos. Menuda borrachera lleva encima. Ricardo ha dejado de pintarle las uñas a Diana. Guarda el pincel en el bote.

—Tenemos dos camas dobles.

—Uy, uy, uy, uy —dice Emily.

—A mí me da igual —añade Diana.

—Y a mí —le sigue Ricardo.

No sé si será el tequila o el vino. O las ganas de contacto. Lo cierto es que me apetece dormir con él. Creo. Supongo. Sí. Quiero.

—Ricardo, si quieres podemos dormir juntos, que tenemos más confianza.

—Uy, uy, uy, uy —vuelve Emily.

—Sin problema. —Ricardo sonríe.

Cojo el móvil. Tengo poca cobertura. Veo un mensaje de Leo. Es otra canción. Se me escapa una pequeña risita. Intento disimular. Le contesto a mi madre. «Estoy en los Pirineos de camino a Cap d'Agde. *Tot bé.*» Son las once de la noche. Estoy algo cansada. Cojo algo más para comer. Bebo agua, mucha. Emily sigue perreando a pesar de que ya no hay música. Me alejo de la furgoneta y meo entre los árboles. Vuelvo. Ricardo está contando por qué se hizo vegano.

—Vi un documental hace un par de años, *Cowspiracy*, y empecé a investigar sobre el tema. Aunque nunca he sido una persona muy carnívora, debo aclarar.

—¿Y dejaste la carne así, de un momento para otro? —pregunta Diana.

—Sí, aunque primero empecé siendo vegetariano y después me hice vegano.

—¿No echas de menos la carne y el pescado?

—No, la verdad. La comida vegana es muy rica.

—Rita es vegetariana —comenta Diana.

—¿Quién es Rita?

—Venga, Ricardo, no hagas como que no sabes nada, que tienes un lorito a tu lado. —Me señala.

—¿Yo? —Me hago la sorprendida.

—Sí, lo cierto es que Alicia me comentó que estabas saliendo con una chica, ¿no?

—Estoy muy enamorada, Ricardo. Mira qué guapa es.

Y como una abuela sacando el álbum de fotos de sus nietos, Diana le enseña fotos de Rita en la playa, con la guitarra, en el retiro tántrico...

—¡Es guapísima! Qué hippie.

Diana le cuenta la historia de cómo se conocieron. Yo empiezo a quedarme dormida. Emily ronca, para variar. Propongo irnos a dormir.

—Preparo las camas —dice Ricardo.

Me bebo el culo de vino blanco caliente y un tanto rancio que queda. Diana me susurra si duermo con él porque me apetece o si lo hago para no generar una situación incómoda. Me giro, la miro. «Me apetece, tranquila.» Asiento con la cabeza y sonrío. Ella me devuelve el gesto.

—¡Ya está!

Nos coordinamos. Viajar en furgoneta tiene su propio sistema. El orden es fundamental. Me agobia moverme en un espacio tan reducido. Nos lavamos los dientes por turnos. Me desmaquillo. Despierto a Emily.

—Vamos a dormir.

—*Shí.*

La ayudo a levantarse. Se va directa a la cama doble de arriba. Apoya un pie en el reposabrazos del asiento del conductor y se impulsa como puede.

—Tenéis una sábana y una manta, por si pasáis frío —indica Ricardo.

A Diana le preocupa si el resorte aguantará su peso. Él la mira vacilante. Ella, de forma automática, pega un brinco y se sube.

—Buenas noches, chicas —se despide Diana.

Apagan las luces de su rincón. Ricardo y yo mantenemos un pequeño destello que nos permite acomodarnos en la cama. Dejo mi móvil encima de la lámina de cristal que protege la nevera, los fogones y el diminuto fregadero. Dudo por un momento si quitarme la ropa o no. En ese instante, Ricardo se sienta en la cama y se quita la camiseta y los pantalones. Observo de reojo ese cuerpo desconocido que no he podido escanear con tranquilidad, que ni tan siquiera he visto sin complementos, sin añadidos. No tiene ni un solo pelo. Es delgado, con una espalda ancha y las clavículas bien marcadas. El pectoral se define sin demasiado artificio, del mismo modo que los abdominales y los cuádriceps. El pecho, el cuello, el abdomen, los brazos y gran parte de las piernas están tatuados. Colores, formas, blancos y negros, palabras, frases... Un batiburrillo sin demasiado sentido estético, pero, entiendo, con gran valor emocional. Se coloca bien el aro de la oreja. Levanta la mirada y con ella sus expresivas cejas. Miro hacia otro lado. Carraspeo. Disimulo, mal, pero lo intento. Él sonríe. Se acomoda en la cama. Me quito la camiseta. Escondo mis sandalias debajo del asiento. Huelen fatal. El puto verano. Estoy en tanga y sin sujetador. Ricardo no curiosea entre mis pliegues y mis detalles corporales, algo que agradezco. Entro en el hueco que ha dejado. Joder, la cama es más pequeña de lo que pensaba. Nos rozamos.

—Perdona.

—Tranquila. ¿Tienes frío, calor...?

—Estoy bien.

Bien cachonda. Hace tiempo que no tengo contacto directo con otro ser, con otra complexión, con otra figura. El roce es inevitable. Me quedo boca arriba. No sé muy bien qué hacer. Él está en la misma situación. Me incorporo, apago la luz. Solo el fulgor natural de la noche se cuela por la ventana y crea una atmósfera ideal para un polvazo salvaje. Oh, joder, necesito una fiesta frenética en Cap d'Agde. Aunque, de algún modo, estoy menos receptiva a follar con cualquier persona en cualquier lugar. ¿Será porque ha cambiado mi visión del sexo después del retiro tántrico? Quién sabe. Ricardo se tumba de costado. Me mira.

—Estás preciosa con esta luz —susurra. Y acto seguido—: ¿Estás bien? ¿Cómoda?

Volteo mi cabeza. Sus cejas se arquean. Sonrío. Él también. Su perfume está presente. Ricardo es una fusión de todos los anuncios de fragancias en plena campaña de Navidad. Sin entenderlo demasiado, me provoca un grito desesperado en mi interior, en concreto en mi entrepierna. Inspiro. Seguimos mirándonos. Le digo con los ojos: «Bésa-me». Qué coño. Me acerco a sus labios. Él asiente. Me lanzo y nos fundimos en una lucha de lenguas, derramando saliva en nuestras bocas, ganando la guerra a la pasión, al deseo, al puto pálpito que siento en mi coño, a la erección que noto bajo sus calzoncillos. Somos sigilosos para no despertar a las chicas. Cualquier movimiento se ve amplificado en este cajón de aluminio con ruedas. Me genera morbo. El silencio. La cautela. La discreción. La prudencia de no captar la atención de las dos personas que duermen encima de nuestras cabezas. Aquellas a las que escuchamos respirar con total claridad.

Se escuchan algunos grillos. Seguimos inmersos en besos y susurros, en gemidos ahogados; en una exageración de la gesticulación, como si se tratase de una película de cine mudo un tanto pornográfica. Me agarra el culo, lo empuja contra su polla. Me sudan las axilas a pesar de que las ventanas están un poco abiertas. Muevo mi coño por encima de sus calzoncillos. Nuestra ropa interior mojada se frota. Las sábanas hacen ruido. Decidimos bajar la intensidad. Ricardo me aparta. Con su mano recorre mis pechos, mi abdomen. Llega a mi entrepierna. La palpa. Levanta una ceja en señal de sorpresa. Supongo que será por la cantidad de fluidos que bañan mis labios. Hace movimientos circulares por encima del tanga. El placer que siento por el roce de sus dedos en mi clítoris es inmenso y totalmente desproporcionado. Pero el contexto, el deseo contenido durante todo el camino, las ganas de conectar con alguien y, sobre todo, la confianza que tengo con él incrementan el deleite de forma exponencial.

Me quito el tanga. Lo dejo al final de la cama, bajo las sábanas. Ricardo sigue mostrándome la maestría que tiene con el índice y el corazón, con el tacto delicado de sus yemas. Estoy tan excitada que no puedo moverme. Nos miramos. Él clava sus pupilas en las mías. Y esos ojos conocidos me vuelven a sumergir en el universo que nace de mi ser. La pelvis adquiere cierta rutina en un vaivén sexual. Me apetece sentirlo dentro, tener libertad de meneos y sonidos. Poder romper las paredes, que suenen los muelles, que la carne queme. Comernos los rincones que todavía desconocemos. Afinar el tono de sus gemidos. Mezclarlos con los míos y crear nuestra propia melodía. Y así, con este pensamiento, buceando en esta ansia, me baña el orgasmo. Abro los ojos. La mandíbula se relaja. Frunzo el ceño. Ricardo no desvía sus luceros de los míos. Lo quiere. Y ahí le dan por culo al silencio. Que se joda. Me muevo, respiro un tanto acelerada y... ¡bum! Contracciones, el pálpito, la descarga, la liberación. Un cosquilleo incandescente por la piel. Metralla de placer clavada en el surco de mi garganta. El orgasmo limitado a un simple suspiro. Unos espasmos que no puedo controlar. Ricardo para. Reposa su mano encima del coño. Me acaricia la cara. Intento recomponerme del viaje interestelar que acabo de emprender por el cosmos de mi cuerpo. Y como quien alardea de poder parar el tiempo, Ricardo hace una mueca con sus labios y me guiña el ojo. Nos reímos flojito. Volvemos poco a poco a la realidad. A esta que no ocupa más que diez metros cuadrados. Y justo en este instante de complicidad, de intimidad, de aislamiento...

—Menos mal, pensábamos que no pararías nunca —balbucea Emily.

Ricardo descubre sus escleróticas y puedo adivinar la redondez de sus iris. Yo hago lo mismo en señal de confusión. ¿Nos han pillado? No decimos nada. Ni tan siquiera respiramos. Nos quedamos en silencio por un momento. Y de nuevo:

—Menudo revolcón, ¿no? —comenta Diana.

No podemos contenernos más y estallamos en carcajadas. Nos reímos tanto que me duelen la barriga y el maxilar. Diana y Emily asoman su cabeza por el agujero del techo que separa una superficie de la otra. Nos miran.

—Pero ¡chicas! —grito mientras me tapo con la sábana.

—¿Qué? Si ya lo hemos visto todo de ti, Alicia —añade Diana.

—¿Seguís dándole al tema? —comenta Emily.

—No, no —dice Ricardo.

—¡Ah! Menos mal. Ya podemos dormir.

—¿Tanto se ha escuchado? Pero si no hemos hecho ruido, ¿verdad? —Busco la afirmación de Ricardo. No la encuentro.

—Alicia, te has venido arriba, tía. Ha habido un momento en que he pensado en bajar y darte un poco de agua porque te estabas ahogando entre tanto «oh», «sí», «ah» —se mofa Emily.

Siento como me ruborizo. Ricardo esconde mi cabeza entre sus brazos. Me apoyo en su pecho tatuado. Acerco mi cuerpo al suyo. No hay erección. Siento un poco de lástima. Está siempre tan centrado en mi placer que, al final, por un motivo u otro, el suyo queda excluido. Y no puede ser. Él acaricia mi cabeza. Qué paz más pura.

—No os preocupéis, chicas, que ya hemos acabado —añade Ricardo.

—Venga, ¡a dormir! —grito.

Ellas se ríen. Sus cabezas se esfuman del horizonte y vuelven a acomodarse provocando que se mueva toda la furgoneta. El perfume de Ricardo se mezcla con un ligero olor a sudor. Me aparto de su cuerpo. Nos miramos. Sonreímos. No hay mariposas en el estómago. Ni fuegos artificiales en mi interior. No hay temblores ni chiribitas en los ojos. No hay risas tontas ni imágenes mentales de los dos caminando hacia el altar. Solo encuentro equilibrio y silencio.

Silencio, sin más.

XI

Pero qué coño

La luz del sol se cuela por la ventana. Avanza directa hacia mi ojo derecho. Me despierto. Un fogonazo me hace cerrar el párpado rápido. ¿Qué hora es? Salgamos de dudas. Palpo la encimera de cristal donde dejé mi móvil. Lo alcanzo. Ricardo se mueve. Respira profundo. Sigue dormido. Cojo el teléfono, me resguardo del sol bajo la sábana. Son las nueve y media. No puedo dormir más. Me levanto con cierto sigilo. Me pongo los pantalones y la camiseta que dejé tirada ayer. Abro la puerta lateral de la furgoneta. No llevo ropa interior, poco me importa. Cierro despacio. La brisa de la mañana me refresca la cara. Hace calor incluso en plena montaña. Voy al mismo rincón donde oriné anoche. Descargo mi vejiga. Qué gustazo. Escucho que alguien abre de nuevo la puerta. Despido las últimas gotas de mi uretra. Me acerco. Es Ricardo.

—Buenos días, preciosa. Voy a mear —me dice.

Sonrío. Le dejo su espacio. Me siento en una pequeña roca. El sol empieza a secar el ambiente, la hierba, los árboles, el rocío de la mañana. Ricardo se acomoda a mi lado. Me acaricia la espalda.

—¿Qué tal has dormido?

—Bien. Me he despertado con la luz del sol y ya no podía dormir más —respondo.

Situación un tanto incómoda. No es la primera vez que tenemos un encuentro sexual entre nosotros, pero quizá haya sido el más embarazoso.

—Me duele la cabeza. El puto tequila —dice Ricardo.

—Sí, el puto tequila —corroboro.

De nuevo callados. La furgoneta se mueve. Supongo que Diana o Emily están adquiriendo una postura nueva. Pasan unos segundos. Emily abre la puerta. Sale con su pelo rosa enredado, con el maquillaje esparcido por toda la cara y oliendo a tequila rancio. Tira para atrás.

—Buenos días —dice con voz ronca.

Nos reímos.

—¿Cómo va la resaca, amiga? —pregunto.

—Calla, calla. Necesito un café. O un tiro en la cabeza, no sé. ¿Qué es más eficaz?

—Bueno, yo si quieres te hago lo primero, que también lo necesito. Lo segundo es cosa tuya —contesta Ricardo.

Se levanta.

Diana también está despierta. Se sientan a mi lado mientras Ricardo prepara el café.

—¿Qué tal habéis dormido?

—Superbién. Esta furgoneta es comodísima —dice Diana.

—Yo no me he enterado de nada, a excepción de tu orgasmo, claro —suelta Emily.

—Ya estabas tardando en lanzarme alguna directa de las tuyas.

—Es que, Alicia... —Diana se empieza a reír sin parar. No entiendo nada.

—¿Qué?

—Se escuchaba todo. Fue muy divertido. Además se movía toda la furgoneta. Era imposible dormir.

—Os juro que pensaba que estaba siendo muy sigilosa.

—Pues no, no lo eras —corrobora Emily.

—Pero bueno, ¿te lo pasaste bien? —pregunta Diana.

—Lo cierto es que sí.

Desayunamos rápido. Tenemos ganas de seguir con nuestra ruta. Limpio los platos en el fregadero más diminuto que he visto en mi vida. Emily se huele el sobaco. «Qué asco doy.» Yo hago lo mismo. Diana me sigue. Olemos fatal. Ricardo nos ofrece unas toallitas húmedas. Nos limpiamos las zonas más apestosas mientras él se baña en desodorante y colonia. Recogemos las camas y preparamos la furgoneta. En media hora estamos de nuevo en la carretera. Yo voy de copiloto. Ricardo lleva unas gafas de sol con cierto aire *vintage*. Le sientan muy bien. Paramos en una gasolinera. Repostamos. Apuntamos los gastos para dividirlos cuando volvamos a Madrid. Compro un té verde fresco y me despido con un *adéu* al salir. Me siento en mi otra casa. En mi tierra. Aunque no en mi hogar.

Las horas pasan rápido. Gritamos cuando vemos el cartel azul con estrellas blancas que marca la frontera entre ambos países. Emily se caga en todo porque le duele mucho la cabeza. Diana habla con Rita por teléfono. Yo le escribo a Leo. «Buenos días. Estoy de viaje. Cuando tenga un hueco, escucho la canción. ¿Cómo estás?» No pasan ni veinte segundos y suena mi móvil. Es mi madre. Joder. «Estoy bien», le escribo. Y ahora sí, Leo. «¡Ey! No te preocupes. Yo te iré enviando canciones para convertirte en una experta en blues antes de nuestra ruta. Yo estoy tocando en el metro. Me he levantado a las ocho. No soy persona. Y esta noche concierto. ¿Cómo va tu viaje?» Sonrío. Ricardo se da cuenta. Tampoco tengo nada que ocultar. Nos escribimos algunos mensajes. Le cuento nuestra borrachera de anoche. Le envío una foto del lugar donde pernoctamos. Él me envía una foto suya con su guitarra y su armónica en la línea 6 de metro Madrid. Vuelvo a perfilar una curvatura con mis labios. Me río en voz alta. Diana se acerca.

—¿Con quién hablas?

—Oye, chafardera. —Bloqueo el móvil.

—¿Qué?

—Hablo con Leo.

El radar de Emily detecta cotilleo. Se despierta.

—¿Con Leo?

—Pero ¡¿no estabas durmiendo?!

—Estaba, tú lo has dicho. Cuéntanos.

—¿El qué?

—¿Qué tal con Leo?

—¿Quién es Leo? —pregunta Ricardo.

—No te lo conté, es verdad. Lo conocí el domingo pasado en un bar de blues. Él cantaba y tocaba la armónica. Y, bueno, nos dimos nuestros teléfonos.

—¿Y ya está? —prosigue.

—Sí. No me apetecía acostarme con él, ¿sabes? Estaba con las chicas y quería pasar la noche con ellas.

—Claro, comprensible.

—Pero quedaréis, ¿no? —pregunta Emily.

—Sí, el viernes que viene. Justo dentro de una semana.

—Pues ya está, polvazo que se avecina.

—¡Emily! —grito.

Nos reímos. Nos quedan veinte minutos para llegar a Cap d'Agde. Estoy nerviosa. Los viajes siempre me ponen tensa. Será por la vorágine de emociones que se presenta. O por la pérdida de control, que me inquieta. Tal vez sea el desconocimiento de ese lugar que aparece como una flecha roja en Google Maps.

Enseguida llegamos a un pueblo costero. Hay carteles grandes que indican dónde se encuentran algunas discotecas liberales. Otros anuncios nos muestran hoteles con *spa* donde la ropa es inexistente. De repente, al final de la calle, nos encontramos con una valla metálica. ¿Tenemos que pagar un peaje?

—¿Alguien sabe francés? —dice Ricardo.

—¡Sí! Voy.

Diana se acerca a una pequeña oficina. Habla con una persona que se cobija del calor abrasador en el interior de la caseta. Mi amiga asiente con la cabeza. Vuelve. Bajo la ventanilla.

—Tenemos que pagar.

—¡¿Qué dices?! —grita Emily.

—¿Y si aparcamos fuera? —sugiere Ricardo.

—Hay que pagar igualmente.

—¿Solo por entrar?

—Claro.

—Joder.

—Bueno, a ver, ¿cuánto es? —pregunto.

—Son noventa y ocho euros por tres días.

—¡¿Por persona?! —exclamo.

—¡No! En total. Podemos entrar con la furgoneta sin problema. Aunque nos recomienda alquilar una plaza en el camping, ya que nos pueden decir algo por acampar en la urbanización.

¿Merecerá la pena gastar tanto dinero? Nos miramos. Hacemos un gesto de resignación. Asentimos.

—Pago yo y hacemos cuentas —dice Diana.

En un par de minutos el trámite está hecho. Diana vuelve con un tíquet. *Véhicule. 3 jours / 4 personnes.* Lo dejamos en el salpicadero de la furgoneta. El hombre nos abre la barrera metálica y se despide. Ricardo pone primera y, de repente, aparece ante nosotros el típico pueblo costero repleto de guiris en verano. Grandes apartamentos enfrente de la playa. Tiendas que venden flotadores de unicornio, toallas, gafas de sol y cremas solares. Restaurantes. Bares. Un jardín inmenso. La playa al fondo. Un hombre de sesenta años que pasea en bici. Un momento. ¿Un hombre de sesenta años que pasea en bici... sin ropa?

—Pero qué coño. ¿Ese hombre va en pelotas? —pregunto.

—¡Sí! Cap d'Agde es naturista. Puedes ir sin ropa por todo el complejo.

No puede ser. Al señor le cuelga el pene por el lateral. Lleva riñonera. Lógico. En algún lugar tendrá que llevar las llaves de su apartamento o el móvil, yo qué sé. Una pareja pasea con la sombrilla a cuestas y en chanclas. Sin nada más. Tal y como llegaron a este mundo.

—¡Mirad! —grita Diana—. ¡El jardinero también va en pelotas!

Un hombre de unos cuarenta años hace el mantenimiento de las zonas verdes sin ningún tipo de protección más que sus gafas de sol noventeras. Está pasando el cortacésped. Lo cierto es que, de momento, no hay nada fuera de lo normal. Salvo que la gente va desnuda, obvio. Algunas personas llevan un pareo que se mueve caprichoso con el viento y deja ver un coño cubierto de vello. Otras visten con transparencias, rejillas o vestidos estratégicamente cortados para que se vean las zonas más íntimas, que aquí pierden el sentido del pudor. Vemos la señal que indica la entrada al camping. Ricardo pone el intermitente a la derecha.

—Este es el sitio más surrealista en el que he estado —dice Diana.

—Estoy de acuerdo —añado.

Sin embargo, el ambiente, la edificación y los comercios me resultan muy familiares. La gran mayoría de los pueblos costeros y urbanizaciones estacionales en España tienen esta estructura. Pero la magia de este lugar reside en la libertad. Una libertad por encima de la vergüenza, del sistema, de la normalidad. Una libertad que se manifiesta a nivel físico con la ausencia de tejidos. Una libertad que también es sexual. Muy sexual.

Entramos en el camping. No hay sorpresas: también es naturista. Encontramos la recepción a pocos metros y, otra vez, una valla metálica. Diana vuelve a bajar. Pregunta a una mujer de unos cincuenta y largos que está tras el mostrador. Esta le ofrece un mapa de la zona. Después, abre la barrera y nos saluda a lo lejos. Diana sube a la furgoneta.

—¿Ya has pagado? —interrogo.

—Sí. Han sido unos veinte euros.

—Ah, bueno. —Suspiro aliviada.

—Por persona —aclara Diana.

Me resigno. Alicia, ya está, el verano es así. Tienes unos pequeños (diminutos) ahorros. Todo saldrá bien.

Aparcamos la furgoneta bajo la sombra de un árbol, en una parcela bastante grande y espaciosa. Estiramos las piernas. Miro el reloj, son las dos y media. Tengo hambre. Decidimos comer algo e ir a la playa. Preparamos la mesa y hervimos un poco de pasta. Ricardo cocina de maravilla. Comemos a la sombra de un pino mientras charlamos sobre lo ficticio que parece este lugar hasta ahora desconocido. Escribo a mi madre. Y, de paso, también a Leo.

Recogemos las cosas; Diana friega los platos. Yo preparo una mochila con las toallas, algo de agua, unos *snacks* y crema solar. Me desnudo y me pongo un pareo anudado al cuello. Voy sin bañador. Hemos venido a jugar. Ricardo me mira y sonríe. Yo me sonrojo. ¿Por qué? Ni idea. Pero lo hago.

—*Ready?*

—¡Vámonos! —ordena Diana.

Caminamos por un paseo de piedras y tierra un tanto

fastidioso con estas chanclas. La media de edad está bastante clara. Me siento joven, aunque no demasiado. Pasamos al lado de varias tiendas de campaña, personas en su tumbona tomando el sol (en pelotas).

Enseguida llegamos al asfalto. Hace calor. Son las cuatro y media y el sol no tiene piedad. Decido ponerme crema solar en la espalda y en los hombros. Aunque mi piel esté ligeramente bronceada —gracias, Ibiza—, sigo siendo muy apetitosa para las quemaduras solares y las manchas. Nos desplazamos lento y en silencio. Los ánimos no están muy elevados, estamos cansadas. Ricardo me acaricia el hombro y me abraza. Su sobaco está sudado. El mío también. Es mejor no entrar en detalles olfativos porque agosto y el ser humano tienen estas cosas. Hay varios chiringuitos, bares con vistas al mar, pizzerías y una playa enorme y concurrida a lo lejos.

—¿A dónde vamos? —pregunta Emily, un poco hasta el coño de caminar.

—¿Queréis aquí? —sugiere Ricardo.

—Vale.

—Bueno, ¿sabéis cómo va esto de la playa en Cap d'Agde? —nos interroga Ricardo.

—Pues como en todos lados, ¿no? Llegas, coges hueco, plantas la toalla y listo —describo.

—Sí, aunque hay diferentes zonas. Hay una gay, una más familiar y otra para parejas.

—¿Cómo sabes eso?

—Lo leí en Tripadvisor.

—¿En serio? Vaya. Qué cosas.

—¿Y sabemos qué zona es esta? —interrumpe Diana.

—Ni idea. Probemos —insta Ricardo.

Accedemos a la playa por una pasarela de madera que termina cerca de la orilla. Hay varias sombrillas. Encontramos un hueco. Plantamos nuestras toallas. Emily ya está desnuda. Se tumba. Respira. Se ríe sola. Ricardo se levanta. Se quita la camiseta. Intento no mirar. La intriga me puede. Se baja los pantalones y ahí está, su polla. Creo que es el genital que más se me ha hecho de rogar. Tiene el vello recortado y un tatuaje en la pelvis. Deja los pantalones y la camiseta bien doblados en un lateral de su toalla y se tumba. Miro a Diana. Desato el nudo de mi pareo y me quedo sin nada. La brisa acaricia mi piel. Todos los rincones, las esquinas, los pliegues, las formas, los detalles. Todo queda expuesto sin ningún tipo de barrera. Los tatuajes que salpican mi cuerpo contrastan con la tinta que tiñe la piel de Ricardo. Diana me sigue y se quita la ropa. Sus enormes tetas sienten la liberación. Me estiro. Muestro mis axilas un poco peludas. La verdad es que me da igual. Estos días no me apetecía depilarme. Me siento bien.

Analizo mi entorno. La desnudez, la naturalidad del cuerpo y del movimiento. La diversidad del ser. Justo en este momento me viene la inspiración. Qué oportuna. Cojo el móvil corriendo y abro la aplicación de notas. Empiezo a escribir.

XII

Templo

El cuerpo es un templo. Un templo en el que rezo porque no hay nada más sagrado que la propia vida. Un templo en el que me retuerzo porque no hay nada más físico que el dolor. Un templo en el que puedo refugiarme del tormento, esconder la cabeza y fingir que no soy más que cemento, inmune en apariencia al tiempo. Un templo cuyo ajuar se renueva con el aprendizaje, con los sentimientos. Un templo en el que puedo reír hasta que el eco eleva al cuadrado mi aislamiento. Un templo en el que medito cuando necesito tomar un camino en concreto, en el que puedo celebrar el fracaso o despreciar, a veces, el éxito. Un templo que me abraza con sus paredes únicas, las mismas en las que decoro con ahínco mis vivencias. Paredes que recogen las grietas que filtran la luz de mis nalgas o el gotelé que pinta mis piernas. Paredes donde dibujo, con tinta y sangre, aquellos recuerdos que quiero guardar, perennes. Paredes que se desconchan, que se arrugan, que envejecen como las tejas que se tiñen de gris cuando sumo un año al recuento.

—Alicia, ¿estás bien? —me preguntan.

—Sí, sí —respondo sin levantar la vista del móvil. Sigo escribiendo.

El cuerpo es un templo. El mío, el tuyo. Templos con es-

tructuras más anchas o más estrechas, más altos o más pequeños. Templos a medio construir, templos deshechos. Templos que a pesar de los siglos siguen presentes, embalsamados por la historia. Templos que tienen agujeros que tapan con una capa de esmalte. Templos minimalistas. Otros que abrazan lo excéntrico, lo estrambótico, lo barroco; que sufren Diógenes de ideas, de recuerdos, de templonalidades. *Que no encuentran un hueco para la reforma, para el renacimiento.*

Templos que se creen más templos solo por el material del que se abastecen sus cimientos. Templos que desprecian a otros por el color de su fachada, por la redondez de su portada, por la desigualdad de sus ventanas, por los diseños que guardan. Templos que dirigen la templonidad *desde las montañas más altas. Templos que corrigen los cánticos que suenan en su interior. Templos que se enfrentan entre ellos encabezados por constructores que jamás los salvan. Constructores que destruyen sus peanas.*

Templos que sirven como modelos por sus estructuras, sus paredes lisas y sus altos techos. Templos que lloran porque nunca serán como esos portentos que posan en los catálogos. Templos que se olvidan de que su belleza reside en habitar un templo. Templos que se centran más en su exterior que en lo acogedor que es su centro. Templos que se fusionan con otros en un acto que algunos califican como profano, pero que, en realidad, es nuestro sustento. Templos que se reforman. Templos que se pierden entre sus lamentos. Templos que conocen todas las distancias de su apartamento. Templos que todavía no saben que son templos. Templos que envidian la superficie de otros sin atisbar cuánto ocupan en el espacio-tiempo.

El cuerpo es un templo. El tuyo, el mío. Un lugar al que invitar al universo. «Pasa, pasa, que te enseño dónde me encuentro.» Un lugar en el que poder comer tranquila mientras la tormenta se cierne sobre el terreno. En el que regar el huerto que cultivaste con cada «y si» que resonó en tus adentros. En el que enterraste a los fantasmas del arrepentimiento, bien escondidos bajo el suelo. En el que los espíritus de vidas pasadas y de almas atrapadas se pasean a veces sin control. En el que barres la mierda que entra cada día y limpias los platos de la alevosía. En el que arreglas las fugas de gasiedad *que en ocasiones avivan el destrozo del ornamento. Un lugar en el que abres las ventanas y ventilas los pensamientos. Que corra el aire, que del viento también aprendo.*

El cuerpo es un templo destinado al culto de la vida, a la divinidad del momento. Y en él me templo.

XIII

Arena y sal

Espiro. Levanto la mirada.

—¿Has vuelto? —se preocupa Emily.

—Sí, perdón. La inspiración, ya sabéis. Voy a ver cómo está el agua —informo.

—¡Tía! Cuidado con la digestión —me advierte Emily.

—Tranquila, solo voy a meter los pies.

Me levanto y paseo entre toallas y sombrillas. Por norma general, las pieles están muy bronceadas. Siento las miradas clavándose en mis tetas, en mi coño y en mi culo. Escáneres por pupilas que recorren mi frontera sin ningún tipo de disimulo. Me incomoda un poco. Le resto importancia. Llego hasta la orilla. La gente pasea. Empiezo a percibir la moda propia de este pequeño rincón del mundo. Sí, practicar el naturismo está permitido, pero no de cualquier forma. Veo caderas decoradas con cadenas de plata y oro, con pañuelos de colores o con pareos de rejilla brillantes anudados a la cintura. Hay algo que me sorprende todavía más. Algunos hombres llevan un anillo en la base del pene. ¿Qué coño es eso? Toco con la punta de los pies el agua. Un hombre se queda a mi lado y me sonríe. «*Bonsoir*», dice. No tengo ni puta idea de francés. Fuerzo una mueca y vuelvo corriendo a las toallas. Ricardo me mira con ternura. Me siento a su lado. Necesito respuestas.

—Oye, Ricardo.
—Dime.
—He visto que algunos tíos llevan una especie de anillo en la base del pene.
—Sí.
—Qué cojones es eso.
Él se ríe. «¡Mira, mira!», digo mientras señalo con cierto descaro una polla que de forma casual pasa delante de nuestras narices. Lleva ese aro en plateado.
—Es un anillo que sirve para retener la sangre en la zona genital.
—¿En serio? ¿Y no duele?
—Es una sensación rara. Se usa para mantener la erección y que la polla parezca más grande.
—Vaya, qué cosas.
Pasan unos minutos. Admiramos el llamativo horizonte que se nos presenta. Ricardo se tumba. Está algo nervioso. Lo observo. Su polla parece que está tontorrona. Con su mano derecha escarba un pequeño hueco en la arena a través de la toalla. Se pone boca abajo. Me mira con cierta resignación.
—Uno no es de piedra, Alicia.
—Es normal, Ricardo.
—Me relajo y claro, pues... ya sabes.
—No tienes de qué avergonzarte, ¿eh?
—Lo sé, lo sé. No me da vergüenza, es algo propio de mi cuerpo. Pero ahora no me apetece tener mi polla como un cohete de la NASA a punto de despegar. Entiéndeme.
Nos reímos. Tantos cuerpos, tanto movimiento y tanta falta de descarga. Le guiño el ojo y sigo ojeando cuerpos paseando por la orilla de la playa. Me tumbo y me quedo dormida. La brisa del mar, el sol, el verano. Esas ganas de estar con ellas. De volver a viajar. De conectar. De descu-

brir. De investigar. El sol empieza a esconderse. No sé ni qué hora es. De repente, alboroto. ¿Qué está pasando? Me incorporo. Ricardo y las chicas señalan.

—Es ahí.

Fuerzo la vista para enfocar mejor. Sigo sin saber lo que ocurre.

—¡Cierto! Vi un documental sobre el tema. La gente folla en las playas —se ilumina Emily.

—¿Cómo, cómo? —me sorprendo.

—Sí, resulta que en Cap d'Agde se montan auténticas bacanales en la orilla e incluso en los arbustos que hay ahí detrás —señala Emily—. El reportaje era una auténtica pasada. ¡Y fíjate! Ahí le están dando duro.

—Y las personas que están a su alrededor, ¿qué hacen? —pregunta Diana.

—¡Ni idea! Vamos a ver. —Emily nos coge de la mano y tira de nosotras. Me levanto con gran esfuerzo. No estaba preparada para este derroche de energía.

—¡Os espero aquí! —grita Ricardo.

Asentimos y echamos a correr. Emily quiere llegar la primera. Diana y yo la seguimos. Hay muchísimos tíos desnudos haciendo un círculo alrededor. Algunos miran a un lado y a otro. Cuando aparecemos nosotras no paran de decirnos cosas en varios idiomas. Diana me mira con repugnancia. «Es mejor que no sepas qué mierdas están diciendo», me susurra. A Emily poco le importa. La curiosidad le puede. Asoma su cabeza entre brazos que se mueven hacia delante y hacia atrás, entre manos que estrangulan pollas que no dejan de menearse. Intento ver qué sucede sin adentrarme demasiado. Me da un poco de asquete, la verdad. La situación es de lo más inverosímil. Veo que hay una pareja. ¿O son dos? Están follando como salvajes, poseídos por el demonio del libertinaje de este pequeño pueblo costero. Una tía cabalga de forma frenética a un hombre que no llega a los sesenta años. Luego se come las pollas de algunos de esos hombres que están masturbándose a su alrededor. Se escuchan gemidos, jadeos y ovaciones. Sus tetas rebotan y rebotan al mismo tiempo que controla la embestida y la caída del peso encima de esa polla que penetra. Otra pareja se ha unido a la fiesta. Los primeros dejan de retozar y ella, una mujer de unos cincuenta y largos, pone el coño en la boca de la otra, que sigue galopando. No tardan ni un segundo en manosear sus tetas y su cuerpo, en meterle un dedo por el culo, por la boca, por el coño... sin ni tan siquiera pedir permiso. No quiero ver más. Emily vuelve.

—Este lugar es mucho más loco de lo que imaginaba.

—Un poco raro, ¿no? —digo.

—El lugar sin normas —añade Diana.

Volvemos a las toallas. Hay poco que ver. O, al menos, algo que sea interesante. Hace unos meses esto me hubiese sorprendido, tal vez hasta excitado. Ese desenfreno, esa adrenalina, esas ganas de romper con todo. Pero ahora, es curioso, ha cambiado mi perspectiva, mis sentimientos, mis objetivos. Siento que nada me sorprende. Y de algún modo noto un vacío. ¿Podré volver a tener esa sensación? Por otro lado, está bien así. Que haya normalizado el sexo. Bueno, normalizado no, naturalizado. Porque lo «normal» se rige por la aceptación social y lo social está marcado por el sistema. Y si hay algo que he aprendido (o eso intento) es que el sistema nos hegemoniza para que seamos más manipulables. Sin embargo, entender la sexualidad como algo natural no da pie a la duda, a la adulteración. Está en el ser humano solo por ser humano. Quiero conocer a dónde me lleva este nuevo camino. Esta ¿libertad?

—¿Qué pasaba? —pregunta Ricardo.

—Nada, una orgía —digo.

—«Nada» —ironiza Emily.

Nos reímos. Me siento. Cojo el móvil. Son las nueve.

—¿No tenéis hambre?

—Muchísima —suelto.

—¿Vamos a comer algo por aquí? —sugiere Ricardo.

Esto será interesante. Guardo mis cosas en la pequeña mochila que he cogido. Sacudo la toalla llena de arena y la doblo. Meto mi pareo también, decido ir sin ropa a comer. Por qué no.

—¿En pelotas? —pregunta Diana.

—Claro.

—Venga, una experiencia más.

Volvemos a recorrer la pasarela de madera. Hay ambiente en este rincón perverso de Europa. Los restaurantes y bares están abiertos. La gente se ha vestido —aunque poco— para la ocasión. Una chica joven pasea a un hombre mayor con un collar de perro. Una pareja conjunta el aro de la polla de él con el color del vestido de ella. Un sinfín de detalles que no puedo asimilar a la vez. Vemos un garito con unas mesas en la terraza.

—¿Este? Parece que tiene opciones veganas —indica Diana.

—¡Menos mal! Me veía comiendo ensalada todo el fin de semana —dice aliviado Ricardo.

Diana le pregunta al camarero. Él asiente y señala una mesa que está libre. Nos sentamos. Sentir el frío del aluminio. De forma automática me levanto. Saco de mi mochila el pareo y protejo la silla. No creo que piensen demasiado en la desinfección. El grupo hace lo mismo.

—Bien pensado.

Nos traen las cartas. Pedimos tres mojitos y un agua con gas. Emily rectifica. «Que se joda la resaca. Ponme otro mojito, que estamos en Cap d'Agde», sonríe. Pedimos dos hamburguesas vegetarianas y un par de *hot dogs* veganos. Observo el entorno. El ambiente está cargado y no sé muy bien de qué. ¿Deseo? ¿Sexo? ¿Vicio? Una chica guapísima me mira. Le sigo el juego. Se parece a Sasha Grey. Pelo lacio y moreno, piel blanca. Cara inocente. Pecho pequeño. A su lado hay un hombre gordo y calvo que fuma un puro. Pienso en hacer un trío con ellos y, sinceramente, me sobra alguien. Y está claro quién.

—¿No os sentís como... expuestas? —pregunto.

—Sí, todo el rato. La gente te desnuda con la mirada, y como me quiten más cosas me voy a quedar en los putos huesos —sentencia Emily.

El camarero trae nuestros mojitos. Brindamos por Cap d'Agde. No tenemos que esperar demasiado hasta que trae nuestra comida. Bien, mi barriga no paraba de rugir. Observo el perrito caliente cubierto de salsa, con cebolla, pepinillos, tomate picado, aguacate... y la lista sigue y sigue. No sé muy bien cómo hacer esto sin perder demasiado la dignidad. Comerme un *hot dog* en pelotas en medio de Cap d'Agde es una historia que debo contar a mis nietos, si es que tengo hijos, claro está; si no, a los nietos de otra. Las chicas devoran la comida. Ricardo parte la hamburguesa en dos. Me mira.

—¿Qué pasa, Alicia? ¿No era lo que querías?

—Sí, sí. Pero... no sé cómo comérmelo. Socorro.

No me lo pienso demasiado. Lo cojo y le pego un buen bocado. Parte del condimento cae en el plato, en mis tetas y en mis piernas. Lo sabía. Soy un desastre. Me acabo el bocadillo. Diana cuenta su idea de negocio *online* para vender su arte. «Es algo que me permitiría viajar, ¿sabéis?», dice.

—Pero ¿quieres viajar?

—Por supuesto, ¿y quién no? —ironiza.

Cierto, y quién no. Estoy pringosa. Necesito una ducha antes de irme a dormir para quitarme la mostaza y la sal. Levanto la mirada. La chica que se parece a Sasha Grey sigue mirándome impasible. Me vuelve a sonreír. Al final se cansa de no obtener respuesta por mi parte. Escoge a otra víctima. Una mujer morena con una bandera de Brasil atada a sus caderas. Empiezan a hablar entre ellas. Sasha Grey se levanta, la otra la sigue. Y justo ahí, delante de nuestras narices, se empiezan a liar como si no hubiese un mañana. El tío calvo se cuelga una medalla invisible a modo de brazos cruzados y largas carcajadas que hacen vibrar su cuerpo.

—¿Aquí todo el mundo va tan a saco? —vuelvo.

—Obvio, es el pueblo *swinger* más grande del mundo —aclara Ricardo.

Es verdad, ya lo habían dicho. Carraspeo. Pagamos la cuenta. Estamos cansadas. Los ánimos no están muy elevados, aunque el ambiente cada vez se caldea más y más. Cogemos nuestras cosas y volvemos al camping. Llegamos a la furgoneta.

—Me voy a duchar.

—Perfecto. Yo también —añade Ricardo.

Nos separamos y cada uno entra en un baño, no sin antes lanzarnos una mirada sugerente. Joder, lo empotraba. Me recreo en la ducha. Me encanta estar sucia para después sentirme limpia. Qué gilipollez. La sencillez de las personas. Vuelvo a la furgoneta. Ricardo ya está ahí.

—¿Qué plan tenemos para mañana? —pregunta Diana.

—Mirad, mañana es el gran día —adelanta Emily—. Iremos a Le Glamour.

—¿Eso qué es?

—Es el club *swinger* más grande de Europa.

—¿En serio?

—Estoy hasta nerviosa —se revoluciona Emily.

—Entonces hay que descansar porque mañana será una gran noche —prevé Diana.

Ricardo vuelve a hacer nuestra cama. Les da las sábanas a las chicas. Son las once y media y estamos hechas una mierda. Las chicas suben a su pequeño habitáculo.

—Buenas noches, *babies*. Intentad poner el silenciador esta noche. —Se ríe Emily.

—Buenas noches, perra —le respondo.

Lo cierto es que esta noche no, no me apetece. De algún modo, sigo un tanto cohibida porque las chicas están literalmente encima de nuestras cabezas. Y porque me apetece hacerlo bien, sin prisas. Solo nosotros. Ricardo me hace un hueco. Entro. Nos abrazamos. Cucharita. Siento su polla tontorrona bajo el pantalón. Él me besa la espalda. «Buenas noches, Alicia», susurra. Sonrío. Me acurruco. Y la paz.

XIV

Le Glamour

Esta vez ni la luz del sol ni el ruido exterior son capaces de despertarme a las nueve de la mañana. Me he quedado en coma, pero he descansado. Lo necesitaba. Ricardo no está a mi lado. Levanto la cabeza. Está con Diana en el césped, charlando. Siguiendo mi rutina un tanto adictiva, cojo el móvil. Veo un mensaje de Leo. «Tengo ganas de que hagamos nuestra ruta. Vas a probar los mejores champiñones rellenos de todo Madrid», me advierte. Me saca otra vez esa sonrisa. «¿Qué tal tu concierto?», le pregunto. Está conectado. Me responde. «Fue una locura, acabé tocando encima de una silla. La gente bailando y cantando. Adoro mi trabajo. Al próximo, si te apetece, te vienes.» Me doy cuenta de la hora. Joder, son las doce de la mañana. Me voy a poner algo de ropa, pero... ¿para qué? Salgo desnuda.

—Buenos días, bella durmiente —me saluda Diana.

—Menuda sobada —digo.

—Toma, ¿quieres café? Tienes ahí algo de fruta y unas galletas —indica Ricardo.

Me siento con ellos. Siguen hablando, no sé muy bien de qué. Tampoco presto excesiva atención. Paso una hora sentada en el césped, tomando el sol desnuda y viendo cómo las nubes pasan delante del astro y alivian de forma momentánea este calor abrasador. Mis baterías guardan energía para la noche. Algo me dice que será una de esas fiestas mágicas.

Emily es la última en levantarse. Nos abraza.

—Hoy es un gran día —se alegra.

Sonreímos. Ricardo recoge el interior de la furgoneta. Lo ayudo. Se prepara para hacer la comida. Una ensalada de garbanzos con verdura. «Así hacemos algo de detox para la que se nos viene encima.» Comemos cobijados del sol y me vuelvo a tumbar en el césped.

—¿Vamos a la playa?

Cojo la mochila de ayer que ni tan siquiera deshice. Nos hacemos un hueco entre la multitud. El mismo rincón. El mismo paisaje. La misma incomodidad. Voy con Ricardo hasta la orilla.

—¿No te metes?

Odio el mar. Cuando era pequeña tuve malas experiencias. Aquella vez que casi me ahogo en la piscina o aquella otra que perdí un manguito y no sabía nadar. Con los años me he dado cuenta de que hay situaciones que prefiero vivirlas desde la orilla. Y esta es una de ellas.

El agua moja la punta de mis dedos. Está templada. Resulta agradable. Ricardo me sonríe desde la distancia y sumerge la cabeza entre las suaves olas. Su cuerpo delgado y sus coloridos tatuajes resultan tan atractivos... Me animo y me adentro hasta que el agua me llega por la cintura. Hundo la cabeza y disfruto de ese silencio momentáneo que encuentras bajo el agua. Esa paz. Esa calma. Algo me acaricia la pierna. Saco la cabeza del agua y grito. Ricardo se ríe. Será capullo.

—Qué susto me has dado, joder.

—¿Qué te pensabas que era? ¿Una piraña? ¿Un tiburón?

Lo miro vacilante. Se me escapa una mueca. Él me abraza y me aprieta fuerte entre sus brazos. Es la primera vez que tenemos un contacto piel con piel tan directo. Es curioso. Llevo dos orgasmos con él y esto es lo más cerca que hemos estado el uno del otro. Cómo cambia la historia cuando la narras con total libertad, con la libertad del ser y no del parecer.

Nos fundimos unos segundos y la misma quietud que sentía bajo el mar la percibo ahora en su pecho. Me acurruco un poco más. Él apoya su cabeza encima de la mía. Y ahí estamos, desnudos, percatándonos del inocente roce de nuestros genitales, del pum pum de su corazón, de mi desacompasada respiración fruto de la intensidad del presente. ¿Cuánto tiempo llevo aquí? ¿Y qué lugar es este?

De repente, nuestro equilibrio se quiebra por un fuerte empujón. Nos pilla desprevenidos. Caemos al agua de nuevo. Me levanto, me giro y ahí están ellas.

—Pero ¡tías!

Se ríen. Iniciamos una de esas guerras de chapoteos, ahogadillas y carcajadas en las que acabas tosiendo fuerte porque has tragado agua sin querer. Me encantaría guardar estos momentos tan únicos en un sobre al vacío para poder volver a ellos cuando las cosas no estén, no sean, no vayan igual. Para cuando no estemos aquí. Para cuando el atardecer no sea tan rosado. Para cuando el agua no moje nuestras pieles. Para cuando la brisa no me ponga los pezones erectos. Para cuando no recuerde a qué sabía la libertad en mi alma. Para cuando eche de menos a Emily. Joder.

—¿Estás bien? —me preguntan.

—Sí, sí. Perdonad. Estoy bien —me excuso.

—¿Qué hora será? —dice Emily.

Voy hasta las toallas. Busco el móvil escondido en la mochila y tapado con la ropa, que aquí sobra. Son las ocho. El tiempo ha pasado volando. Regreso a la orilla. Informo de la situación. Decidimos que es hora de volver al camping y ponernos bien zorras para esta noche. La gran noche. Nos secamos con los últimos rayos de sol y nos vamos a la furgoneta. Elegimos el *outfit* de esta noche. Pase de modelos improvisado. Ricardo nos hace un pequeño *striptease* con una camiseta hawaiana. Abrimos una botella de vino. ¿Tan pronto? Sí, tan pronto. Entramos en las duchas. Nos pasamos una hora entre champú, gel, crema hidratante, maquillaje y peluquería. Purpurina en los pómulos; parece nuestra marca de identidad. Bueno, la nuestra y la de casi todas las chicas en los festivales. A veces nos creemos originales cuando solo seguimos las modas. Y que no nos quiten la ilusión, por favor.

Ricardo nos ve. Simula un infarto. ¿Es de mentira? Sí, es de mentira.

—Estás buenísimo, Ricardo —dice Emily.

—Pues anda que vosotras... Casi me matáis. Oye, por cierto...

—¿Sí?

—¡Yo también quiero purpurina!

Le ponemos *glitter* en los pómulos. Combina con su ropa. Ricardo lleva unos pantalones negros rotos y estrechos y unas botas de cuero (vegano) que ya había visto en ediciones anteriores. Ha optado por una camisa gris de manga corta un tanto ancha y larga que deja ver sus tatuajes. La lleva un poco desabrochada. Su pelo engominado hacia atrás, con ese aire *vintage*. Su pendiente en el lóbulo izquierdo. Su sonrisa no perfecta pero sincera. Nos miramos. Me guiña el ojo. Disimulo mi sonrisa. Miro a Diana. Lleva las trenzas sin recoger. Se ha pintado los labios de rojo, a juego con su vestido. Está espectacular. Emily lleva una minifalda tejana y una camiseta negra de rejilla que deja ver sus pechos. «Aquí no hay normas», nos ha dicho en el baño mientras se quitaba el sujetador. Yo he apostado por un top con la espalda al descubierto y unos tejanos negros que me hacen culazo. Mi pelo negro perfectamente liso y peinado. Labios morados. *Eyeliner*.

—¿Nos vamos a cenar?

—Sí, pero antes... —Emily nos mira traviesa.

—No.

—Sí.

—Emily.

—¿Qué?

Saca la botella de tequila. Lo sabía. La alza al cielo: «¡Por la Diosa de las Zorras!», grita.

—¿Qué deidad es esa? Me gusta —dice Ricardo.

Nos reímos. Emily llena nuestras bocas de un tequila rancio que promete resaca, pero que hoy sienta bien. Nos abrazamos las cuatro.

—Hoy será una gran noche. A ser zorras.

Casi se me escapa una lágrima. Hoy no. Ahora no. Ya habrá tiempo, Alicia. De llorar la pérdida, de anhelar estos momentos. Cojo mi riñonera y meto el móvil y la tarjeta de crédito. Inspiro y deseo que no salga muy cara esta noche. Por el bien de mi economía. Cerramos la furgoneta. Caminamos por ese paseo costero lleno de bares y restaurantes. Muy poca gente va desnuda del todo. Hay mujeres con vestidos de rejilla sin ropa interior y hombres trajeados. Odio ese contraste. Tanta piel por un lado, tanto tejido por otro. Encontramos una pizzería. Decidimos entrar a cenar. Retomamos la eterna discusión sobre si debe llevar piña o no. Pedimos una botella de vino blanco bien fresquito. Brindamos por la libertad o por lo que se entienda por ella. Lo cierto es que el ambiente está un tanto revolucionado. Un grupo grita a lo lejos mientras una chica enseña las tetas. Otros se masturban bajo el mantel con cierto disimulo. El morbo impregna cada molécula de oxígeno y no podemos parar de respirarlo. Nos acabamos la botella. Y otra más. Vamos un poco contentas. La pizza estaba riquísima. Y ahora qué.

—A ver, esta noche... —digo.

—Eso, el plan. Hoy vamos a Le Glamour.

—El club *swinger*, ¿no? —pregunta Diana.

—Es increíble. Mirad.

Emily coge su móvil y nos enseña algunas fotos del interior. Piscina, *jacuzzi*, barras de *pole dance*, camas enormes, mazmorras... Respiro profundo.

—Nos podemos encontrar de todo. Pero ya sabéis: si alguna se siente mal... —comenta Emily con cierto disimulo.

—Lo sabemos —sentencia Diana.

Ricardo no entiende muy bien lo que sucede. Me acaricia la espalda, esa parte en concreto que no tiene obstáculo en formato textil. Esa que está desnuda. Me eriza la piel. Carraspeo. Son las doce de la noche. Pedimos unos gintonics.

—Qué ganas tengo de ir —expresa Emily con nerviosismo.

Nos reímos. Brindamos. Hablamos sobre mi experiencia en el anterior club *swinger*. Ricardo nos cuenta la suya. La gente se empieza a ir. El restaurante recoge las mesas. La ginebra hace efecto. Me desinhibe. Es el momento. Dividimos la cuenta. Pagamos y ponemos rumbo a Le Glamour. A ese lugar. Al club *swinger* más grande de Europa. A la meca del movimiento liberal.

Nos separan varios metros del local. Caminamos unos diez minutos y ahí está. Un muro de hormigón. Unas palmeras enormes. Unas letras cursivas anunciando el lugar: Le Glamour. Una pequeña cola de gente esperando para entrar. Unas luces de colores que nacen del interior. El viento que mece las banderolas de los patrocinadores de este rincón. Estoy nerviosa, otra vez. Esta sensación ya la conozco. La siento cuando estoy a las puertas de vivir una experiencia sin precedentes, desconocida, única. Esas ganas urgentes de cagar. O de mear. O de ambas, da igual. El corazón que late fuerte en el interior de mi pecho. La boca que se seca de forma repentina. Esos escalofríos que recorren tu espina dorsal. La magia de estar viva. Diana y Emily me cogen de la mano. Aprieto fuerte.

—Qué emoción.

Nos toca. Hay unas taquillas. Diana tramita las entradas. Se gira. Levanta una ceja. Espira de forma abrupta. ¿Qué pasa?

—A ver...

—Qué.

—Resulta que las chicas pagan veinte euros y la entrada incluye una consumición.

—¿Y? —pregunto.

—Los chicos solos pagan noventa e incluye dos consumiciones.

—¡¿Noventa euros?! Joder.

—Sí, discriminación positiva, ya sabéis cómo van estas mierdas —sentencia Diana.

Miro a Ricardo. Sonrío.

—Pues nada, Ricardo, nos toca ser pareja. ¿Cuánto es por pareja?

—Son sesenta y os entran dos copas. Por setenta os entran cuatro.

—¿Cuál quieres?

—Yo creo que con dos copas vamos bien, ¿no? —sugiere Ricardo.

—Perfecto.

Me coge de la mano. Me besa la cabeza. «Gracias», me susurra. Le guiño el ojo. Entramos en Le Glamour. Nos muestran las taquillas por si queremos dejar la ropa. De momento no nos sobra. Hay una piscina gigante en el centro del local. Unas chicas se bañan y se lían en el agua. Se quitan la parte de arriba del bikini y el ambiente ensordece. Unas tumbonas complementan el paisaje. Una barra circular donde pedir las consumiciones. Algunas hamacas que acogen cuerpos desnudos o en lencería. La electrónica retumba y es casi imposible no dejarse llevar por el *beat*.

—¡Tíaaas! ¡Que ya estamos! ¡No me lo puedo creer! —grita Emily.

Estudio al personal. Hay gente de todas las edades; para mi sorpresa, también personas jóvenes. Nada más entrar, un grupo mixto nos escanea. Nos sonríen y nos dicen cosas en francés. No me entero de nada.

—¿Damos una vuelta? —comenta Ricardo.

Giramos a la derecha y abrimos una puerta. Dentro hay una discoteca con barras de *pole dance* y luces rojas. Una película pornográfica se reproduce en una pantalla grandiosa. Los ritmos latinos se fusionan con canciones comerciales. A los lados, mesas y sofás. Varias parejas coquetean y se besan. Al final, una barra donde poder tomarte algo mientras observas la ruptura de las normas. Hay bastante gente y difícilmente podemos movernos sin chocarnos con alguien. De la gran sala nacen dos pasillos que albergan varias habitaciones privadas. Una de ellas para follar y ver cómo otros hacen lo mismo. Otra para ser mero observador de los placeres carnales. También hay una pequeña mazmorra con lo justo para indagar en la intensidad del sexo y unas camas de varios metros donde se está llevando a cabo una pequeña y modesta orgía. Un *jacuzzi* vacío. Un vestuario mixto con duchas y más taquillas. En definitiva, un laberinto de fantasías, posibilidades y sexo frenético. Una auténtica locura que no ha hecho más que empezar.

—Esto es enorme —dice Diana.

—¿Vamos a pedir algo?

—¡Venga!

Volvemos a la piscina y pedimos cuatro gin-tonics. Observamos nuestro entorno. Belgas, holandeses y alemanes son las nacionalidades que más presentes están en este lugar. Rubios platinos con pieles anaranjadas. Unas tetas operadas que parecen dos naranjas. Coños depilados. Dos chicas que están disfrutando de sus coños en una hamaca mientras dos hombres las contemplan. Sigo sintiendo que las mujeres somos el reclamo, la carne, el producto. Mientras, ellos eligen con quién y tantean si tienen posibilidades de meterla en caliente. El sexo por el sexo. Sin contemplación. Sin diálogo. Sin conocer. Sin indagar. ¿Realmente es lo que quiero? ¿Así es la libertad? ¿Qué es lo que más me empodera? Una pareja empieza a follar. Ella grita tanto que, por unos minutos, eclipsa la música electrónica. Emily perrea como una loca. Diana la sigue. Ambas están cómodas en este espacio. Ricardo se apoya en la barra. Acaricia de nuevo mi espalda.

Me acabo el gin-tonic. La gente se anima cada vez más. Supongo que el alcohol y las drogas están haciendo efecto. Es habitual ver a varias personas follando en la piscina, en las hamacas o en el suelo. Se escuchan risas y gemidos. Emily habla con una pareja. Diana baila con una chica rubia. Esta le toca las tetas y ella se ríe. Cruzo la mirada con un chico moreno que está apoyado al otro lado de la barra. Me sonríe. Le devuelvo el gesto. Alza su copa y brinda conmigo en la distancia. Le correspondo. Ricardo me mira. Se da cuenta de la situación.

—Qué guapo es —me susurra.

—¿Verdad?

—Se acerca, Alicia.

Es alto, con barba tupida, media melena y una camisa ceñida que marca sus músculos.

—*Where are you from?* —pregunta.

—*From Spain* —respondo.

—No mames. Soy mexicano. Me llamo Juan, ¿y tú? —contesta.

—Alicia. ¿Has venido desde México a Cap d'Agde?

—Sí, está padrísimo este lugar.

—¿Solo o acompañado?

—Mi mujer está acá. —Señala a una mujer con curvas, joven, guapísima. Ella sonríe y saluda.

—Es bellísima —le digo.

—Sí, lo es. ¿Y tú? ¿Sola o acompañada?

—Acompañada. Ellas son mis amigas y él es Ricardo.

—Un placer —saluda Ricardo.

—Aaah, estáis bien chingones. —Se ríe.

Charlamos poco, nos seducimos mucho. Que si un guiño, un roce, una bachata bien pegada. En ese momento, se acerca su mujer. La noche se pone interesante.

—¿Qué tal? Soy Thalía —se presenta.

—Un placer, soy Alicia.

Me da un beso en la mejilla. Huelo su perfume presente en su cabello y en su cuello. Lleva un vestido estrecho y transparente con unos tacones de aguja; necesitaría una escalera para subirme a ellos. La melena le llega hasta el culo y la mueve con soltura y seguridad. Son la pareja más *crush* del lugar. Emily y Diana se acercan y se unen a nuestro improvisado grupo. Ricardo vive la situación con cierta distancia. Decidimos disfrutar de la zona interior. De nuevo, entramos en la discoteca de luces rojas, camas grandes y películas pornográficas en bucle. El olor a sexo y a sudor es ahora más tangible. Me pone cachonda. Juan y Thalía nos invitan a unos chupitos de tequila. Me cogen de la mano y empezamos a bailar. Estamos juntos, sintiendo nuestras carnes, nuestras pieles. Tengo que apartar a algunas personas que se quieren unir a nuestro improvisado trío. Se hace pesado. Thalía me besa. Me pilla por sorpresa. Fluyo entre sus labios, sus caricias, sus ojos. Juan me acaricia por detrás y me besa el cuello. Puedo sentir el cuerpo fibrado de ambos. Veo a Emily bailando en una tarima con un par de chicas más. Diana está hablando con una pareja. Ricardo charla con un grupo. Y yo que no puedo dejar de pensar en si esto es lo que realmente quiero. ¿Lo es?

Thalía me coge de la mano. Entrelazo mis dedos con los de Juan y nos desplazamos a la izquierda. Subo una pequeña escalera y nos sentamos en unos sofás. La interacción se vuelve más intensa. Nos tocamos con deseo y fogosidad. Thalía se baja el vestido y deja al aire sus pechos. Los toco. Están duros. Juan se quita la camiseta. Toco el abdomen. Está duro. Yo intento no sentirme flácida y floja entre ambos seres. Un sentimiento que cuesta gestionar. Juan me desabrocha los tejanos y mete la mano por debajo. Acaricia mi coño. Está húmedo. Thalía manosea el interior de mi muslo. Cierro los ojos. Respiro. ¿Es esto lo que quiero? ¿Follar con dos desconocidos? ¿Vivir el sexo como algo físico? Un sentimiento. Un final alternativo. Un camino diferente. Una congoja que no sé cómo manejar. Me siento mal, extraña, ajena. Algo me dice que no. Que no quiero vivir el sexo así. Que a mí esto no me hace más libre o más moderna. Que con quien quiero estar no es con dos cuerpos anónimos, sino con uno amigo, cercano. Abro los ojos. Veo a Ricardo. No es amor lo que me impulsa. No es el romance ni los violines que suenan en estas ocasiones. No siento nada de eso. Son las ganas de materializar el deseo, los encuentros, lo nuestro.

La libertad reside en el poder de elección, asumiendo todas las consecuencias. No tengo que demostrar el tamaño de mis alas comiéndome más o menos genitales. No pasaría nada si eso me hiciera sentir libre y bien, si eso me hiciera feliz. Pero aquí y ahora, en este momento, pongo pausa. No quiero seguir. Por primera vez en mi existencia limito el flujo. No todo me vale, no lo siento así. Quiero trascender el sexo. Y, joder, quiero conectar con él.

—Pareja, lo siento mucho. No va a poder ser. Muchas gracias por vuestro amor —me disculpo.

No doy margen a la respuesta, esa que escucho en la distancia, eclipsada por el sonido ambiental. Cruzo la sala. Me acerco a Ricardo. Él se sorprende.

—¿Qué haces aquí? ¿Va todo bien? —se preocupa.

—¿Te apetece ir a otro lado?

Él asiente. Cojo su mano, salimos del lugar. Veo a Diana y a Emily gritando y bailando con un grupo.

—Un momento —susurro.

Ricardo se detiene. Me acerco a ellas.

—Chicas, me voy con Ricardo, ¿vale? Cualquier cosa, llevo el móvil. Me llamáis.

Nos abrazamos. Me besan. Vuelvo con él. Entrelazo mis dedos con los suyos y tomo la iniciativa. Salimos del lugar. Cruzamos el paseo. Hasta el momento no hay palabras, solo silencio. Un silencio cómodo, cercano, íntimo. Un silencio perfecto. Me quito las sandalias. Caminamos por la arena hasta la orilla del mar. Me enrollo los bajos de los tejanos para que no se mojen. Él hace lo mismo. Esa inquietud, esa adrenalina, esa decisión que sentía hace unos minutos se esfuma. No sé muy bien qué decir.

—¿Estás bien? —pregunta inquieto.

—Sí, sí. Estoy bien.

—¿Ha pasado algo con esa pareja?

—No, no. La verdad es que me lo estaba pasando genial, pero...

—¿Pero?

—No me apetecía estar con ellos, ¿sabes? Ha sido raro. Supongo que el retiro tántrico me ha cambiado más de lo que imaginaba.

—¿Por qué lo dices?

—Porque veo el sexo como algo más trascendental, no solo físico. Algo, no sé, ¿sagrado? Me estoy volviendo loca, qué sé yo.

Nos quedamos callados. Ricardo me coge de la mano. Seguimos caminando por la orilla. Nos cruzamos con algunas parejas que follan en la arena. Ni nos inmutamos. La luna se refleja en el horizonte. La oscuridad colorea el lugar con tonos azulados y algunos destellos tímidos iluminan la costa en la lejanía. Ricardo deja de avanzar. Me vuelvo.

—¿Pasa algo? —me preocupo.

—Estaba pensando... ¿Te acuerdas de la conversación que tuvimos cuando nos conocimos?

—Pues no demasiado.

—Te dije que yo tenía un par de normas. La primera es que en las sesiones de BDSM no hay sexo, o al menos no un sexo de «meterla y sacarla».

—Sí. ¿Y la segunda?

—Plena confianza. ¿Lo recuerdas?

—Más o menos.

—Y con esa plena confianza que nos prometimos te pregunto: ¿hasta cuándo vamos a seguir alargando el momento? ¿Evitando lo inevitable?

Retrocedo unos pasos. Me planto delante de Ricardo.

Su intenso olor a desodorante sigue en él. Sus tatuajes brillan con esta luz. Mis pies se hunden en arena y sal. El mar. La brisa. La luna. Su sonrisa no perfecta. Mis ganas de besar(lo).

XV

Qué somos

Acerco mis labios a los suyos. Él apoya la palma de sus manos en mis mejillas. Y nos besamos. Sin prisas, sin pausas. Nos besamos con el tiempo en pausa, con las estrellas mirando, con el mar vigilando. Nos besamos como si no importara el mañana, como si el pasado se esfumara de un plumazo. Nos besamos y me siento volcánica. Como la lava que sale de los entresijos de la tierra. Como los rayos de luz que emergen cuando las nubes quiebran. Y floto en una inmensidad única, en un beso que, aunque no sea el primero, sí que inicia algo. No sé muy bien el qué.

Ricardo aprieta su cuerpo contra el mío y su respiración se vuelve brava. Mi piel se eriza, mi coño se empapa. No puedo dejar de investigar lo que esconde el surco de sus labios, la comisura de su sonrisa, el arrebato de su lengua. Tras unos minutos de pasión, se escapa un gemido bajito desde mi garganta. Quiero que sea ahora. Aquí y ahora. Su polla erecta se marca bajo el pantalón. La siento cerca. Tensa, inquieta. Él me recoge el pelo y recorre la espalda con sus dedos. Nos apartamos de forma abrupta.

—Te tengo ganas —le susurro.

—Yo también —jadea.

Giro mi cabeza y observo el paisaje. Hay un pequeño rincón natural tapado por unas enormes rocas. No sé qué hay detrás de ellas, pero me animo a investigar. Camino unos metros. Ricardo me sigue. Nuestros pasos son patosos debido al deseo. Me asomo con cuidado. No hay nadie. Respiro aliviada. Ricardo se percata de que hemos dado con el lugar ideal para encontrarnos en el más allá. Más allá de los cuerpos. Más allá de la mente. Más allá del espacio-tiempo.

Creamos esta realidad tan nuestra, tan ansiada. Le desabrocho la camisa despacio. Un botón. Otro. Otro. Su pecho se estremece en este instante tan anhelado. Yo sonrío con suavidad para no romper con la magia del descenso. Miro con detalle los dibujos que salpican su dermis. Recorro las historias que se recogen en este libro de tinta y piel. Acaricio su pecho y su abdomen. Aprieto los huesos que sostienen su gravedad. Quiero sentir su peso, su densidad, su movilidad. Sigo quitando escudos y elementos. Esta vez son sus pantalones. Bajo la cremallera. Lo miro. Él sonríe. Se los baja y, con la máxima elegancia que se le podría atribuir a este momento, se los quita. Está desnudo. No lleva ropa interior. Y se presenta así, sin barreras ni banderas. Sin proezas ni enterezas. Así, sin más. Admiro la delicadeza de la luz salpicando aquellos rincones sin rellenar. Leo las palabras tatuadas por los diferentes rincones. «Saudade.» «Equilibrio.» «A veces, para siempre es solo un segundo.» Acaricio con suavidad cada letra negra. Él respira despacio. Me desabrocha el top. Elevo los brazos. Me quita la ropa con delicadeza. Dejo al aire mis pechos. Mis pezones se ponen erectos. Él recorre con su pulgar la areola izquierda. Después, la derecha. Inspiro profundo. Se me marcan las costillas. El abdomen se hunde. Suelta un botón y me baja los pantalones. Se arrodilla ante mí, agacha la cabeza. Libera una pierna y luego la otra. Deja los pantalones en el suelo. Me admira. Coge las tiras de mi tanga y alza la mirada hasta toparse con mis ojos verdes que no pierden constancia. Apoya su frente en mi vientre y con sus dedos desliza la ropa interior. Una pierna, otra. El olor a sexo debe de estar retumbando en sus fosas nasales. Me mira los pies. Los toca y sube con sus manos por mis extremidades, mi cintura, mis tetas. Sonrío. Me arrodillo y adopto la misma postura que él. La misma altura. Fundimos las pupilas en la negritud de nuestra alma. Volvemos a besarnos, a mordernos los labios, a jugar con las posibilidades. Acerco más mi cuerpo al suyo. Noto con los pezones su pecho; con mi coño, su polla. Con la mano derecha lo masturbo suavemente, sin prisas. No estamos aquí para batirle un duelo al tiempo. Ricardo tiembla, será el deseo. Mi piel se eriza, serán las ganas. Sus dedos recorren mi pelvis y me acarician el clítoris. Estoy mojada. Miro lo que ocurre en la cavidad improvisada que han creado nuestros cuerpos. Gimo. Apoyo mi frente en su pecho, él enreda su brazo alrededor de mi cuello. Apoya su boca en mi cabeza. Jadea. Tan cerca, tan adentro, tan nuestros.

Pasa el tiempo y la pasión se adueña del trance. Ricardo me tumba encima de su camisa. Abre mis piernas, observa mi coño. Sonríe. Pasa sus brazos por debajo de mi culo y eleva mi cadera. Saca la lengua y dilata el segundo. Me hace sufrir, es consciente de ello. Clava las uñas en mi trasero y ahora sí, me lame el clítoris. Elevo el pecho al cielo. Joder, cuánto ansiaba esto. La lengua de Ricardo serpentea por los recovecos de mi sexo. No puedo parar de gemir. Voy a explotar. Él lo sabe, sabe en qué punto me encuentro. Pero hoy no, Ricardo. Hoy me apetece darte placer a ti.

Aparto su cara de mi entrepierna.

—Quiero llenarte la polla de babas.

Él se sorprende por la intencionalidad de mis palabras. Yo, en parte, también. No sé de dónde sale esta Alicia. Supongo que es la versión cachonda y excitada. No me disgusta.

Me arrodillo ante él. Con las manos alejo su torso y acerco su pelvis. La polla apunta al cielo, está durísima. El glande brillante es un imán para mis labios. Los humedezco y absorbo la punta de su miembro. Ricardo se estremece. Frunce el ceño, jadea y se le escapa una sonrisa. A mí, otra. Su polla entra en mi boca hasta la garganta. Agradezco que no sea grande. Me recreo. Muevo la cabeza al mismo compás que la mano. Adquiero cierta intensidad. El ritmo hace que cada vez sienta más la erección.

—Joder —jadea.

Me separo y le muestro el hilo que une su glande con mi lengua. Él lo observa. Hace una mueca. Cojo mi riñonera y saco un condón del bolsillo interior. Se lo pongo con la boca, ese maravilloso truco que tanto asombro provoca. Ricardo termina de colocárselo bien. Me mira esperando alguna señal, una orden. Entiendo que la energía que emano es dominante. Hoy soy yo quien manda. Le empujo. Su cabeza se apoya en la arena. Me pongo encima. Me introduzco la polla poco a poco. Estoy tan lubricada que el acto resulta resbaladizo. Nos miramos a los ojos en ese momento. Ese puto momento. Estamos presentes, siendo humanos, naturales. Siendo unión. Colapsando los ritmos del universo. Viajando entre dimensiones. Vibrando tan alto que casi no toco el suelo con las rodillas. Y el deseo se personifica cabalgando encima de su cuerpo. Sus tatuajes adquieren vida propia bajo el latido de su pulso. Gritamos, gemimos, sudamos.

Muevo la pelvis encima de su abdomen y mi clítoris se roza contra su musculatura. Siento que le estoy mojando hasta los huevos. Ricardo observa la interacción de nuestros genitales mientras se muerde el labio y arquea el cuello. Adoro la mirada que se despierta cuando frunce el ceño. Apoyo las manos en su pecho. Me preocupa su salud cardiovascular. Sus tatuajes brillan aún más debido al sudor que emana de sus poros. El flequillo engominado empieza a perder efecto y se entromete por sus ojos. Lo aparta, nos reímos. Seguimos jadeando, moviendo los cuerpos sin control, dejando que sean ellos quienes dirijan el encuentro. El ritmo frenético eleva la locura al cuadrado. No podemos dejar de mirarnos, de acariciarnos, de consumirnos, de arrancarnos la piel con cada arañazo, de apretar bien fuerte los brazos en cada embestida.

El entorno se reduce al más oscuro agujero negro y estamos solos en la inmensidad —y efimeridad— de la existencia. De este presente infinito que decidimos dilatar con la fusión de la carne. Así es el sexo: un arma de revolución masiva de emociones y sentimientos. La única práctica que te hace trascender el runrún de los pensamientos. Ese acto que te hace perder el control sobre la mente, que tanto miedo induce por ser la máxima liberación de los sentidos, por la colosal entrega de tu propio ser. Es ahí cuando te encuentras entre tanto tumulto, en el paso del tiempo, en la escasez de lo necesario; entre capas y capas de juicios y prejuicios, de lo real y lo inservible, de lo banal y lo vital. Cuando te mueves, gritas, te agitas. Cuando te abandonas, te tropiezas, te marchitas. Cuando todo adquiere una perspectiva distinta, una densidad ligera, una templanza fútil. Ahí es donde me encuentro libre. Donde me quiero así.

Pierdo la noción de las horas que llevamos aquí, invisibles, invencibles. Ricardo adquiere un ritmo más intenso y su orgasmo colapsa la garganta. Aprieta la pelvis contra la mía y vislumbro la inmortalidad en su cara. Respira de forma brusca. Relaja las manos y la fuerza. Deja el cuerpo muerto sobre la arena. Yo retomo la respiración, intento atenuar el compás. Me es imposible. No hay una fórmula para volver a la normalidad. A esta vida tridimensional, a la futilidad de la Tierra. Apoyo las manos en su pecho. Él me coge de las muñecas, descansa el peso de sus brazos en ellas. La entrega ha sido real, palpable, moldeable. Tiemblo.

Tras unos segundos me saco su polla. Retiro el condón. Su semen se pasea por el interior del látex. Él estalla en carcajadas. Me contagia.

—¿De qué te ríes? —pregunto.

—No sé, ¿de qué te ríes tú?

La encarnación de esta situación inverosímil nos hace sentir aún más estúpidos. Me tumbo a su lado. Las risas menguan. Aparece el silencio, el suspiro, el «qué ha sido esto», el «y ahora qué». Él se gira. Me mira. Escaneo cada rincón de su cara. Volvemos a mirar al cielo.

—¿Sabías que estamos viendo una representación del pasado?

—¿Cómo?

—Es posible que algunas estrellas hayan muerto y solo veamos su recuerdo. No desaparecerán de nuestro firmamento hasta dentro de cuatro, diez o cientos de años. Qué lógica tiene el tiempo, ¿verdad? Creemos que la línea de la vida es constante y recta, pero tal vez sea circular... o paralela. Que el inicio y el final sean lo mismo pero con distinta esperanza.

Joder, no sé si estoy preparada para una conversación así después de follar.

—¿Cómo te has sentido?

—¿Perdón? —Me pilla por sorpresa.

—Sí, follando. ¿Estás bien?

—Muy bien. Tenía ganas, la verdad.

—Ah, ¿sí?

—Sí, desde que nos vimos por primera vez me preguntaba si algún día íbamos a follar. Y fíjate, resulta que sí.

—Bueno, en realidad follamos la primera vez que fui a tu casa. No hubo penetración, pero, vaya, la masturbación también forma parte del sexo.

—Totalmente de acuerdo. Y tú diciendo que nosotros no íbamos a follar...

—Y tú diciendo que nosotros no nos íbamos a enamorar.

Silencio. Carraspeo.

—¿Qué somos? —pregunto sin dilación.

—¿Qué quieres que seamos?

Medito durante unos segundos la respuesta mientras nos perdemos entre las luces de este mapa del tiempo pintado de azul que abraza nuestras cabezas. Me acomodo un poco más en la arena.

—No quiero la misma mierda.

—¿A qué te refieres?

—Las mismas obligaciones, las mismas expectativas, las mismas relaciones. He tenido suficiente. No tengo ganas de volver a pasar por lo mismo oootra vez. Me apetece sentir más allá de lo que se supone que tenemos que ser.

—¿Y qué sientes?

—Amor. Muchísimo. Por ti, por mí; por nosotros. Pero no un nosotros que borre o asfixie, uno que realmente deje ser.

—Que deje ser libre.

—No quiero perder mi libertad.

—No tienes por qué.

—Ni quiero que tú pierdas la tuya.

—No tengo por qué.

Suspiro. ¿Esto qué significa? ¿Somos amigos? ¿Somos pareja? ¿Qué?

—Mira, Alicia, poco te puedo ofrecer más que la libertad. Que seas tú, que vivas tus experiencias, que te encuentres. Pero me encantaría estar en tu vida y en ese proceso. Que estas dos personas que estamos aquí mirando al cielo sin saber muy bien por qué encontremos un nexo de unión para sumergirnos más en la búsqueda del ser, ¿sabes? Coño, estoy muy filosófico.

—Será por el polvazo —secundo.

—Será por eso.

Nos reímos.

—No tenemos que etiquetar lo que sentimos o lo que somos. Suficientes etiquetas existen en el mundo como para crear nosotros más. Si decimos que somos amigos, nos impedimos vivir un tipo de experiencias. Y lo mismo pasa si nos catalogamos como pareja. Estamos bien, ¿no?

—Sí, esto me encanta.

—Pues ya está. Cuidémonos, amémonos y confiemos. Con respeto y con amor. Sin etiquetas.

—Me encanta crear un nuevo concepto contigo. ¿«*Amija*»?

—Eso me suena un poco a ciertos foros que hay por internet. —Se ríe.

—¿«*Paremigo*»?

—En serio, Alicia, basta —vacila.

Pienso en Rita. Agradezco en lo más profundo de mi ser que me haya enseñado lo que hay más allá de la normatividad. Un modelo relacional que se adapta más a mí, a quien soy en realidad. Que no es ni bueno ni malo, ni más moderno o liberal. Es solo diferente. Y ya está.

—Te quiero libre —me susurra Ricardo.

Me vuelvo y, ahora sí, miro sus ojos brillantes.

—Yo también.

Nos cogemos de la mano y, aquí, desnudos, seguimos planteando lo minúscula que es nuestra existencia en comparación al universo y lo mucho que merece la pena vivirla al máximo. Creando algo nuestro. Eso es; un nuevo mapa del tiempo.

XVI

Viaje al pasado

Dicen que las horas antes de que amanezca suelen ser las más frías y oscuras. Yo no lo siento así. Justo en ese instante, antes de que el sol aparezca por el horizonte, me siento bien. Feliz tal vez. Con ganas de seguir adelante, de aprender, de mejorar, de crecer. De inventar. No tengo miedo al futuro. Tal vez un poco a la inestabilidad de mi vida económica. ¿Cómo sería la vida sin dinero? ¿Seguiríamos preocupándonos por el papel, por los números?

Ricardo se incorpora. Hemos dormido poco. Seguimos desnudos. Algunas parejas pasean por la orilla. Nos miran. Nadie se sorprende, nadie se altera. La despreocupación de los cuerpos que se presentan sinceros y sin condimentos.

—¿Nos damos un baño? —pregunta Ricardo.

Me esfuerzo. Me apetece sumergirme en la sal, limpiar el cuerpo. Mear. Sí, lo siento. Corremos hacia el borde, donde las olas rompen y la espuma deja una marca ondulada que decido seguir. Alzo la cabeza, cierro los ojos. Inspiro. Huelo la arena mojada, la humedad. El agua fría toca mis dedos. Ricardo bucea y nada mar adentro. Avanzo con calma, disfrutando de la densidad del líquido en las piernas, en los muslos, en mi coño, lo que intento evitar poniéndome de puntillas porque está demasiado fría, o yo estoy demasiado caliente. Me rindo, me sumerjo. Meto la cabeza. Ese silencio. Ese bendito silencio. La amplificación de los sonidos acuáticos. Sigo tocando el suelo con mis pies. Me da pánico estar en el mar sin un apoyo. Quién sabe qué tipo de criaturas habitan en sus profundidades.

Ricardo vuelve. Recupera el aliento. Me sonríe con esa sonrisa no perfecta. La perfección no se encuentra entre nosotros. Tendremos que reinventar los defectos. Nos abrazamos y bailamos al son de las olas. Dejamos el cuerpo muerto al libre albedrío del trance. El sol empieza a iluminar nuestra realidad. Estamos cansados, no hemos dormido nada.

—Deberíamos volver a la furgoneta —propongo.

—Me parece bien.

Nos secamos por el camino. Cojo la ropa y me pongo la riñonera. Me hace gracia la estampa. Desnuda y con riñonera. Y yo que me reía de aquel hombre de sesenta y tantos que pedaleaba en su bicicleta con los huevos colgando a un lado... Cap d'Agde. Para no olvidar. Decido no vestirme, para qué. Me calzo las sandalias. Entramos en el camping. En la lejanía veo a Emily y a Diana bebiendo y perreando. La poca gente que pasa por su lado las mira. Pero qué cojones hacen.

—¿Todavía tenéis batería? —dice Ricardo.

—¡Ricardo, *my friend*! —grita Emily.

—¡Emily! Que son las ocho de la mañana. Relaja, amiga. Nos van a echar.

Diana tiene la mirada perdida y está concentrada mientras toca el césped. Emily escucha música.

Un momento.

—Mírame —ordeno.

Emily obedece. Sus pupilas están dilatadas.

—¿Qué habéis tomado?

—Alicia, menuda noche. ¡Madre mía! Ha sido épica. Épica.

Ricardo y yo nos miramos. Lo cierto es que sí, ha sido épica.

—Voy a hacer el desayuno —me dice Ricardo.

Me siento con ellas. Emily no para de tocarme y de besarme. No sé cuántas veces me ha dicho que me quiere. ¿Diez? ¿Veinte? ¿Ochenta?

—¿MDMA?

Pone cara de traviesa. Diana dibuja una sonrisa con lentitud y calma. Cada una está en su propio viaje personal.

—¿De dónde lo habéis sacado?

—Pues estábamos con un grupo de gente supermaja y de repente abrieron una bolsita y ¡tachán! Polvos del amor. Así que nada, mojamos el dedo y a disfrutar.

—No deberíais tomar droga de gente desconocida.

—Ya, porque Rajiv era superconocido, ¿verdad?

Tiene razón. Recibo el merecido golpe.

—¿Y qué tal la noche? A parte de vuestro amor, claro.

—Buah, buah, buah. Brutal. ¿Verdad, Diana? Hemos follado juntas.

—¿Cómo, cómo?

—Sí, o sea, no entre nosotras.

—Que tampoco pasaría nada. Somos amigas —puntualiza Diana.

—Exacto, pero no ha sido el caso. Hemos participado en una orgía enorme. Gente follando por todos lados. ¡Una locura, en serio!

¿Me arrepiento de no haber estado ahí? Lo cierto es que no. En absoluto.

—O sea, que ya has cumplido tu fantasía —susurro.

—Ya las tengo todas ¡Tres de tres! —grita.

Nos reímos. Me abraza. Diana se une. Acaricio sus cabezas. Están volando. Ricardo saca la mesa y prepara el desayuno.

—Comed, os irá bien —insisto.

Galletas, fruta, zumos, embutidos veganos, tostadas y..., tras el festín, la calma. Emily se queda dormida de pie. Diana se hace un ovillo en el césped.

—Vamos a la cama —las despierto.

Les preparo su rincón. Suben y se quedan dormidas. En menos de un minuto escucho los ronquidos de Emily. Un clásico. Recojo los restos del desayuno junto con Ricardo. Abrimos nuestra cama y nos tumbamos. Lo abrazo. Estoy muerta. Cierro los ojos y a soñar.

Pasan las horas. Son las cuatro de la tarde. Cojo mis cosas y me voy a duchar. Tengo el pelo enredado y lleno de sal. Hoy será un día tranquilo. Al final regresaremos mañana. Intentaremos hacer el viaje del tirón. Diana habla con Rita y le cuenta lo sucedido. Se ríen. ¿Sentirá celos Rita? Emily no se mueve del sitio. Ricardo lee. Yo escucho música y hablo con Leo de blues. Qué ganas le tengo. Y qué bien me siento por ello. El día pasa sin mayor esfuerzo o preocupación. La resaca está presente. Dormimos mucho y, a la mañana siguiente, nos despedimos de Cap d'Agde. De este lugar. De este curioso escondrijo en el mundo.

—¡Adiós, Cap d'Agde! Gracias por las pollas —grita Emily.

—Y los coños —detalla Diana.

Es temprano. Hemos madrugado para poner rumbo a Madrid, ese lugar al que ya puedo llamar «hogar» sin que me tiemble el pulso, sin que me vibre el corazón. Cómo nos acostumbramos a las cosas que en un inicio nos parecían tan importantes, tan relevantes. El tiempo aboga por el equilibrio. Para lo bueno y para lo malo. Tiempo, a veces son solo unas horas, unas semanas o unos meses para domesticar el momento, para reconocer el éxito, para abrazar el fracaso. Y aunque en ocasiones queramos acelerar el presente, el tiempo marca el compás. Nosotros solo somos parte de una orquesta regida por el tictac de un reloj.

A través de la ventana me despido de Francia, de Cap d'Agde. Las cosas han cambiado, al menos en mí. En esta búsqueda de mi propio ser, trascender es casi tan importante como comprender. Por qué el sexo. Por qué el amor. Por qué la libertad. Por qué este lugar. Y entre tantas preguntas me choco con la línea temporal del pasado, con las experiencias que sigo reviviendo en el interior de mi ser a pesar de la distancia medida por segundos y suspiros. Diego. Él. Le abro la puerta a la curiosidad, a una rutina pasada que decidí que ya no más. Aún pesa. Menos, sí, pero pesa. Quién era yo antes de ser. Quién quise ser antes de volver. De volver a mí, a mi esencia, a mi persona. A la misma que quiso romper con todo y nacer otra vez. Con todo lo que eso conlleva. A dónde cojones nos llevará la vida, juro que no lo sé. Pero a dónde quiero ir ahora, lo veo más claro que nunca. Creo que estoy preparada para volver.

—Chicas, ¿estáis despiertas?

—¿Eh? —dice Diana, medio sobada.

—Me gustaría desviar la ruta un poco. ¿Es posible? ¿Qué opinas, Ricardo?

—¿A dónde quieres ir? —pregunta.

Sonrío. Lleno los pulmones de oxígeno, energía y fuerza.

—Al pasado.

Ricardo pone su mano encima de mi hombro y me acaricia. Diana hace lo mismo. Emily está descansando la resaca, que todavía le dura. Cambio la dirección del GPS. Tardamos dos horas. Se me acelera el pulso. Volver allí a donde se incendiaron mis alas, a donde enterré mis cenizas. Allí a donde empecé a volar. Lejos, muy lejos. De ti.

Diana nos cuenta cosas de todos aquellos países donde ha crecido. Ricardo habla sobre los viajes de mochilero que realizó unos años atrás.

—Me encantaría hacer algo así —dice Diana.

—Pues es fácil. Coges tu mochila, metes lo imprescindible y ¡a volar!

—¿Y el dinero?

—¿Qué?

—¿Cuánto necesitas?

—Depende de cómo quieras viajar. Yo me fui con doscientos euros en la cuenta. No sabía cuánto me iba a durar. Cogí un vuelo a Bangkok y, a partir de ahí me dejé llevar. Estuve seis meses recorriendo el sudeste asiático. Laos, Vietnam, Camboya, Malasia, Indonesia..., hasta que decidí volver a casa.

—¿Y cómo sobreviviste?

—Me ofrecía voluntario en algunos hoteles, albergues, restaurantes... Les diseñaba el logo o les gestionaba las redes sociales a cambio de unos días de alojamiento y comida.

—¿Te funcionó?

—¡Claro! Al principio estaba cagado. Pensaba que iba a sobrevivir un mes y da gracias. Pero poco a poco encontré la fórmula. Estaba una semana o dos en un sitio espectacular, en playas paradisíacas o campos de arroz, rodeado de todo tipo de personas. Aprendí muchas cosas buenas y malas, especialmente de mí mismo. En internet puedes encontrar páginas webs que se dedican a formalizar este intercambio, ¿sabes? Workaway, por ejemplo, es la más conocida.

—Qué envidia, Ricardo.

—¿Envidia? La envidia es una sombra de aquello a lo que no nos atrevemos, de aquello que no asumimos que podemos hacer o conseguir por nosotros mismos. ¿Qué te frena? ¿El dinero?

—Sí, eso creo.

—Una vez alguien me dijo que si el dinero era un problema, que no me preocupara, porque no hay. Ni dinero ni problema.

Nos reímos. Buena filosofía de vida. Ojalá pudiera aplicarla.

—¿Sabes? Lo voy a valorar seriamente, Ricardo. Llevo queriendo viajar por el mundo como mochilera muchos años. Antes me lo impedían mis padres. Y creo que eso era un problema mayor que el puto dinero.

—No me cabe duda. Si necesitas que te ayude en algo, aunque sea un empujón motivacional, sabes que aquí estoy.

Diana sonríe. Suspira. Sueña en voz alta. A mí se me revuelve algo en mi interior. La crónica de una muerte anunciada, de un futuro que invocamos y que ahora parece que llega. Que está ahí, a la vuelta de la esquina. ¿Estoy preparada para asumirlo? Me ausento en mi propia cabeza, en mis miedos y mis certezas. Y cuando me quiero dar cuenta, veo ese cartel. Montgat.

—Alicia, estamos llegando. ¿Es por aquí?

—Sí, sí. Gira a la izquierda.

Han pasado unos meses. No muchos, ni pocos. Los justos para volver con nuevas vivencias en la mochila de la vida y darme cuenta del recorrido. A veces estamos en una rueda que no para de girar y girar. No paramos ni para ser conscientes de las huellas que deja nuestro camino ni para ver el paisaje desde el abismo. Y desde ahí siempre se ven las mejores vistas. Aquellas que te quitan el aliento. Aquellas que te devuelven el latido. Aquellas que disfruto.

Una casa blanca con una puerta de madera lacada. Hace esquina. Las baldosas rosas sobresalen ligeramente por debajo. Un buzón vacío. Un número impar. Una calle familiar. No ha cambiado nada en meses; ni lo hará en años. Si me hubiese quedado aquí sería como esta casa. Indemne al paso del tiempo, arraigada a los cimientos del costumbrismo. Ahogada por la humedad, el sol, el calor, sus abrazos, sus quieros, sus lo conseguiremos. Y yo ahí, esperando a ser algo que jamás llegará. Sentada con una taza de té lista para que el milagro, que tanto se promueve en este positivismo ciego y volátil, jamás llegue. Se me escapa una lágrima. No es por pena ni por nostalgia. Es por valentía, por haber sido capaz de largarme sin mirar atrás. Por conseguir estar en esta furgoneta que huele a pies con Diana, Emily y Ricardo. Personas cuya existencia ni siquiera lograba imaginarme meses atrás y que hoy, aquí, son los pilares de mi realidad. ¿Me arrepiento? ¿De qué? ¿De vivir? ¿De apostar? ¿De seguir? ¿De avanzar? ¿De tropezar? No creo en el arrepentimiento. Me parece absurdo torturarse por algo que se desconocía, por una información que, en el momento de tomar la decisión, no se tenía. No, no me arrepiento. Sigo el camino que sienten los huesos, el termómetro del propósito. Ese que me hace navegar por el universo, recorrer mil carreteras sin perder la orientación, el rumbo. Navegar sin escasez de viento.

En medio de mi océano de ideas y emociones, justo en ese empanamiento mental tan profundo y tan delicioso, sale Diego. Él. Tú. Joder.

Joder, joder, joder.

Agacho la cabeza todo lo que puedo. Pero es tarde.

—¿Ese es...? —exclama Diana.

—Sí, sí, sí.

—Pues creo que te ha visto.

—Mierda, no.

No veo lo que sucede fuera. Cierro los ojos. Me siento como un avestruz que esconde la cabeza: si no ve al enemigo, este no existe. Si no veo a mi ex, esto no está pasando. Pero ya sabemos lo puñetera que es la vida y lo que disfruta el universo jugando con estos acontecimientos. Unos golpes en el cristal. Alicia, tu dignidad.

—¿Bajo la ventanilla? —pregunta Ricardo.

—Vamos a por ello.

Pongo cara de sorpresa, como si no supiera que estaba ahí. Cuánto tiempo sin verte. Qué casualidad, tú por aquí. Justo pasaba por esta calle. Cómo es la vida, ¿eh? Mira, el destino. Ja, ja, ja. Je, je, je. Quién lo diría.

—¡Vaya, Diego! Cuánto tiempo. Tú por aquí.

Venga, vamos a por el bingo.

—Vivo aquí.

—Ja, ja, ja, claro, claro. Lo sé.

—¿Qué haces aquí, Alicia?

—Bueeeno, pasaba por el pueblo...

—¿No estabas en Madrid?

—Lo cierto es que...

—Venimos de Cap d'Agde, un pueblo *swinger* donde hemos montado una orgía —suelta Emily.

No me jodas, Emily, ¡¿pero no estabas durmiendo?!

—Ah.

Sale una chica con el pelo recogido. Morena, ojos castaños. Camiseta de tirantes. Tejanos rotos. Deportivas. Se parece a mí. A mi yo del pasado.

—Diego, ¿cierro con llave?

—Sí, sí.

Se vuelve. Nos ve. Sonrío con una mueca falsa, esa en la que las comisuras se caen y los dientes se ven pero no demasiado. La puta sonrisa de Mona Lisa.

—¿Quién es? —pregunta.

La cosa se pone divertida. El universo coge palomitas y se acomoda en el sofá de nubes y estrellas. Yo miro al cielo. ¿En serio? ¿De verdad?

—Es Alicia, mi ex.

—¿La que se fue?

—Sí, la misma.

Ella me mira con cierta condescendencia. Puedo escuchar sus pensamientos. El cómo fuiste capaz de dejar a este maravilloso hombre. El cómo llegaste a romper su corazón. Y, por supuesto, el cómo eres tan mala persona.

—¿Qué tal te va la vida, Diego? ¿Cómo va tu *World Press Photo*?

Jaque mate, cabrón.

—¿Acaso te importa? ¿Cómo van tus libros?

—Lo cierto es que bien, estoy escribiendo mi primera novela. Por fin.

¿Te acuerdas de cuando te dije que no sabía sobre qué podía escribir? Bien, fue empezar a vivir y tuve la respuesta. Y no, no estaba aquí. Se instala el silencio. La tensión se puede freír. Es suficiente.

—Nos vamos. Espero que estés bien.

—Estoy bien. Enamorado y feliz.

¿Cuánto has tardado? ¿Dos semanas? ¿Tres? ¿Tan imprescindible era? ¿Tan importante era? ¿O tanto miedo te da estar solo con toda tu mierda? ¿La miras a ella como me mirabas a mí? Ya sabes a qué cara me refiero. Sí, a esa. Justo esa que estás poniendo cuando te giras y te hundes en sus ojos. ¿Tienes más proyectos que jamás cumplirás? ¿*E-mails* que nunca enviarás? ¿Sueños que no perseguirás? ¿Continúas llenándote la boca de quieros y puedos que no conseguirás? ¿Le cuentas las pecas del cuerpo? ¿Folláis bajo la mancha en el techo? ¿Cómo está la vida que tanto predicas y que solo existe en tu mundo invisible? ¿Cómo está ese amor que tanto anunciaste y al que en dos semanas sustituiste? Dime, Diego, dónde se esconde tu pulso. Qué se siente al ser parte del conformismo. Cómo es eso de estar muerto por dentro. Cuéntame. Que yo me fui lejos, joder, lejos de todo esto y ya me olvidé de qué se siente al sobrevivir.

—Genial, os deseo lo mejor.

Sonrisa forzada. Otra mueca. Subo la ventanilla.

—Arranca, arranca —susurro.

Ricardo mete primera y se mueve despacio. Gira a la derecha, avanza unos metros. Nos paramos en un descampado cerca de la playa. Veo el mar a lo lejos. Mi mar. Mi playa. Mi pasado tal cual lo recuerdo. Grito dentro del coche. Me giro. Diana, Emily y Ricardo tienen los ojos tan abiertos que dan miedo. Parece que se les vayan a salir de las cuencas.

—Joder. Dios. Mierda. ¡Coño ya!

—Alicia.

—¿Cómo me he podido encontrar con él?

—Alicia.

—¿A quién se le ocurre venir a casa de su ex? ¿Soy gilipollas?

—Aliiicia.

—Qué.

—Ha sido la hostia —lanza Diana.

Nos reímos. Fuerte. En alto. Para que nos escuche el universo. Solo duele aquello que dejamos bien adentro. Y esto lleva meses fuera de mí. Lejos de mi vida.

—Qué puta casualidad, ¿eh? —Se ríe Emily.

—Os juro que yo no quería encontrarme con él. Os lo juro.

—Nadie quiere encontrarse con su ex.

—Al menos nadie con estas pintas. Manda cojones. Me podría haber encontrado con él hace dos noches, cuando estaba duchada, maquillada, bien vestida. Pero así... Joder, que llevo el pelo lleno de mierda. No me jodáis. Qué imagen es esta.

—Bueno, él tampoco estaba muy aliñado —dice Emily.

—¿Cómo lo has visto? —se interesa Ricardo.

—Igual. Con sus mismos rizos y su mirada de perro. ¿Cómo pude estar con él tanto tiempo?

Estoy sudando y el corazón me va a mil por hora. Miro a Ricardo. Él me guiña el ojo. Se acerca. Me besa la cabeza. Lo abrazo. Las chicas se unen desde el asiento de atrás. Olemos fatal, pero ¿acaso importa?

—Qué suerte tengo de que estéis en mi vida —susurro.

—Te queremos, Alicia.

El amor. Ese amor. El que no te cambia la cara ni la mirada. El que te calma en momentos de subidón. El que te sube en momentos de calma. El mismo que equilibra todas las emociones, sentimientos y acciones. Jamás me he sentido tan querida. Y yo que buscaba el amor en todas las esquinas. Al final solo se trataba de cambiar el filtro y entender que la pureza se encuentra más allá de lo establecido. Del bien, del mal. Del esto así y esto asá. Del sacrificio. De las posesiones. Del imaginario. Del beso que despierta a la princesa. Del príncipe que mata al dragón. Hay tantas odas a las relaciones románticas y tan pocas a la amistad... Nos gusta tanto clasificarlo todo, encajarlo, etiquetarlo que no somos capaces de ver los vínculos con los mismos ojos del anhelo, del reconocimiento, de la búsqueda, del sosiego que nos venden en formato doble y en packs de dos. ¿Tanto miedo tenemos a salirnos de la norma?

—¿Estás bien? —me preguntan.

—Sí, sí. Extraña.

—¿Por?

—Creo que he actuado como una inmadura, no sé.

—Alicia, de nada sirve que te castigues ahora. Has hecho lo que te ha nacido en ese momento. Ya está —me consuela Ricardo.

Me apetece darme un baño en este mar, en esta playa que siento un poco mía. Quiero bautizar mi pasado, el cierre de una etapa, el principio de la transición. Lo comunico al grupo. Me sonríen y asienten. Me cambio como puedo en medio del descampado. Camino despacio entre la muchedumbre que se aísla del sol bajo las sombrillas. Veo el faro en la lejanía, la heladería donde me compraba el helado de pistacho vegano que tanto me gusta. El banco donde pasé tantas horas con Diego. Las ruidosas vías del tren que me despertaban por la noche al inicio de mi estancia en Montgat. El café del bar L'Estació. El arroz negro de Miquel. Los libros de Maribel. Un pasado que abrazo y que dejo donde le corresponde. Ahí, detrás.

Con pasos lentos y la mirada puesta en el horizonte, me sumerjo. El agua está tibia. Meado de burra, como dicen los norteños. El Mediterráneo es lo que tiene. A mí me encanta. Lo echaba de menos. En el fondo de mi ser, en el rincón más profundo de mi alma, la nostalgia se instala. Y aquello a lo que un día dije adiós con tanta facilidad, hoy se aferra a mis pensamientos. Nado con cierta torpeza y me desplazo pocos metros mar adentro. Sus aguas me mojan el pelo. Meto la cabeza y escucho. El silencio. Ese silencio. Ese que todo lo ensalza y lo oculta. Escucho las burbujas que salen de mis labios. Percibo el tacto de la arena ligera bajo mis pies. A mi lado, una pequeña roca inocente sin intención de joderme el dedo meñique con un golpe repentino. Dejo el cuerpo inerte y las olas lo mecen a su albedrío. Y esas preguntas que tanto he evitado hacerme, esas voces que taladran mi cabeza por las noches, las dejo ahora libres. Los pensamientos son como nubes que cubren el cielo de mi mente. A veces traen claridad y otras, las más inhóspitas tormentas. Quién soy en este momento. Con esta calma, en este lugar. Quién fui en el pasado. Qué se me quedó pendiente. Por qué estoy aquí. Tantas veces he leído la palabra «propósito» que ya ha perdido su sentido. Qué cojones es eso que se supone que tengo que cumplir. A qué coño juega la vida. O el universo. O la existencia. Y cómo algo que para mí es tan vital para el universo es un simple mortal. Otro más. Para qué. ¿Merece la pena todo esto? El sufrimiento, el dolor, el juicio, la lucha, la felicidad. Qué buscamos. Qué anhelamos. Qué tuvimos que ahora nos falta. Por qué cojones en ocasiones siento este vacío tan presente en mí. Y qué significa. ¿Acaso significa algo? Tal vez todo sea más sencillo y queramos complicarlo. Tal vez esto sea un juego de simulación con ciertas misiones y niveles que debemos superar. Conocer el personaje que te ha tocado y ver qué dejaste pendiente en las partidas que jugaste en el pasado. Volver a escribir ese libro cuyo desenlace todos esperamos y conocemos. Sin *spoilers*, eh: al final, morimos. Sorpresa. Sí, la muerte. Ahí está, acechando en el horizonte. Cada día más cerca. Y pensando en el infinito de la tan temida oscuridad que cubre el apagón de nuestra vida, me pregunto: ¿estoy donde quiero estar?

El aire de la superficie de nuevo. La mano del pulso que te invita a seguir, a avanzar, a dejar el puto pasado atrás. La sal escuece en los ojos. Al fondo, un grupo juega con una pelota hinchable. Los niños gritan. El sol quema. La humedad me asfixia. Me doy la vuelta. Diana, Emily y Ricardo están en la orilla. Sonríen. Me saludan. No quiero salir. Todavía no. Dejo el cuerpo muerto en horizontal. Todo fluye. La vida no se para aunque el latido deje de escucharse.

Aunque la respiración deje de hinchar los pulmones. Todo se mueve. Todo circula. Todo progresa. Todo prospera. Lo hiciste bien, Alicia. No sé si lo correcto. ¿Qué es lo correcto? Hiciste lo que tu alma pedía, lo que tu cuerpo necesitaba, lo que tu mente tanto temía. Estás más cerca de conocerte. Este es el camino. El que decides. El que eliges. Donde la cagas. Donde fracasas. Donde lo consigues. Donde lo intentas. Donde te caes. Da igual. Lo superfluo no tiene peso, es como mi cuerpo en este mar caliente y salado. Lo importante no es qué hiciste, sino que lo hiciste. Por ti. Eso es. Por y para ti. Lo único que debería preocuparnos cuando tomamos decisiones es por quién lo hacemos. En la báscula pesa más la efimeridad de la vida que el sistema social. Dejé atrás a un hombre bueno y noble para luchar por mi carrera. Y aquí estoy, visitando al pasado, entregando un cuerpo ligero mecido por la densidad del agua. Muriendo cuando quiero morir. Viviendo solo por y para mí.

XVII

Send nudes

La furgoneta está ardiendo. Dejamos que se ventile un poco. Les pido hacer otra parada. Badalona. Llamo al interfono.

—¿Sí?

—¿Mamá?

—¡¿Alicia?!

—Soy yo, mamá.

—¡Aaah!

Nos abre la puerta. Sonrío.

—¿Te esperamos aquí? —me pregunta Diana.

—No, no. Venid conmigo.

Subimos en el ascensor. Segunda planta. Y ahí está, mi madre. Con sus gafas nuevas que me enseñó por WhatsApp anteayer. Con su pelo corto, sus mechas rubias, su piel morena, sus arrugas, que, como dice ella, «son fruto de la felicidad». Una felicidad que se ha labrado a base de lucha y de golpes en la mesa. Me abraza fuerte. Y lloro. Mucho. Lloro alto por todas las veces que he deseado este abrazo. Cuando llegué a Madrid. Cuando me sentí tan sola en mi hogar. Cuando odié mi trabajo. Cuando estaba de resaca de MDMA. Cuando me enfadé con ellas. Cuando me perdí, de nuevo, por un hombre. Cuando me di cuenta de que repito conductas. Cuando no encontraba la salida.

Cuando resulta que, qué tonta, si estaba aquí. Escucho a Emily sollozar. Pienso en la muerte de su madre y en el dolor que debe de afligir su corazón. Ni me lo imagino.

—Te he echado tanto de menos —susurro.

—Y yo a ti, hija.

Nos separamos. Me mira. Limpia las lágrimas de mi cara. Mi pelo está mojado. Mi piel, salada.

—Qué guapa estás.

El filtro que tienen las madres es mejor que el de Instagram. Para ellas siempre estás guapa. Aunque estés en la mierda. Para ellas siempre estás preciosa. Ojalá pudiera verme con esos ojos.

—Te presento a Emily y a Diana.

—¡Qué ganas tenía de conoceros! —Las abraza.

Diana y Emily se ríen. Así es mi madre, enseguida pilla confianza.

—Qué amigas tan maravillosas y tan guapas, Alicia. Me alegro de que estéis bien.

—Y él es Ricardo, nuestro amigo.

—Qué chico tan guapo. Ven aquí. —Lo abraza también.

Se apaga la luz del portal. La vuelvo a encender.

—¿Queréis pasar? ¿Os quedáis a comer?

—No, mamá. Ha sido una visita exprés al pasado.

—Entiendo. ¿Qué tal por Francia?

—Superdivertido. Ya te contaré.

—Pero con detalles, eh. —Me guiña el ojo.

—Sí, mamá, con detalles.

Qué suerte tener una madre sin prejuicios, tan abierta de mente, tan segura de sí misma.

—Venga, va. Dame otro abrazo y ya te dejo ir.

El apapacho dura minutos. Cómo cuesta despegarse de este amor. Qué duro es tenerla tan lejos. Pero, al mismo tiempo, a pesar de los kilómetros, nos sentimos muy cerca.

—Te quiero mucho.

—Y yo a ti, hija.

Me da un beso. Suspiro.

—Espero veros pronto y con más calma. Muchas gracias por cuidar de mi hija y por ser tan buenas amigas.

Nos emocionamos. No alargamos mucho la despedida. El dolor pinza mi corazón. Bajamos en el ascensor y volvemos a la furgoneta. Ahora sí, ponemos rumbo a Madrid. Por la misma carretera que un día recorrí. El camino a mi hogar, al lugar donde los sueños van a parar. Al menos los míos. Es mediodía. Llegaremos de madrugada. Nos da igual. Paramos en un restaurante de carretera. Comemos de menú. Seguimos nuestro trayecto. Emily se queja de lo pesado que es James.

—Le dije que iba a Estados Unidos en septiembre y no para de insistir en que nos veamos.

—¿Tú quieres verlo?

—Lo cierto es que quiero acabar con esta mierda. Ya está. Basta. Me gusta estar sola, ¿sabéis? Tener el control de mi vida y apostar por mi carrera. James solo me ha traído dolor y desgracias.

—No entiendo cómo puede haber hombres así —se enfada Ricardo.

—Yo tampoco, pero los hay. No te das cuenta y, de repente, estás metida hasta el cuello en una relación tóxica.

Pienso en Pablo. ¿Qué hubiese sido de mí? ¿Hacia dónde iba nuestra relación? ¿Quedaría ahora algo de mi identidad?

—El problema es que generan tanta adicción... *Fuck*. Lo bueno parece tan bueno...

—Claro, porque lo malo está tan presente que el efecto de una simple caricia se multiplica por diez —añado.

—Exacto. Es difícil dejar esta droga, pero no puedo seguir con esta situación. Ya es suficiente. Esta vez de verdad. Necesito retomar mi vida.

—¿Tienes ganas de irte a Estados Unidos? —pregunto.

—Por un lado sí, muchas. Tengo ganas de solucionar las cuestiones que dejé sin resolver. Conectar de nuevo con mi padre, retomar mis estudios, acabar con James. Volver a mí, a quien soy yo. Pero, por otro lado, joder, os voy a echar mucho de menos. De hecho, hace que me plantee realmente emprender ese viaje o no.

—¿Te estás planteando quedarte aquí por nosotras? Pero ¿esto no lo hablamos?

—Ya, chicas, pero nunca había tenido una conexión así con nadie. Sois mis amigas, no os quiero perder.

—Y no nos vas a perder, Emily.

—En parte sí.

Cierto, en parte sí. ¿A quién quiero engañar, a mí? La distancia separa. A veces, solo de forma física; otras, pone el punto y final a un capítulo que fue bonito mientras duró. ¿Cómo será para nosotras? Nadie habla. Diana está ausente. En qué mundo andará. Emily mira a través de la ventana. Conduzco yo. Paro en aquella gasolinera de Zaragoza en la que estiré las piernas y anhelé una botella de vino para ahogar y quemar las penas que tenía en mi interior. Qué lejos queda todo aquello. Y qué cerca lo siento. No me importa. Forma parte de mí, de quién soy, del pasado, del presente, ¿del futuro? Tal vez. Lleno el depósito de gasolina. Compro unos sándwiches para comer algo. Me suena el móvil. Es Leo. «¿Lista para nuestra cita?» Se me escapa una pequeña sonrisa. «Eso creo, ¿y tú?» Me envía una foto. Está recién salido de la ducha, con una toalla como barrera de contención. Amplío la imagen. *Not bad*. Subo al coche. Comemos rápido.

—¿Qué te pasa? —me pregunta Emily.

—¿Qué me pasa? —respondo.
—No sé, dímelo tú.
—No sé, tú eres la que me ha preguntado.
—Alicia, joder.
—¡¿Qué?!
—Sí, te pasa algo —insiste Diana.
¿Cómo han desarrollado ese sentido tan intuitivo? ¿Me escanean la cara? ¿Tienen archivadas todas mis expresiones? Arranco la furgoneta. Suelto una carcajada. No puedo dejar de reír.
—Dispara.
—Leo me ha enviado una foto sin camiseta, solo con una toalla.
—Vaya, ¿ya estáis en ese punto?
—Lo cierto es que no lo sé.
—Pero ¿habéis guarreado por WhatsApp? —suelta Emily.
—Creo que no. No lo sé.
—Cómo no lo vas a saber, Alicia.
—A ver, nos hemos tirado la caña un poco, sí.
—¿Un poco?
—Bastante.
—Ah, eso me cuadra más.
—Pero no nos hemos enviado fotos. O al menos no de este estilo, vaya.
—¿De qué estilo? —cotillea Diana.
—Joder, queréis saberlo todo, ¿no?
—Obvio —dicen a la vez.
Ricardo se ríe.
—Estos días hemos hablado por WhatsApp bastante. Él me enviaba alguna canción, yo le contestaba. Le expliqué que estaba en una playa nudista y le envié una foto de mis piernas.

—¿Por encima de las rodillas?
—Claro.
—Qué zorra —lanza Emily.
—Pero bueno, ¿hemos vuelto a la Edad Media y no me he enterado? —Me río.
—A veces me hago la misma pregunta —dice Ricardo.
—Sigue, sigue. Le envías una foto de tus muslos y...
—Y él me envió una foto de un cartel en el que habían puesto el logo en su paquete. Era para la promoción de un concierto en un pueblo.
—¿Qué más?
—Hemos hablado del plan para este viernes. Salir a tapear, ir a un concierto de blues, tomar algo...
—¡Y comerte el cabecero de la cama! —grita Emily.
—¡Emily, coño!
Nos reímos. Intento no cerrar mucho los ojos ni ser demasiado expresiva. Tengo que concentrarme en la carretera.
—¿Qué? ¿Acaso no piensas en follar con él?
—No sé, ya veré. Tampoco quiero planearlo.
—¿Está bueno? Enséñame la foto —ordena Emily.
—Tía, si enviara una foto sexy a alguien, no me gustaría que se la enseñara a sus colegas —comento.
Silencio.
—¿Qué es estar bueno? ¿Estar fibrado? ¿Ser alto? ¿Un empotrador? —pregunta Ricardo.
—¿Tú eres un empotrador? Alicia, responde. —Emily me mira.
—¿Yo? ¿Por qué tengo que responder?
—Anda ya, joder, que habéis follado.
¿En qué momento la conversación ha derivado en esto?
—¿Y si la empotradora es Alicia? —cuestiona Ricardo.
—¿Lo eres? —insiste Emily.

—No sé, ¿lo soy? —Observo a Ricardo. Él sonríe.

—Nos empotramos mutuamente. Es lo bonito del sexo.

Que nadie tenga un exceso de responsabilidad. Que todo esté en equilibrio. Que podamos romper con los roles de género y con lo que se espera de nosotros. Que seamos solo quienes realmente somos, quienes queremos ser, y no quienes nos dicen que seamos. Que el sexo sea solo el principio de un camino introspectivo, que nos lleve a las catacumbas de nuestro ser. Que todo esté conectado con el universo. Eso es. Que a través del sexo nos sintamos uno con el otro, con el mundo, con el infinito. Estoy cachonda. Otra vez. Pienso en el encuentro con Ricardo. En su piel, sus tatuajes, su sonrisa no perfecta. En la libertad de las etiquetas. En no esperar y, por fin, empezar a estar. De cualquier forma, de cualquier modo, sí, pero, sobre todo, presentes.

Le cojo de la mano. Me apoyo en su rodilla. Ricardo es un hombre especial. Único. Casi perfecto. Humano. Puro. Con esas inseguridades que proyecta, con su forma de cuestionarlo todo. Me pregunto en qué momento un hombre se plantea su género, cuándo es consciente de que el sistema también lo oprime, lo condiciona. En qué instante se da cuenta de que le han lavado la mente, de que el arquetipo que quieren reproducir en ocasiones es imposible y sobre todo asfixiante. Y nosotras, qué pasa con nosotras. Con lo que buscamos, lo que añoramos. Lo que seguimos perpetuando. Tenemos parte de responsabilidad en todo esto. En la propagación del ideal. En empoderarnos a través de ellos. En necesitar una figura masculina para tener el cuento perfecto. En no ser capaces de salir sin su consentimiento. Joder, ¿acaso no somos suficiente? No sé la historia de Ricardo al completo, ni tan siquiera me acerco a ella, pero no tuvo que ser fácil aceptar la bisexualidad. Olvidarse de ese estereotipo del empotrador nato o del macho alfa. Abrazar su lado femenino sin castigarlo ni juzgarlo. Solo siendo él en su conjunto, en su armonía, en su bienestar.

—¿Quieres que conduzca yo? —me pregunta.

—Venga, vale.

Paro en un área de servicio. Nos cambiamos. Son las ocho de la tarde. Nos quedan pocas horas. Hablo con Leo. Me cuenta que está cambiándole las cuerdas a la guitarra. Me manda una canción, esta vez suya. La escucho por el altavoz.

—¿Qué suena? —pregunta Ricardo.

—Es Leo.

—¡¿En serio?! Canta muy bien. Tiene una voz bonita.

—Y ahora ¿qué le digo yo?

—¿Qué le quieres decir?

—Es que..., verás, tengo una foto que me he hecho en el baño de la gasolinera, pero no sé si mandársela.

—¿Por?

—Es un poco *hot*.

—¿A ti te apetece?

—Sí.

—¿Entonces? ¿Es muy explícita?

—No, qué va.

—¿Dónde está el problema? —Se ríe.

Eso, ¿dónde? No lo encuentro. Le pongo un filtro *vintage* a mi selfi delante del espejo. Enviar. Al cabo de unos segundos, su respuesta. «Alicia, no me puedo concentrar.» Sonrío. Ricardo me mira.

—¿Y bien?

—Le ha gustado.

—Normal. Lo raro hubiese sido lo contrario.

¿En qué fantasía se ha convertido mi vida? ¿Tanta felicidad es posible? Seguro que trae algo negativo. No estoy acostumbrada a que todo vaya tan bien. A mí no me pasan estas cosas.

Me quedo dormida. Abro los ojos y justo veo a lo lejos ese cartel rojo con estrellas blancas, el mismo que me hizo gritar en el interior del coche aquel viernes de abril. Bienvenida a tu hogar, Alicia. Es aquí. Sin duda, sí.

Son las doce. Ricardo deja a Diana y a Emily en sus casas. Nos despedimos.

—Os quiero tanto, zorras... —susurra Diana.

—Y yo a vosotras.

La última parada es mi casa. Aparca en doble fila. Me mira. Se me acelera el pulso.

—Ha sido genial esta escapada, ¿no? —comento.

—Me lo he pasado en grande, Alicia. Gracias por contar conmigo.

—Si eres maravilloso, Ricardo, ¿cómo no voy a quererte en mi vida?

Un mechón de pelo se descuelga por mi cara. Lo coloco tras la oreja. Él me acaricia el hombro. Mi coño se humedece de forma instantánea. Nuestros ojos quedan suspendidos en el ambiente. Me muerdo el labio. Joder, este deseo. Se acerca. Me acerco. Nos fundimos en un beso caliente, húmedo. El ambiente se tensa. La cuerda está a punto de romperse. No podemos parar. Con la mano acaricio su pelo. Lo cojo de la nuca, lo empotro contra mí. Estoy desatada. Me encantaría sentirlo de nuevo aquí, dentro de mí. Como la otra noche en la playa.

—¿Quieres quedarte a dormir? —jadeo.

—¿A dormir? —Se ríe—. Claro.

Buscamos un sitio para aparcar. Tardamos casi media hora. La excitación se esfuma. Sacamos las maletas de la furgoneta. Pasamos enfrente del chino. Compro un vino y algo vegetariano para cenar. Hay poca cosa. Unos *noodles*, por los viejos tiempos. Entramos en casa. Me coge por la cintura. Me abraza. Está bien sentir este calor en mi espalda, adentrarme en él. Dejar que ocurra, que suceda. No plantearme nada. Me besa la cabeza y abre el vino. Caliento agua y sirvo los *noodles*. Nos sentamos en el sofá.

—Qué curiosa es la vida, ¿no?

—¿Por? —pregunto.

—Por habernos cruzado en este camino.

—Sí, lo cierto es que descargarme Tinder ha sido lo mejor que pude hacer esa noche de borrachera. Y darte *like*, claro.

—Has sido el gran descubrimiento, sin duda.

—Anda ya, seguro que tendrás a muchas chicas interesadas en ti. Eres increíble, no me jodas.

Se ríe. Absorbe los *noodles*. Le da un trago al vino. Alarga la respuesta.

—Sí, claro. Tengo ligues, como todos, pero creo que cada vez me interesan menos, ¿sabes?

—¿En qué sentido?

—Las relaciones actuales me parecen algo superficiales. Fáciles y rápidas de consumir. La gente solo busca una lengua, unos dedos, un coño o una polla. A veces me pregunto: vale, ¿y qué más?

—Te entiendo.

Qué más me ofrece la vida. Qué me ofrecen las personas más allá del cuerpo. Qué más me ofrece la libertad. ¿Y qué ofrezco yo?

—Últimamente me siento un poco desconectada del sexo, no sé. Busco profundidad, creo. No me apetece tanto follar con gente desconocida.

—Es diferente. El sexo que puedas tener con alguien a quien has conocido una noche en una discoteca o el que puedes experimentar con un amante recurrente.

—Sí, me apetece amar a las personas, aunque solo sea por una noche. Pero entregarme con todo mi ser, con mis errores y mis éxitos. Con quien soy... ¿Entiendes lo que quiero decir?

—Perfectamente.

—Es como, no sé... El retiro tántrico me cambió más de lo que imaginé. El hecho de materializar la energía y de ver ese intercambio me hace plantearme con quién follo y por qué. En una de las clases nos dijeron que en el sexo, si una persona está mal a nivel energético, se lo traslada a la otra.

—Bueno, Alicia, no te tienes que rayar por estas cosas, que al final hablamos de algo intangible. Son suposiciones.

—¿Lo son? ¿Tú crees? Recuerdo cuando follaba con Diego. Veía el sexo como algo físico, liviano, trivial. Sin importancia. Me había metido en la cabeza que era importante en la relación y me obligaba aunque no quisiera. Siempre era lo mismo, polvo tras polvo. Al final eso me absorbía, sentía cómo mi vitalidad se alejaba con cada corrida. Estos meses me he sentido cerca de mí misma, más que nunca. Y en parte ha sido por el sexo. Por experimentar, por probar, por entender quién soy y qué me gusta. He fluido y me he dado cuenta de que tampoco es la fórmula correcta. Cuando me dejo llevar, no soy dueña de mi destino. Supongo que es cuestión de encontrar el equilibrio.

—Es difícil, eh.

—Joder, cuesta muchísimo.

—¿Dirías que lo has encontrado?

—No lo sé. ¿Cómo sabemos si estamos en equilibrio?

Nos quedamos callados. Bebemos un poco más de vino. Me acabo los *noodles* y dejo el plato encima de la mesa. Me apoyo en el sofá. Ricardo está pensando. La respuesta es compleja. Me adelanto.

—En tantra, nos dijeron algo interesante sobre las energías femenina y masculina. ¿Conoces algo sobre esta filosofía?

—Lo cierto es que no. Cuéntame.

—La energía femenina se relaciona con la creación, las emociones, la fuerza, la intuición. La masculina es la consciencia, lo físico, lo material, la representación. Esto no tiene nada que ver con el género, que te veo la cara, Ricardo. —Se ríe. Continúo—. Ambas energías están en nuestro interior. Si tenemos un exceso de energía femenina, nos perdemos en las emociones, en los sueños. Si tenemos un exceso de energía masculina, nos obsesionamos por lo material y nos convertimos en personas frías y sin escrúpulos. Lo que te dicen es que abraces ambas energías internas para que así puedas materializar los sueños o poner consciencia a las emociones. Que seas un ser humano...

—... sin importar el género.

—Exacto.

—Qué fácil y qué difícil. Si nos alejamos de lo que se espera de nosotros, tenemos un problema.

—¿Y si el equilibrio es sinónimo de libertad? —pregunto—. ¿Y si solo somos capaces de alcanzarlo al igualar el peso en la balanza, al aceptar nuestros lados masculino y femenino? ¿Y si es la clave para ser quienes somos?

—La que estás filosófica hoy eres tú, eh.

—Totalmente. Parece que me haya fumado un porro —bromeo.

—Me encanta la conversación. El concepto de libertad es curioso, ¿no crees? Se habla mucho de él, pero nadie sabe qué cojones es. Ni a qué sabe.

—Al principio de mi búsqueda pensaba que la libertad estaba en el aspecto físico, en enlazarme con muchos cuerpos, en experimentar locuras. Después me di cuenta de que tenía cierta relación con la mente, con romper las estructuras que tenemos interiorizadas. Y ahora creo que también implica al alma o como cojones queramos llamar a la consciencia.

—Especialmente implica a esta última. Sin consciencia no somos nada.

—Bueno, somos uno más.

—¿Tú crees que eres libre?

—No lo sé, pero cada día me siento más así, Ricardo.

Silencio. Apunto con las pupilas y disparo. Esa mirada. Sabe leerla. Me devuelve un «sí, quiero» en formato besos. Nuestras lenguas se conocen. Se buscan. Se encuentran. Se acarician. Se pelean. Me pongo encima de él. Me quita la camiseta. Besa mi piel todavía salada. Le quito lo sobrante. Vamos a la cama. Nos quedamos desnudos. Admiro su cuerpo tatuado, esta vez a la cálida luz de la lámpara de noche, una claridad que me induce a descubrir sus rincones al detalle, con total atención. Se tumba boca arriba. Beso su cuello, su torso, su ombligo, sus costillas, sus ingles, sus muslos, sus gemelos, sus pies, sus dedos. Beso cada rincón de ese saco de huesos, carne y deseos; cada centímetro que me acerca a sus adentros. Él se entrega así, en materia y alma. Sin pretender nada. Sin esperar nada. Nos besamos. Me acaricia tranquilo la espalda. Rozo mi organismo repleto de anhelos con el suyo. Los latidos se fusionan. El calor aumenta. Una intimidad que nos invita a pasar. Conozco este lugar. Es el que creamos cuando estamos juntos. Y libres. Libres. Así es.

Ricardo me coge del culo. Aprieta. Seguimos besándonos, tocándonos, rozándonos. Bajo suave hasta su entrepierna. Su polla no está erecta. ¿Acaso cambia algo? ¿Las sensaciones de su cuerpo? ¿El placer de este instante? ¿La fusión que estamos construyendo? El sexo va más allá de una polla dura, de un coño húmedo, de una corrida; más allá de lo medible, tangible o previsible.

Me pone boca abajo. Siento su peso. Calculo cada kilogramo que me comprime de forma desigual. El pecho se hunde por la gravedad de su tronco. Mi cuello se modifica con cada beso. Mis manos se enredan con las falanges de sus dedos. El aire que respiro sale disparado en cada movimiento de pelvis. Abro la boca, suelto un quejido. Ricardo me mira. Sonreímos.

—Te quiero.

—Te quiero.

No huimos, no corremos, no miramos para otro lado. Porque en ese momento nos tenemos, nos amamos, nos poseemos. Nos adoramos. Nos respetamos. Nos encarcelamos. Nos desatamos. Nos llevamos al abismo y, desde ahí, (nos) volamos. Nos caemos, nos tropezamos. Nos quedamos suspendidos en medio del holograma de la existencia que en ocasiones da tanta pereza. Con nuestras almas, nuestras sombras, nuestra diminuta partida en este juego. Nos perdemos, nos encontramos. Nos prometemos que nunca más, que ya es suficiente. Nos mentimos. Nos peleamos. Nos retozamos. Nos liberamos. Nos cargamos el puto sistema que todo lo define y todo lo manipula, que todo lo niega y todo lo estipula. *Hackeamos* el mundo a través de un gemido. Y las piezas se derrumban, se caen. La realidad adquiere otro nivel, uno superior. Ese que nos hace ser conscientes de quiénes somos, de dónde estamos, de por qué. Ese que da respuestas a las preguntas que ahogan la supervivencia, que revienta las persianas que nos alejan de la realidad, de la calle, del hogar.

Ricardo acaricia mi cara. Un viaje astral me eleva hasta la quinta dimensión. Solo siento su estela navegando por mis mares, los mismos que desembocan en mi coño. Él se percata. Toca con suavidad mi entrepierna. Yo lo estaba deseando. Me entrego a él sin miedos. Para qué cojones sirven. Para acelerar el tiempo. Su sonrisa no perfecta se funde con mi mirada. Nos dejamos ir adondequiera que esto vaya. Fluir, sí, pero con la cabeza sobre los hombros, ahí, bien colocada.

—¿Tienes un condón?

—Voy.

Abro la mesita de noche. Lo cojo. Ricardo se lo pone sin prisas, sin pausas. Me mira, me examina. Es uno de mis momentos favoritos, ese instante en el que te aniquilan con las pupilas. Cuando sabes lo que ocurrirá dentro de pocos segundos. Cuando te percatas de la necesidad de sentirlo dentro y cerca. Cuando ya no puedes más.

Se la cojo y me la meto. Entra rápido. Cabalgo encima de su cuerpo, de sus huesos, de su *dharma*. Él solo se deja ser, sin ensalzar las palabras o los gestos. Yo me muevo con firmeza sobre su polla. Él me agarra del culo, clava sus uñas. Suelto un gemido. Apoyo mis manos en su pecho. Me da igual el final, quiero congelar este puto momento. El sudor resbalando por sus tatuajes. Su estructura delgada en la que se le marcan algunos huesos. Mi coño sin depilar que se enreda con los surcos de su pelvis. Esa mirada intensa que solo pone cuando está a punto de dejarse llevar, de emprender el viaje, de volar por los aires. Esos ojos que se clavan tan dentro de mí que arañan las paredes del templo. Esas pupilas tan negras que podrían absorber al universo. Esas pestañas cortas que marcan la línea donde su fuego detona. Unas cejas pobladas que cargan la pistola de su desesperación circunstancial. Y yo ahí, cabalgando a un ser que está a punto de desfallecer, de volver al origen, de flotar en el cielo. Lo observo. Quiero memorizarlo entero. La hendidura que se crea en su garganta. El fruncir de su ceño. La apertura de su boca reflejando la magnitud del encuentro. La piel erizada y áspera. Las frases tatuadas que se estiran. La dilatación de las líneas que perfilan su torso. La mirada que me rapta al interior de ese espejo en el que me veo reflejada. La fuerza que hace su último intento por permanecer intacta, la misma que se pierde cuando la batalla estalla. El sonido de su voz amortiguando el orgasmo. La respiración que pierde el compás de la balada. Los labios que comprimen las ganas. Las fosas nasales que palpitan al ritmo de su entrepierna. Las venas que se marcan tras esa capa fina de tinta. Un cabello rebelde que no encuentra el camino a casa. La nuca cóncava y arqueada. Los oídos que difieren aquellas ondas sin importancia. Una polla bombeando sangre y semen. Unos testículos contrayéndose. El ano reflejando el espasmo. La pequeña muerte que llega cuando zozobramos en el cosmos, entre las estrellas, los planetas; entre las almas. El impulso vital que se lleva lo superfluo, lo cargante, lo irrelevante. El cuerpo se queda grabado entre los astros de este rincón del universo. El sol abrasa la fuga de aquellos miedos mal gestionados. La luna ilumina el camino de una existencia mal planteada.

Paro el movimiento de mis caderas. Ajusto mi peso. Bajo el pecho. Lo abrazo. Se queda dentro. Lo acompaño en el orgasmo. Me fundo con él. El tictac de ese reloj que no encuentro se escucha a lo lejos. Materializa algo que desconocemos. ¿Tiempo? ¿Y se supone que morimos por eso? Él mueve sus brazos con cierta dificultad. Retoma la respiración. La coordina con el vaivén de mi torso. Articula una palabra, «joder», y reposa la adrenalina sobre la almohada. Comprimo las gotas que mojan su pelo. Salen disparadas. Carraspeo. Él me abraza fuerte y yo me dejo querer. Sin un motivo o un por qué. Solo me dejo, en él.

Y es entonces cuando comprendo que la vida te ofrece dos cosas: morir ahogada por el quiero o vivir empujada por el puedo.

XVIII

Oro líquido

Ricardo vuelve a ser consciente de su existencia. Se ríe. Me saco su polla. Se quita el condón, le hace un nudo.

—Dame, lo voy a tirar.

Lo cojo, voy a la cocina. Abro la basura; adiós, preservativo.

—¿Quieres agua?

—Sí, un poco.

Lleno dos vasos de agua del grifo. Estoy desnuda frente a él. Me observa.

—Qué cuerpo más bonito tienes.

—¿En serio?

¿En serio? Lo miro desde mi perspectiva. Me acerco al único espejo grande que hay en la casa, el mismo en el que me vi reflejada por primera vez con el vestido de látex y el collar que Ricardo me regaló. Miro las estrías difusas que se extienden por mis nalgas y mis tetas. La asimetría de mi pecho. La cicatriz de mi ingle. El vello rizado y negro de mi coño. El pelo alborotado que se me pega al cuello. El sudor resbalando por el escote. Me encantaría ser de otra forma, con otro sustento. Como esas chicas esbeltas que aparecen en Instagram. Como esas modelos que presumen de un culo capaz de romper el suelo. Las pieles bronceadas, las tetas apuntando al cielo. Los abdominales definidos, las piernas kilométricas. Los tangas por encima de las caderas para resaltar la definición de sus cuerpos. Los muslos apretados, las ingles rasuradas. Ni un pelo en el horizonte. Ni tan siquiera aquellos que te salen en la barbilla de la noche a la mañana. Ni bigote, ni asimetrías, ni defectos.

—¿En qué piensas? —pregunta Ricardo—. Llevas un buen rato mirándote en el espejo.

—Estoy pensando en mi cuerpo.

—¿En lo precioso que es?

—No entiendo cómo puedo seguir teniendo complejos después de todas las experiencias que he vivido con él. Un día siento que ya los he superado y al día siguiente vuelvo a caer.

—Alicia, eso nos pasa a todos.

—Ya, pero las mujeres tenemos tanta presión por ser perfectas...

—¿Y nosotros no?

—Es diferente.

—¡Claro! Poco se habla de la autoestima en los hombres. También tenemos que hacer frente a una serie de estereotipos de belleza. Brazos musculados, abdominales marcados, altura, tamaño de la polla... Y podría seguir y seguir.

—Es cierto, pero vuestro éxito no depende del físico. Y cuando envejecéis, se os considera sexis.

—¿La alopecia también?

Me río. Lo miro y levanto la ceja izquierda.

—Alicia, todos queremos llegar al estereotipo.

Ricardo se levanta. Se acerca a mí y observa su reflejo en el espejo.

—Me encantaría tener más músculo. Soy una persona muy delgada y en ocasiones se me marcan demasiado los huesos. Tengo la espalda ancha y eso oculta la delgadez de mis brazos, pero, vaya, si pudiera elegir, me gustaría tener más desarrollados los bíceps y los pectorales. Después está mi sonrisa; no me gustan mis dientes. ¿Y qué me dices de mi culo?

—¿Qué culo? ¡Pero si no tienes! —bromeo.

—Oye, maldita, que estábamos subiéndonos la autoestima, ¿no? ¿Quieres acabar conmigo?

Soltamos una carcajada.

—Qué más... ¡Ah! Mis huevos tampoco son simétricos. Me cuelga más el derecho. Fíjate.

—Es cierto. Igual que mis tetas.

—Y mira qué pies más horrorosos tengo. Y encima soy fetichista de pies. Ironías de la vida. Sin embargo, tú...

—¿Yo? ¿Qué?

—Tienes unos pies que dan ganas de comérselos.

—Ni se te ocurra.

Se acerca sigiloso. Pone los brazos como un T. rex. Arruga la cara. Da un poco de yuyu, la verdad. Salgo corriendo por el piso. Grito. Él sale detrás de mí. Me atrapa.

—¡No, no! —exclamo.

Me tumba en la cama. Me coge del tobillo.

—Soy el monstruo comepiés. ¿Qué tenemos aquí? ¡Oh! Un pie jugosito y pequeño. A ver cómo sabe...

—¡Ricardo! ¡Que tengo muchas cosquillas, Ricardo!

Abre la boca. Saca la lengua llena de saliva. Acto seguido introduce todo mi pie en su boca y empieza a jugar con él. Le da mordiscos, lo chupa, zigzaguea por mis dedos.

—¡Para, para! Ricardo, que me voy a mear encima.

—No, joder, no desperdicies eso. En todo caso, te meas encima de mí.

—¿En serio?

—Claro.

Dudo durante unos segundos si esto forma parte del

«ji, ji, ja, ja» o si realmente es una declaración de intenciones. Él para de comerme el pie.

—¿Estás bien?

—¿Era broma o es en serio?

—¿El qué?

—Lo del pis.

—Con estas cosas no bromeo.

La curiosidad ataca de nuevo. Clavo mis ojos verdes en los suyos castaños. Me suelta el tobillo. Sonríe de forma pícara y traviesa, esa sonrisa que tanto me gusta, esa que no es perfecta.

—¿Quieres probarlo? —propone.

—Obvio.

—Vamos a la ducha.

Camino despacio, sin pensar demasiado en cómo hemos llegado a esta nueva proposición. Ricardo entra en la ducha y se arrodilla. No sé qué cojones hacer.

—Méame.

Estallo en risas. No puedo parar. Me lo voy a hacer encima, y no de él. Intento calmarme. Él sonríe. Desde el suelo eleva su mirada. Ahora se supone que tengo que mear. Suerte.

—Ricardo, si me miras, no puedo.

Baja la cabeza. Espera. Qué presión. Me concentro. Nada. Mi vejiga va a estallar, pero por mi uretra no sale ni una gota. Carraspeo. Aprieto. Me da miedo tirarme un pedo. No quiero llegar a ese nivel escatológico.

—¿Qué tal va por ahí arriba? —pregunta.

—Joder, si me cuesta mear cuando voy con las chicas al baño, cómo no me va a costar contigo de rodillas esperando mi pis.

—Tranquila, tómate tu tiempo. Si quieres lo dejamos, ¿eh?

—No, no. Tú de aquí sales meado como que me llamo Alicia. Espera.

Abro el grifo para ver si con el estímulo mi cerebro procesa la información. Es sencillo, coño. Haz pis. Venga. Shhh. Escucha el sonido. Shhh. Eso es. Concéntrate. Shhh. Agua. Gotas. Tu vejiga a punto de colapsar. Ricardo de rodillas esperando el oro líquido. Mi coño se cierra. No pienses en Ricardo. No está, no existe. Cierra los ojos, eso es. Shhh. Lluvia. Frío. Cascada. Váter. Ducha. Joder, Alicia, mea en la puta ducha ya, que no será la primera vez. Relaja el coño. Lo noto. Sí, sí. Sale, ¡ya sale! Oh, Dios, qué bien.

—¡Aaah! —grito.

—Pero, Alicia, apúntame —reclama Ricardo.

—¿Dónde? ¿En la cara?

Ricardo me separa las piernas y se pone bajo mi coño. El chorro uniforme cae por su pelo, se expande por su cara, sus hombros, su espalda, su pecho. Él cierra los ojos. Abre la boca.

—¡Pero no abras la boca, Ricardo!

Él no puede parar de reírse. La situación es inverosímil. El orín empieza a oler fuerte. Llevaba muchas horas sin evacuar. Lo siento. Ricardo no se queja, al contrario. Está en pleno éxtasis, como yo cuando toqué el látex. Acaricia su cuerpo con mi pis caliente. Se ríe.

—Joder, me vas a ahogar.

—Te dije que me iba a mear encima.

Pasan varios segundos más y consigo descargar todo el líquido que tenía acumulado. Cojo con la mano las últimas gotas y lo salpico. Muevo mis caderas para que caiga lo que resta, como cuando voy a un lavabo público y no hay papel.

—Cabrona, que ya no tienes más. —Se ríe.

No lo pienso demasiado. Esto tengo que probarlo.

—¿Tú no te estás meando?

—Vaya, ¿en serio?

—¿Y por qué no?

Se levanta de forma torpe. La ducha no es muy grande. Nos cambiamos de posición. Me arrodillo.

—Vale, tú me avis...

Sin darme tiempo a acabar la frase, me dispara un chorro directo al pecho.

—¡Ricardo!

Tiene mucha presión, como si estuviera en un spa. Entreabro los ojos. Veo su polla apuntándome y a Ricardo regando cada rincón de mi cuerpo.

—Eso no vale, tú tienes una manguera.

—Cierto, es más fácil.

—¿Me dejas?

—¿El qué?

—Manejar tu manguera.

Sí, la cosa podía ser todavía más surrealista. Le cojo la polla, él continúa meando. La muevo de un lado a otro, arriba y abajo. Es muy divertido. Hago círculos, me baño con su orín.

—Qué divertido es tener polla.

—Bueno, a veces. Lo cierto es que para mear está bien, te la sacas y ya está. Pero cuesta apuntar y que no salpique. Después, es algo que está expuesto; si te dan un golpe, ves las estrellas. Con determinados calzoncillos se salen los huevos y cuando corres rebotan. Tienes erecciones involuntarias en los peores momentos o corridas de madrugada sin saber muy bien por qué.

—Debe de ser fascinante meterla y sentir el calor de una persona.

—Sí, eso mola bastante, la verdad. Pero también es increíble que te la metan, ¿eh?

Me percato de que estamos los dos completamente meados, desde el pelo hasta los pies, manteniendo una conversación absurda a las tres de la madrugada. Me levanto, abro el grifo. Sale agua fría.

—Joder, joder, joder.

Me separo del chorro. Comprimo mi cuerpo meado contra el de Ricardo, también meado. Sonreímos. Nos abrazamos. Fusionamos nuestros fluidos, nuestros desechos. Y me siento bien. Equilibrada.

—Ya está. Ya sale caliente —susurra.

Meto la cabeza y dejo que el agua me caiga por la cara. Cojo champú, me enjabono. Ricardo me imita. Arrugo la nariz y le hago una mueca. Él sonríe. La ducha es mágica, nos limpia por dentro. Salimos. Compartimos toalla. Me seco el pelo en un momento. Él se tumba en la cama. Vuelvo a su lado. Estamos frente a frente. Nos acariciamos. Nada pesa, todo flota en el espacio. Sus dedos recorren mis caderas, mi cintura, mis tetas, mis brazos. Bostezo. No sé ni qué hora es. Me giro y cojo el móvil. Son las cuatro de la madrugada. Hay una notificación: «Tienes un nuevo recuerdo». Lo abro. Aparece un vídeo con Pablo, yendo en su moto por Ibiza. Me cago en el puto iPhone.

—¿Pasa algo?

—El móvil me recuerda que hace un mes estaba en Ibiza con Pablo. Qué oportuno.

—No me contaste mucho sobre esa historia. ¿Quieres que hablemos del tema?

—¿La verdad? No me apetece recordarlo. Siento que siempre me comporto igual en las relaciones, Ricardo. Me dejo llevar por el amor romántico, por las expectativas, los adornos, las etiquetas, lo superficial. Me fusiono tanto que no sé dónde termino yo y dónde empieza la otra persona. Creo más en los proyectos de mis parejas que en los míos propios y, al final, siempre acabo siendo secundaria. Para todo, en todo.

—Te entiendo.

—No quiero que me pase esto contigo, Ricardo. Pero no sé dónde cojones está el equilibrio en el amor. Me cuesta, ¿sabes? Me cuesta encontrarlo.

—Alicia, relájate. A mí tampoco me apetece fusionarme con nadie. Estamos bien. Olvídate de lo demás. Lo bueno es que conoces tus dinámicas. Solo siendo conscientes de las cosas, podemos trabajarlas.

—Sí, tienes razón. Siento que Pablo me timó.

—¿Por qué lo dices?

—Porque jugó con lo más importante para mí: mi carrera. Me prometió que iba a hablar con sus contactos para ayudarme a publicar mi novela y no quiero pensar que perdí una gran oportunidad.

—Mira, Alicia, la suerte es una actitud. Si tú quieres una oportunidad, la creas o la buscas.

Cómo duelen las verdades cuando impactan con la mentira que nos inventamos y nos tragamos.

—¿Pablo te dio el nombre de alguien?

—Me presentó a gente en sus fiestas, pero no sé quién era quién. Aunque me habló de una mujer, Carmen.

—¿Quién es?

—Es editora en Ediciones B, de Penguin Random House.

—Pero... ¿le habló a ella de la novela?

—Creo que sí. Me comentó que le había gustado la idea. Se supone que son amigos íntimos, o eso me dijo.

—Ponte en contacto con ella.

—Qué dices.

—No pierdes nada, Alicia.

Se me acelera el pulso. ¿Cómo voy a conseguir su contacto? ¿Y si es amiga de Pablo y me manda a la mierda? ¿Qué digo? ¿Estoy preparada para publicar una novela con mi nombre? ¿Es lo que quiero? ¿Qué quiero?

—Venga, vamos a dormir. No le des más vueltas a la cabeza. Mañana lo piensas.

Dejo el móvil a un lado. Me abraza.

—Gracias, Ricardo. Buenas noches.

Apago la luz. Silencio. Miro al techo. Carraspeo. Trago saliva. Y si lo intento. Y si lo consigo. Qué pasaría. Creo que puedo conseguir su contacto. Conozco a gente de la editorial a quien podría preguntar. Pero ¿y si no lo consigo? ¿Voy a poder soportar otra caída? ¿Otra ausencia de respuestas? ¿Otro «ya te diremos algo»? Odio que el fracaso se me suba a la cabeza. Odio pensar en el peor escenario posible. Odio tener que luchar contra la vida y contra mi mente, esa que siempre sabotea lo que hago, la misma que ahora se arrepiente. Vine a Madrid por un motivo y encontré la motivación. A ellas, a las chicas. A Ricardo. Pero, ante todo, a mí. No me voy a perder entre los fantasmas de la inseguridad y la desgana, entre los enemigos de la inspiración y la apuesta. Esta vez no. Dejar mi pasado atrás también significa mirar a mi presente. Y hacer algo con él. Sobrevivir o vivir, Alicia, ¿recuerdas? Qué escogiste. No lo olvides nunca. Ese reloj que no encuentras sigue contando las horas que te quedan en este mundo. Tú decides si te quedarás con las ganas.

XIX

Carmen

La luz se cuela por las ventanas. Agradezco haber dormido en una cama. No lo aprecias hasta que duermes en una furgoneta durante varios días. Me muevo despacio. Abro los ojos. No hay nadie. ¿Y Ricardo? ¿Se ha ido? Su ropa está en el suelo. Su maleta, en la entrada. Vale, sigue aquí. Alguien entra en casa.

—Buenos días, dormilona.

—¿Qué hora es? ¿De dónde vienes?

—Cuántas preguntas. Son las... —saca el móvil del pantalón y lo mira— ... dos y media. He ido a comprar algo para comer. La nevera está vacía.

—Las dos y media, madre mía. Necesitaba descansar.

—Es normal, muchas emociones. ¿Comemos?

Me levanto y voy a mear.

—El pis de la mañana no te lo ofrezco porque es inhumano.

Ricardo se ríe de fondo. Cierro la puerta del baño. Me miro en el espejo. Me lavo los dientes, la cara y orino. Tengo ganas de cagar, pero si hay alguien en casa no puedo. Seré muy escrupulosa, pero estas cosas me cuestan. Sí, a mis veintiséis.

Me siento en el sofá. Comemos los kebabs que ha comprado. Son de falafel, están buenísimos. Vemos la televisión. No hablamos. Para qué. Estoy en otro universo todavía. Tan cansada que parece que haya empalmado. Será verdad eso que dicen de que cuanto más duermes, más quieres dormir. Ricardo recoge la mesa.

—¿Te vas?

—Sí, es martes. Tengo unos proyectos que presentar.

—Pero si es 18 de agosto, Ricardo. ¿No te dejan respirar?

—¿Acaso a ti sí?

—Ja. Somos autónomos. Vivimos ahogados siempre.

—Pues eso. Ven aquí anda.

Nos abrazamos. Mi boca huele a cebolla. La suya no se queda atrás. Nos besamos. Sonríe.

—Hueles a cebolla.

—Y tú.

Se queda mirándome. Me coloca el pelo bien.

—Me lo paso genial contigo, Alicia. Eres maravillosa. Tengo mucha suerte.

—Lo mismo digo.

—Y no te preocupes por las relaciones y las fusiones. Agradezco que me lo hayas dicho, pero esta no será una más. Estamos construyendo un vínculo que nos hará sentir cómodos. Tal vez la caguemos en algún momento, tal vez superemos todos los obstáculos. Lo importante es que sabemos lo que queremos y lo que no.

—¿Sabes qué me gustaría?

—Dime

—Ofrecerte un trozo de mí y que fuera tuyo. Y viceversa.

—Me gusta el trozo que me das.

Lo vuelvo a abrazar. Este hombre no es real, no me jodas.

—Escríbele a Carmen y me cuentas.

—Sí.

—Pero escríbele, ¿eh?

—Que sí.

Sale por la puerta. Se para. Gira la cabeza. Sonríe.

—Te quiero un trozo, Alicia.

—Y yo.

Desaparece. Me quedo quieta. ¿Es posible tener una relación fuera de la norma? ¿Es factible que yo la tenga? ¿Y si lo consigo? ¿Y si encuentro el equilibrio entre lo que se supone y lo que se superpone? ¿Y si es tan fácil como lo está siendo hasta ahora? ¿Qué puede cambiar? Quiero estar sola. Quiero estar en mí y para mí. Arreglarme, encontrarme, cambiar las piezas que fallan. No depender de otra persona que lo haga. Que nos conocemos, Alicia, y siempre acabas recurriendo al amor romántico para que te lama las heridas, para que te vende los esguinces y, de paso, los ojos. Quiero ver con los párpados bien abiertos ese amor que proclaman ciego. No quiero llenar un vacío en mi vida o en mi soledad.

Me acabo el kebab. Limpio la mesa. Cojo el móvil y le escribo a Irene, el contacto que tengo en la editorial, para pedirle el *e-mail* de Carmen. Contesto unos mensajes de Leo. El viernes es el día. Me apetece. Las chicas colapsan el grupo. Hago videollamada.

—Hola, zorras.

—¿Dónde estabas? —se preocupa Diana.

—Ricardo se quedó a dormir.

—Vaya, vaya. Con que Ricardo, ¿eh? —comenta Emily.

—Es raro porque lo siento como un amigo, pero es algo más. No sé etiquetarlo. Me pasa como con vosotras. Os amo tanto que no tengo palabras.

—Pero a nosotras nos quieres más, ¿verdad? —vacila Emily.

—Por supuesto.

—Ay, qué pesado estás, Bartolo —susurra Diana.

—¡Anda! ¡Si estás con tu gato!

Diana nos muestra a su gato negro. Maúlla mucho. Mucho.

—Chicas, este viernes viene Rita. Se queda un par de semanas en Madrid. —Diana sonríe.

—¿En serio? ¡Fiestón! Además, tenemos que organizar mi festival de despedida —grita Emily.

Cierto, que se marcha a Estados Unidos. Todavía no me lo creo.

—Tiene que ser épica —añade Diana.

Yo me quedo callada. Me invade un sentimiento de tristeza, nostalgia, vacío. Es extraño. O no. Suena un pitido. Me llega un mensaje. Es Irene.

—Alicia, ¿estás ahí?

—¿Eh? Sí, sí. Perdonad, es que justo ahora me ha escrito Irene, una chica que... En fin, os resumo. Le he pedido el contacto de Carmen, la editora de la que me habló Pablo. Quiero mandarle un *e-mail* para ver si están interesadas en la novela.

—*Girl!* Qué emoción —suelta Emily.

—Venga, no te quitamos más tiempo. A ver si hacemos algo este finde, aunque sea tomar unas copas en una terraza.

—El viernes he quedado con Leo —les recuerdo.

—¡Es verdad! Joder, te vas a hartar de comer polla —exclama Emily.

—Voy a echar de menos tus frases sin vaselina —añado.

—Qué dices, pero si hablaremos cada día.

Cambio de tema. No pienso en eso.

—Os digo algo, zorras. Os quiero tanto...

—Y yo.

—Y yo, *fuck*. Mucho.

Finalizo la videollamada. Me pongo delante del ordenador. Le envío un *e-mail* a Carmen.

Hola, Carmen:

Soy Alicia Durán, periodista y escritora. Durante años he estado escribiendo libros para *influencers* y otras celebridades y he decidido salir de la sombra con una novela erótica bajo el brazo. Pablo me habló de ti en Ibiza. Me comentó que te había escrito y que te había gustado la propuesta. Adjunto unos capítulos de la novela. Me gustaría saber si sigues interesada.

Quedo a la espera de tu respuesta.

Saludos.

Enviar. No le doy más vueltas al coco. Ya está. Olvídate. Me ducho. Me pongo un vestido corto y unas deportivas. Bajo a comprar algo de fruta y verdura. Mi nevera da asco. Al cabo de una hora, regreso a casa y lo coloco todo sin prisas. Charlo un poco más con Leo. Hoy tiene concierto. «Vente», me dice. Miro la hora. No me apetece. Abro el correo. Lo actualizo. Y delante de mis narices aparece la respuesta.

Hola, Alicia:

Me gustaría charlar contigo. ¿Te parece si tomamos un café el jueves a las cinco en el Café Comercial? Dime si puedes.

Me levanto de un brinco y empiezo a saltar por toda la casa, a bailar, a gritar. Sí, joder. Sí, sí, sí. Hay una posibilidad, una oportunidad. Un café. No quiere decir nada, pero, coño, es un café. Una puerta abierta. Un paso más en este camino.

Confirmo la reunión. La apunto en el móvil aunque no hace falta. Estoy tan emocionada que me siento delante del portátil y leo lo que llevo escrito. De repente, la inseguridad. ¿Esta novela merece la pena?

Mierda.

XX

Café Comercial

El Café Comercial es uno de los sitios más emblemáticos de Madrid. Se fundó en 1887 durante la Restauración borbónica en España, aunque este dato no es relevante. Lo importante, aquello por lo que escribo esto, es que durante años han pasado por sus mesas grandes referentes de la literatura: Antonio Machado, Gloria Fuertes, Edgar Neville, Blas de Otero... Y la lista sigue y sigue. Hasta se dice que Camilo José Cela escribió algunas páginas de *La colmena* en una de sus mesas. Las paredes de ese lugar han presenciado tantas tertulias de artistas, filósofos y escritores que podrían llenar estanterías de anécdotas, pajas mentales y cultura. Esa que es tan importante y tan relevante, tan vital y tan poderosa. Esa que nos hace ser humanos y que a veces se nos olvida. ¿A veces? Pero qué digo. Siempre. La cultura siempre se nos olvida.

Me bajo en la parada de metro de Bilbao. Miro la hora. Son las cinco. Puntual. Miro las vitrinas grandes y anchas que invitan a refugiarse dentro de sus muros. Me pregunto cuántas celebridades vieron Madrid desde su interior. Cruzo la puerta giratoria. Un camarero me mira. Sonrío.

—Buenas tardes. ¿Qué te sirvo?

—¿Me pones un café con hielo?

—Marchando.

Me siento en la barra. Abro el correo. Con las prisas, no le pedí el teléfono a Carmen. No sé ni cómo es. Escribo otro mensaje. «Estoy en la barra. —Me miro—. Llevo una camiseta roja y un pantalón negro.» Las citas a ciegas son así. Enviar. El camarero me sirve el café. Cojo la taza pequeña y la vuelco en el vaso con hielo. Las leyes de la física se cachondean de mí. Siempre se me cae más fuera que dentro. Justo en ese momento, alguien se acerca.

—Perdona, ¿eres Alicia?

Alzo la mirada. Una mujer me sonríe. Debe de tener treinta y largos. Ni muy alta ni muy baja, estándar, uno sesenta y algo. Atractiva. Poderosa. Una media melena castaña le roza los hombros. Una mirada oscura con las ideas claras. Labios finos. Cejas marcadas. Sonríe. Y esa dureza, esa figura inmaculada, se convierte en amabilidad, dulzura, cercanía. En un «calma, las cosas saldrán bien». En el catálogo de sonrisas, la suya es la que eliges cuando necesitas recordar por qué amabas, de qué se trataba la vida o cómo recuperar tu infancia. La concavidad que crean sus comisuras al expandirse no le resta poder a su energía. La misma que te arrolla, te empotra, te deja en ascuas. Lleva unos tejanos, una camiseta de manga corta sin estampados y unas deportivas. Guarda sus gafas de sol en el bolso, que cuelga laxo. Levanta las cejas. Espera una respuesta.

—Sí, perdona. Soy Alicia. ¿Eres Carmen?

—¿Qué tal, Alicia? ¿Cómo estás?

Su voz es compacta y directa. Una mujer transparente como el karma. Sincera. Honesta. Con la mente amueblada. Que no le tiembla el pulso al mantenerte la mirada. Que incluso te fuerza a que desvíes las pupilas porque no eres capaz de ganarle la batalla. Intensa. Terrenal. Cercana y lejana a la vez.

—Estoy emocionada por estar en el Café Comercial.

—¿Nunca habías estado?

—No, llevo pocos meses en Madrid.

—¿De dónde eres?

—Soy catalana. Vivía en Montgat.

—¿Y qué tal por Madrid?

No espera mi respuesta. Pide otro café con hielo. Y ahora sí, de nuevo, sus ojos estampándome contra la vitrina de la entrada.

—Es lo mejor que pude hacer, la verdad. Dejarlo todo y venir a Madrid.

—¿Te viniste por trabajo?

—Sí, bueno, aquí las cosas se mueven mucho. Si mi carrera tiene una oportunidad, es aquí.

—Madrid es una locura, cierto. Todo se mueve de forma frenética.

Coge el vaso con hielo y, con un solo golpe, es capaz de volcar el café sin derramar ni una gota. Las putas leyes de la física. Cuándo las entenderé.

—Oye, me dejaste sorprendida con tu *e-mail.*

Trago saliva. Aprieto el culo. Me pongo nerviosa y no sé por qué. Será su presencia.

—¿Por?

—Cuando hablaste de Pablo.

—Carmen, sé que sois amigos, pero lo cierto es que yo...

—¿Qué? ¿Eso te dijo? —me corta.

—Sí, que teníais una gran relación y que iba a mover hilos para que nos conociéramos.

—Pablo, menudo charlatán. De los tíos más gilipollas que he conocido —sentencia.

Dejen paso. Alfombra roja para el comentario más acertado hasta el momento. Los *flashes* de los *paparazzi* captan la escena. El público se vuelve loco. Plas, plas. Alguien grita a lo lejos: «¡Diosa! ¡Diva!». «¡Quiero un hijo tuyo!» Caen pétalos del cielo y, tras ellos, una corona dorada que reina su cabeza.

—Con Pablo he coincidido dos veces en toda mi vida. Si para él es suficiente como para llamarme «amiga», no quiero ni imaginar la clase de personas que tendrá a su alrededor.

—No quieras hacerlo, créeme.

—¿Cómo conoces a Pablo y te habla de mí?

A ver cómo te lo explico, Carmen. Sin rodeos.

—Mira, no te voy a mentir.

—No espero que lo hagas.

—Coincidí con él en un retiro tántrico y salimos de allí juntos. Yo estoy escribiendo una novela, la primera que quiero firmar con mi nombre. Soy escritora fantasma, por cierto. Se lo comenté y me dijo que erais amigos y que se pondría en contacto contigo. No sé si lo hizo.

—No, no lo hizo.

—¿En serio? Será cabrón... Él me aseguró que estabas muy interesada en la novela.

—Pues no tenía ni idea de tu existencia.

—Entonces..., ¿por qué estás aquí? No creo que sea la primera persona en escribirte.

—No, pero sí la primera que conozco que ha salido con alguien como Pablo. Como mínimo, merece mi consuelo.

Se ríe. Bebe un sorbo de café.

—Es broma, Alicia. Justo en estos momentos estamos buscando escritoras de novela erótica.

Joder, qué puta casualidad.

—Hablé con Irene, me comentó que eres muy profesional y muy buena escritora. Me encantaría escuchar tu propuesta. Cuéntame, ¿de qué va esa novela?

—Son tres mujeres perdidas que se preguntan en qué momento han acabado en las entrañas del conformismo y que intentan salir de esa mierda.

—¿Y cómo lo consiguen?

—A través de un club donde todo es posible. Donde no se juzga, no se señala. Lo llaman el Club de las Zorras y tiene ocho reglas. Cada una comparte tres fantasías sexuales que quiere cumplir. El sexo es el primer paso hacia la liberación, aunque no el único ni el último.

—¿Y cuál es el último?

—Aceptar la libertad con todas las consecuencias, asumir que a veces los caminos se separan, que para desplegar las alas y volar necesitas saber de dónde vienes y hacia dónde vas. Mira, esta novela no es la mejor escrita, no ganará ningún premio, no pasará a la historia, pero estoy segura de que liberará a muchas almas, a mujeres esclavas del sistema que están dispuestas a conocerse. Démosles esa oportunidad con este libro.

—¿Y crees que con una entrega será suficiente?

—¿Qué quieres decir?

—Que yo creo que puede ser una trilogía, Alicia.

No me jodas. Estoy soñando. Pero qué coño. No puede ser.

—No sé qué decir.

—Me interesa tu novela. Es justo lo que buscamos. Una novela erótica fresca y feminista para mujeres jóvenes. ¿La tienes acabada?

—Más o menos. Estará lista en unas semanas. Al menos la primera parte de la historia.

—Me gustaron mucho los primeros capítulos. Tenemos que darle una vuelta a algunas cosas, pero está genial. Mañana hablo con mi jefa y te hacemos una propuesta económica.

Acabamos el café. Ella paga la cuenta. Me mira. Estoy en *shock*. Sonríe. Coge su bolso y se ajusta la camiseta.

—Me tengo que ir, pero mañana tienes noticias nuestras. Me encanta la novela, enhorabuena. Si estás de acuerdo con nuestra propuesta, te enviaremos el contrato.

—Gracias.

Me da dos besos y se esfuma como si fuese un hada madrina capaz de hacer mis sueños realidad. No sé si el hechizo durará más allá de las doce.

XXI

Leo

Viernes. Tan deseado. Tantas ganas contenidas. Tantas conversaciones virtuales. Tantos mensajes de voz. Ya no nos sentimos gilipollas hablándole al móvil sin esperar una respuesta. Charla unidireccional. Doble *check*. Un jajajá en mayúsculas. *Emojis* de berenjenas. Sabes lo que significa. *Emoji* de melocotón. Sé lo que conlleva.

Me paso el día releyendo la novela, cambiando algunos detalles, añadiendo otros. Una trilogía. Joder, una puta trilogía. ¿Es real? Me pellizco. Ay, duele. Parece que sí, lo es. ¿Los sueños se cumplen? ¿Y para qué sirven si no? ¿Para qué los quieres? ¿Para que ocupen espacio?

Son las cuatro. Me desabrocho el botón del pantalón corto que llevo puesto. Mi barriga sale disparada. He comido demasiado. Qué pereza. Leo me escribe. «Nos vemos a las siete en el metro La Latina.» *Emoji* de corazón. Tengo curiosidad por ver cómo es a la luz del día. Por seguir descubriendo sus facciones y sus formas de reírse o de arrugar la nariz, por contar las arrugas que surgen de sus ojos como afluentes de un río azul que se concentra en sus pupilas. No sé qué pasará. Tampoco tengo expectativas. O intento no crearlas.

Entro en la ducha y dejo que el agua me refresque el cuerpo. Me asfixio en Madrid. Es el primer verano que paso aquí. Ahora entiendo por qué toda España se llena de madrileños en los meses más calurosos del año. Tiene lógica.

Me miro al espejo. Me seco el pelo. El sudor moja mi cuello. No sé para qué me ducho. Desodorante, pintalabios rojo, *eyeliner* perfecto. Celebro la batalla ganada a este pincel satánico que siempre hace que me dibuje el rabillo desigual. Que te jodan. Hoy gano yo. Me doy cuenta de la hora. Hostia. Me pongo una falda larga y negra. Un top escotado por la espalda. Unas sandalias sin tacón. Cojo el bolso, las llaves, los auriculares enredados y el móvil. Corro hacia el metro. Respiro. Estoy nerviosa. A estas alturas sí. Después de tantas experiencias, lo sé. Pero qué le voy a hacer. Soy así.

Apoyado en una farola hay un chico con una media melena rubia liándose un cigarrillo. Está concentrado. Lleva unos tejanos estrechos con unas sandalias de cuero negro. Una camiseta de manga corta con un estampado bohemio y hippie de color verde. Luce un bronceado que muchos deben de envidiar. Su aspecto me recuerda a esos surferos de California que salen en las películas. A medida que avanzo, observo su cuerpo atlético conseguido sin demasiados esfuerzos. Natural. La brisa mueve ligeramente las puntas de su pelo que rozan los hombros anchos. Saca la punta de la lengua y la pasa por el papel de fumar para dar el último toque a su pequeña hazaña rutinaria. En ese momento, alza la mirada y se sorprende. Estoy tan cerca que casi puede olerme. Y no sé cómo reaccionar ni qué decir. Hemos guarreado tanto en las conversaciones por WhatsApp que dudo entre darle dos besos o hacerle una mamada.

—¡Vaya! No te he visto venir, desconocida —se asombra.

—Claro, estás tan centrado en el vicio... —bromeo.

Enciende el cigarrillo y le da una calada rápida. Lanza el

humo al aire contaminado de Madrid. Sonríe. Sus dientes son pequeños y perfectos. Supongo que habrá llevado *brackets* de pequeño. Le compadezco; yo también. Con su brazo izquierdo me rodea el cuello y me abraza. Es lógico que haya confianza. Nos hemos follado de forma virtual, como quien dice.

—¿Preparada para tu ruta de blues? —Sonríe.

—Nací para esto —contesto.

—Por cierto, estás guapísima. Me encanta tu rollo.

Fíjate en mi *eyeliner*, joder. Es una puta obra de arte.

—Primero, vamos a tomarnos unas cañas, ¿te apetece? Así tapeamos un poco y después ponemos rumbo al primer garito.

—Estoy a tus órdenes, capitán. Tú diriges el barco.

—Surquemos los grises mares, desconocida.

Mientras, me mira con esos ojos capaces de desnudarte el alma y dejarte al descubierto ante el mundo entero. Con esos faros que iluminan el camino a mi entrepierna desde que nos conocimos. Con esa inocencia que emana, incapaz de vestir de abuelita al lobo que esconde dentro. Un vuelco en el estómago. Un golpe en el corazón. Estos pequeños gestos que siempre —y reitero, siempre— me pillan desprevenida. A ver si la inocente, al final, voy a ser yo.

Caminamos pocos metros. Hay un bar pequeño y pintoresco, muy castizo. Uno de esos bares patrios con las banderas bien grandes, las cabezas de toros disecadas en la pared, las fotos de los famosos que han parado a comer *vetetúasaberqué* en ese antro. El conjunto me genera cierto rechazo. Empezamos bien.

—Lo sé, no te fijes en la decoración —susurra.

—Es un horror —digo. Y no suelo ser de esas personas que se quejan, no en la primera cita al menos.

—¿Te gustan los toros?

¿Es una pregunta trampa?

—No, jamás entenderé cómo alguien puede ver arte en la tortura de un animal. Es la supremacía del ser humano frente a la naturaleza —sentencio.

Leo se queda callado. Hace una mueca. Pide dos cañas y una tapa de champiñones rellenos. Es el plato estrella de este lugar.

—A mí tampoco me gustan, pero te vas a comer los mejores champiñones rellenos que has probado en tu vida.

—No sé si los mejores, pero sin duda serán los primeros. —Me río.

—Eres dura de roer, eh.

—No te creas.

Flash, esa mirada pícara que llevo entrenando tantos años frente al espejo. La lanzo sin piedad. Ahora me toca jugar a mí, Leo. A ver quién pierde.

—¿Y qué tal vas con el trabajo? —pregunta.

—Lo cierto es que estoy muy ilusionada. Justo ayer me reuní con una editora de Penguin Random House, ¿te suena?

—No tengo ni idea del mundo editorial —se disculpa.

—Normal. Creo que ni los que estamos en él nos enteramos de cómo funciona. El caso es que... ¿Recuerdas que te dije que estaba escribiendo una novela?

—Sí, claro.

—Pues resulta que no será una... ¡sino tres!

—¿Cómo?

—Me han ofrecido escribir una trilogía.

—¡Hostia, Alicia! Eso son muy buenas noticias.

—Sí, eres de las primeras personas que lo saben. Bueno, excepto mi madre y mis amistades.

Como si fuese la popular del instituto. Ni que tuviera más personas a las que contárselo.

—Esto se merece un brindis, joder.

Alza la caña fresca y chorreante. Sonrío. Me hace ilusión. Chinchín.

—¡Espera, espera! —grito.

—Dime.

—Quien no apoya no folla —rezo.

Apoyo mi caña en la barra de madera llena de grasa.

—Quien no recorre no se corre.

Deslizo el culo de mi vaso por toda la mierda que pretenden quitar con un trapo sucio y maloliente.

—Por la Virgen de Guadalupe: si no me lo follo, al menos que me lo chupe.

Alguien por detrás me pone una corona de diamantes, una capa de terciopelo rojo y un cetro dorado y brillante. Soy la puta reina del ligoteo, sí, señor.

—Vaya, menuda declaración de intenciones.

—¿Por? Es un simple ritual.

Bebo un sorbo. Nos ponen los champiñones rellenos. Pruebo uno. Están increíbles.

—¿Cómo están?

—Están increíbles.

Leo asiente satisfecho con su elección. De momento, la ruta va muy bien. A ver cómo acaba. Y dónde.

—Enhorabuena por esa trilogía.

—Muchas gracias. ¿Y tú? ¿Qué tal la semana?

—Bien, he estado tocando en el metro, pero sin demasiado éxito. En agosto no hay nadie en Madrid.

—¿Cómo te dio por la música?

—Buena pregunta. Lo cierto es que siempre he sentido devoción por la música, especialmente por el blues. Recuerdo que mi abuelo tenía un equipo de sonido en su estudio y una estantería llena de vinilos. Esta obsesión por el blues y por la armónica me viene un poco de él, claro está. Pero, vaya, a los dieciséis me compraron mi primera guitarra y empecé a aprender lo básico. Después me aburrí de ella y me lancé a probar otros sonidos.

—¿Y cómo llegaste a la armónica? Es poco habitual.

—No es un instrumento demasiado conocido, la verdad. Solemos ligar poco los armonicistas.

—Venga ya. No seas mentiroso, coño.

Leo se ríe. Es una risa que dice: «Es cierto, estoy siendo humilde, pero cada noche me acuesto acompañado». ¿Por qué cojones harán estas cosas?

—Una tarde pasé por una librería y me encontré un libro sobre cómo tocar la armónica y otro sobre el *djembé*. Estuve dudando un buen rato. Por aquel entonces había empezado a tontear con el segundo instrumento. Cuando ya había tomado la decisión de llevarme el manual de percusión, de repente, lo cambié. No sé, fue pura intuición. Al final me compré el de la armónica.

—Vaya, ¿y te compraste una armónica o ya tenías una?

—Todo el mundo tiene una armónica en casa. Mi abuelo tenía una en su estudio y cuando falleció me la dieron a mí. Estuvo cogiendo polvo hasta esa misma tarde. Y de eso han pasado... ¿doce años?

—¿Llevas doce años tocando la armónica?

—Sí, pero no de forma profesional. Empecé sin tener ni puta idea. Mucho trabajo y muchas horas de estudio después, puedo decir que me dedico a la música. Aunque tampoco soy rico, eh.

—¿Dónde vives?

—Por Carabanchel, ¿lo conoces?

—¿Eso está al sur?

—Sí, exacto.

—¿Manolito Gafotas no era de ahí?

Leo se ríe. No entiendo el motivo, pero me contagia.

—¿Vives solo?

—¿Quién puede vivir solo en la capital a día de hoy?

Me callo. Soy una privilegiada. Gracias, Carolina, por rebajarme el precio del piso en su día.

—Yo vivo sola.

—Mírala, la marquesa.

—Para nada. A ver, no me va mal, pero tuve suerte. Mi casera es una antigua clienta y me hizo un buen precio.

—¿Esas cosas que solo pasan en las películas también te suceden a ti, Alicia?

—Eso parece.

—Yo comparto piso con dos compañeros.

—¿Músicos?

—Sí, del gremio. Uno es saxofonista y el otro, batería. Creo que a Carlos lo viste en La Coquette aquella noche.

Asiento, pero ni me acuerdo de quién cojones estaba tocando la batería. Nos acabamos la cerveza.

—¿Siguiente bar?

—¡Vamos!

Paga la cuenta.

—A la próxima ronda invito yo.

—Hecho, marquesa.

No acabo de sentirme cómoda con el nuevo apodo, pero lo dejo pasar. Continuamos calle abajo y nos paramos frente a una puerta diminuta con un cartel cochambroso. Le faltan letras. Leo saluda a un hombre que está en la entrada. «Pasa, pasa.» Se escucha música. Nos sumergimos. Las luces cálidas, las mesas de madera. Pocos metros cuadrados. En sus paredes retumba el jazz. Leo abraza a unos y a otros. Yo me quedo en segundo plano, sin interrumpir las apasionantes conversaciones sobre conciertos e instrumentos. Bostezo.

—¿Qué quieres beber? ¿Un tercio?

—Perfecto.

Nos quedamos apoyados en la barra. Por suerte, está más limpia que la anterior. Leo saluda a los músicos a lo lejos. ¿Conoce a todo Madrid o qué coño pasa?

—¿Conoces a todo Madrid?

—No, pero sí que conozco a mucha gente del mundillo. Al final somos cuatro gatos los que nos movemos en estos ambientes.

La batería da paso al resto del grupo. No hay voces, solo instrumentos. Un bajo, un saxofón, una guitarra. El jazz eclosiona en mi interior, me reanima. Me lleva a un lugar conocido, aunque tal vez no en esta vida. He estado aquí antes, lo sé. He escuchado esto con anterioridad, estoy segura. Cuándo. Cómo. Quién era. Lo desconozco, pero conecto con la anarquía del sonido, con la batalla de las notas, con la realidad de la música vibrando en mi pecho. Es alucinante cómo nos podemos dejar llevar a otros lugares con tan solo escuchar el caos, ese orden que no sabemos descifrar. Leo me mira de reojo. Sonrío.

—Me vibra el pecho —comparto.

No dice nada. No hay nada que decir. Bebe un sorbo de su cerveza y apoya su mano en mi hombro izquierdo. La magnitud de los estímulos es tan elevada que me aletarga. Me ausento, me voy de esta realidad durante unos minutos. Solo estamos el sonido, ese chas, parabambam y las ondas que impactan en mi tímpano y que son imposibles de transmitir por escrito. El jazz, joder, qué tendrá el jazz.

Unos aplausos hacen que regrese de la oscuridad que encuentro cuando cierro los ojos. Esa tan conocida, esa tan familiar. Esa que tanto asusta, la misma que no logro iluminar.

—¿Te está gustando? —dice Leo.

—Me está encantando. Casi más que el blues.

—¿En serio? A mí el jazz me gusta, pero tampoco me apasiona. Soy más blusero. ¿Quieres otra birra?

Asiento con la cabeza. Brindamos por las historias paralelas que nos cuenta una misma partitura. El garito se llena de gente. Hace calor. Agosto en Madrid. El puto horror. El sudor salpica mi pecho. Leo se da cuenta.

—¿Tienes calor?

—Un poco, la verdad.

—Te acostumbrarás a este infierno madrileño. —Se ríe—. Odio estar en la ciudad en verano.

—¿Y qué haces aquí?

—Trabajar y ahorrar. He llegado hace poco de viaje. Me fui a mi tierra y toqué en la playa y delante de las terrazas. Es un chollo en verano. Menudo negocio.

—¿Cuánto sueles ganar al día?

—Qué directa.

—Soy periodista.

—¿En serio?

—¿Vas a contestarme o no?

—Suelo ganar unos ochenta o cien euros al día.

—Dime que es una broma.

—No, no lo es.

—¡¿Cien euros al día?!

—Solo los días buenos. No todos son así. Hay días que te vas a casa con veinte euros en el bolsillo. Y da gracias.

—Joder.

—¿Pensabas que los músicos callejeros éramos unos pobres desgraciados o unos vagabundos?

—Lo cierto es que tampoco lo veía así, pero no creía que se pudiese ganar tanto dinero tocando en la calle.

—Depende del músico, de la estrategia, del momento... Son muchos factores. Este verano me estoy centrando en tocar para ahorrar y comprarme una furgoneta el año que viene.

—Ah, ¿sí?

Pienso en Ricardo. Sonrío. Le mando luz al hombre más maravilloso que he conocido. A ese que tiene un trozo de mí y que me quiere así, libre. Qué bien sienta el equilibrio. Aunque, ¿está la balanza nivelada?

—Quiero viajar por el mundo tocando en las calles y conociendo la cultura musical de cada sitio. Escuchar nuevos sonidos, historias, instrumentos...

—Suena muy hippie y bohemio.

—Puede ser. Es mi sueño desde hace tiempo.

—¿Qué edad me dijiste que tenías?

—No te lo dije. —Sonríe.

Bebo un sorbo de la cerveza. Espero.

—Tengo treinta y ocho. ¿Y tú?

—Diez menos.

—¿Eso es un problema?

—¿Para qué?

—No sé, para esta conversación.

—¿Lo es para ti?

—Lo cierto es que no. Al contrario. Tienes las ideas claras para una chica de veintiocho.

Pablo se cruza por mi cabeza. Tengo un *déjà vu*. Esto ya lo he vivido antes, creo.

—Me da rabia que la gente asocie la edad a la madurez. Tú puedes estar rozando los cuarenta y ser un niñato. Y yo puedo estar cerca de los veinte, ¡o de los treinta!, y ser mucho más madura.

—Sí, pero las experiencias ayudan a moldear la personalidad, el carácter...

—¿Acaso sabes las experiencias que he vivido yo? ¿A qué me he enfrentado? ¿Mis traumas?

—Eres guerrera, Alicia.

—O sea, que a tus casi cuarenta años te quieres comprar

una furgoneta e irte a viajar por el mundo. ¿Quieres tener hijos?

—Vaya, es la primera vez que me lo preguntan. Al menos alguien que no es mi pareja.

—Eso es porque no eres una mujer. Llego a ser yo quien quiere hacer ese plan de vida y tendría tantas preguntas que responder como estrellas hay en el firmamento. «¿Y no quieres tener hijos?» «¿Cuándo madurarás?» «Se te pasará el arroz.» «¿No te parece peligroso?» «¿Soltera a tu edad?» Y un largo etcétera.

—¿Crees que eso te lo dicen porque eres mujer o porque has dado con personas demasiado cotillas?

Ay, la inocencia antes de que el feminismo te quite la venda.

—Por supuesto que es por ser mujer. A ti se te ve como un hombre bohemio y libre que viaja por el mundo buscando su sonido. Da para el guion de una película. Sin embargo, mi adaptación cinematográfica sería mucho más dramática. Ya sabes, una chica que come helado a altas horas de la madrugada, que llora por las esquinas porque no soporta la soledad, que escucha canciones románticas, que mira sus defectos en el espejo mientras piensa quién la va a querer si cada día está más arrugada y fea, que tiene un trabajo de mierda y una jefa que la odia o un jefe del que está profundamente enamorada aunque es un puto gilipollas...

—Te las conoces todas, ¿eh?

—Son muchas las películas que nos retratan así.

—¿Llevas tiempo soltera?

—¿Quién te dice que lo esté?

—Cierto, ¿lo estás?

—¿Qué es la soltería, Leo?

—Joder, qué pregunta. Pues, no sé... Cuando no tienes pareja, supongo.

—Supones.

—Sí.

—¿Estás soltero?

—¿Yo? Sí. Desde hace tiempo, además. Digamos que las relaciones no me duran demasiado. Lo máximo ha sido un año y medio. ¿Y tú?

—¿Qué?

—¿Tienes pareja?

—No, pero sí que tengo mucho amor en mi vida. Tampoco me da miedo sentir emociones afectivas y románticas por otras personas. Que parece que en esta sociedad nos cueste menos follar que amar cuando para mí son dos caras de la misma moneda.

Quién te ha visto y quién te ve, Alicia. Hace unos meses follando en un club *swinger* y ahora uniendo el amor y el sexo. Bueno, un momento. ¿Acaso no amé a esos chicos aquella noche? ¿O a Hugo cuando se corrió en mi ojo? Vale, ahí quise matarlo, es cierto. Pero el durante, el proceso, el fuego, la creación, la unión... eso fue mágico. Fue amor. ¿Lo fue?

—No quiero relaciones. Al final me siento agobiado. Me resulta antinatural —dice Leo.

—¿El qué? ¿Amar?

—No, tener pareja y ser fiel. Sigo teniendo ojos en la cara y sintiendo deseo. Me cuesta mucho esa parte.

—A mí me pasaba lo mismo hasta que alguien me habló de las relaciones no monógamas. Y me siento más cómoda vinculándome así.

—¿Eso qué es?

—Son relaciones abiertas. Aunque tampoco diría que tengo una relación abierta.

Ah, ¿no? ¿Qué es una relación, Alicia?

—¿Estás con alguien?

—Sí y no. Tengo a varias personas especiales en mi vida.

—Pero ¿no has dicho que no tenías pareja?

—Y no tengo.

—¿Entonces?

—¿Acaso tengo que construir relaciones bajo una premisa? ¿Hay un certificado que acredita qué es y qué no es una relación?

Leo se ríe.

—Lo cierto es que no.

—Se llama Ricardo. Nos conocimos a través de Tinder. Conectamos, nos queremos, nos respetamos, nos liberamos. Es un gran amigo, alguien que me apetece que me acompañe en mi vida. Al final, de eso se trata, ¿no?, de acompañar. Las otras relaciones que tengo son con mis amigas. Ellas lo son todo para mí. Las amo con todo mi ser.

—Me gustas, Alicia.

Esto sí que no me lo esperaba. Lo miro. Me da un vuelco el corazón. Carraspeo. El jazz inhibe mis retortijones. Una pausa. Un final. Aplausos. No hay respuesta por mi parte. Nos quedamos absortos en ese universo azul que plasman sus ojos, en esa profundidad verde que presentan los míos. Una amplia posibilidad de colores nace de la fusión de nuestros iris. Seremos aquellos que queramos ser. Tan sencillo como eso.

—¿Te apetece que sigamos con la ruta?

Asiento con la cabeza. Me tomo el resto del tercio de un trago. Invito yo. Salimos al cemento asfixiante, a las calles desiertas, a ese Madrid que tanto amo y que me sorprendo odiando.

—Este es el último sitio al que tenía pensado ir, pero ¿tienes hambre?

—Un poco.

—¿Qué te apetece?

—¿Quieres unos tacos? —pregunto.

—Siempre.

—Conozco la mejor taquería de Madrid. Vamos.

Caminamos un poco y llegamos a esa calle Hileras y a su pequeño rincón mexicano en el que tantas risas he ahogado con las chicas. Nos sentamos a una mesa de plástico un poco coja. La calzamos con una servilleta del bar. Pedimos tres tacos para cada uno y una michelada de clamato con Modelo Especial bien fría.

—¿Y cómo han sido tus relaciones? ¿Eres de relaciones largas? —me suelta.

—¿Has estado pensando en esa pregunta todo este tiempo?

—Creo que sí. —Nos reímos.

—En abril lo dejé con mi ex. Llevábamos cinco años saliendo y casi los mismos viviendo juntos.

—Joder, menuda inversión de tiempo. Qué pereza.

—¿Pereza? ¡No! Fue bonito mientras duró.

—¿Qué pasó?

—Eres un poco cotilla, ¿eh?

—Serán las cervezas.

—Serán. Lo cierto es que no pasó nada. Ese era el problema. Me fui de casa. Me dio un arrebato y lo dejé todo. Cogí el coche y puse rumbo a Madrid. Y aquí estoy.

—Aquí estás.

—Comiendo tacos con un músico callejero.

—Sigues viéndome como un vagabundo.

—¿Acaso no lo eres? Ah, coño, es cierto: ganas cien euros al día.

Con su mano derecha me empuja ligeramente. Nos reímos. Casi se me cae el taco de la boca.

—Hace poco tuve otra relación, creo —prosigo.

—¿Crees?

—Sí, fue un poco extraño. Hubo amor, romanticismo, negación, implicación... Me encontré metida en una relación terriblemente tóxica.

—¿Qué pasó?

—Que también hui. Debe de ser un patrón psicológico o yo qué sé. Salí corriendo. Otra vez.

—¿Y ahora?

—Estoy bien. Aprendiendo, espero. Lo cierto es que me está costando aceptarme en mi soledad, en mi soltería, en mi intimidad conmigo misma. A veces pesa, ¿a ti no?

—Lo cierto es que no. Comparto piso, ¿recuerdas? Creo que eso hace que gestione mejor la soledad. Pero, vaya, nunca me he sentido así. Al contrario, creo que soy más feliz estando solo.

—¿Y cómo lo haces?

—¿El qué?

—Estar en ti.

—No sé, valorando los momentos que paso conmigo mismo. Resolviendo conflictos, viendo que soy capaz de hacerlo yo solo. Buscando compañía cuando quiero. Siendo libre todo el tiempo.

—¿No te da miedo?

—¿Miedo?

—Sí, morir solo.

—¿En eso piensas?

—A veces.

—Creo que voy a ser de esas personas que mueren con pocas arrugas en la cara. Presiento que moriré joven. Y no, no me da miedo. Me gusta esta libertad. ¿A ti no?

—Lo cierto es que nunca la había sentido. Siempre he ido empalmando una relación con otra. En estas últimas semanas me he dado cuenta de que sigo siempre el mismo patrón: me vinculo con las personas por miedo a sentirme sola.

—Pero ¿qué te da miedo exactamente de estar sola?

Me tomo unos segundos para meditar la respuesta a una pregunta que jamás me había formulado. Yo buscando las llaves y resulta que las tenía en la mano.

—¿Sabes? No lo sé. Qué fuerte, ¿no?

—¿Por?

—Temer a algo y no saber por qué.

—En eso consiste el miedo.

Apuramos las micheladas. Pagamos a medias. Nos despedimos de los camareros y volvemos a sumergirnos en la ciudad oscura que se presenta ante nosotros. Leo pone la directa y se cuela entre callejones, gente borracha y olor a basura. Hay un pequeño rincón con una luz de neón. Saluda al portero. Mismos gestos, mismas palabras. Toquecito en el hombro, apretón de manos. «¿Qué pasa, tío? ¿Cómo va la noche?» «Ya sabes, aquí andamos.» «Te veo dentro.» «Venga, tío, que lo paséis bien.» Abre la puerta y bajamos unas escaleras. Hay un escenario pequeño iluminado por unos focos. Una oscuridad que mis pupilas tardan en procesar. Una barra de madera. Unas sillas distribuidas por la sala.

—Este es el mejor garito de blues de Madrid.

Y, acto seguido, los doce compases. El sonido de una voz desgarradora. La repetición de estrofas. Las frases que te llevan a Nueva Orleans. Redoble de batería. Un solo de guitarra. Leo saluda a lo lejos. Un golpe de cabeza del cantante le devuelve el guiño. Pedimos dos tercios. No hay aire acondicionado. Supongo que va implícito en el blues.

—Me gustaría invitar al escenario a un gran armonicista que tenemos entre el público. Por favor, denle un fuerte aplauso a Leo González —presenta el cantante.

Leo se hace el sorprendido. Saca su armónica del bolsillo. Vale, era eso lo que se le marcaba bajo el pantalón. Suspiro aliviada. Nunca me han gustado las pollas grandes. Coge el instrumento con una mano. Habla con el resto del grupo. Asiente. El cantante baja del escenario. Leo es quien tiene el control. Chasquea los dedos en el aire haciendo una cruz. Izquierda, derecha, arriba y abajo. La banda entra al mismo tiempo. Su voz es tan personal que funciona como un pasaporte. Viaja hacia el centro de mi ser. El escenario magnifica a todo el mundo. Todos adquieren otra imagen. Y aunque no quiera casarme con este hombre, joder, una buena noche podemos pasar. ¿Por qué no? ¿Será esta la noche?

A media canción, me mira, me lanza esa mirada, la misma a la que recurrió aquella noche en La Coquette. No he aprendido nada. Ni a esquivarlas ni a procesarlas. Me quedo estupefacta. La silla me ata. Su forma de moverse me hechiza. No sé si quiero conocer el truco. Creo que estoy mejor así, sabiendo quién es el brujo, pero sin descubrir cómo consigue hacer magia en mí. Los aplausos reinan en la sala. Leo se despide y deja paso de nuevo al cantante principal. Camina hacia nuestra mesa entre comentarios, ovaciones, felicitaciones. Se debe de vivir bien siendo el centro de atención, aunque sea de forma momentánea. ¿Cómo gestionará el ego? ¿Se lo tendrá creído?

—¿Qué te ha parecido? —pregunta.

—Bueno, no ha estado mal —respondo.

Sus ojos se abren sorprendidos y la boca redondea la expresión facial. Un hachazo a su interior. Me río.

—Qué cruel eres conmigo, Alicia.

—¿Yo? ¿Por qué?

—No podré escuchar ni un solo cumplido por tu parte.

—Seguro que estás acostumbrado a ellos.

—Sí, pero no a los tuyos.

Lo miro de reojo. Giro la cabeza. Bebo del tercio, indiferente.

—¿Es difícil tocar la armónica?

—Al principio no, es un instrumento que enseguida suena bien. El problema es embocar bien y aprender técnicas como el *bending*, el trino... Se utiliza mucho la lengua en la armónica, ¿sabes?

A mi coño parece que le haya sonado el despertador y que, de forma repentina, se haya levantado de la pelvis.

—¿Y para qué quieres utilizar la lengua? Aparte de tocar la armónica, claro.

—No sé, dímelo tú.

—¿Yo?

—¿Qué se te ocurre?

Mi entrepierna está dando palmas tan fuerte que parece un concierto de Rosalía. Tra, tra.

—¿Para poner sellos en un sobre?

—Por ejemplo. ¿Qué más?

—¿Liarte un cigarrillo o un porro?

—Mira, un porrito me fumaba muy a gusto. ¿Qué más?

—Leo, no lo sé. No se me ocurre nada más. Tendrás que demostrarme a qué te refieres porque no caigo.

Él lanza una mirada de reojo. Media sonrisa pícara. Se acaba el tercio. Le sigo. Golpeo con el botellín en la mesa. Ahí, machota. Decidida. Dueña de tu cuerpo. Con ganas de follar. De celebrar que estoy viva. Pagamos y salimos. Nos quedamos en la puerta. Me apoyo en la pared del garito mientras él se lía un pitillo.

—O sea, que todavía no caes, ¿no?

—Lo cierto es que no, Leo. Nunca fui buena con los acertijos.

Apoya el cigarro en su oreja y se acerca a mí. No se lo piensa demasiado. Lo agradezco. En estas situaciones siempre acabo bizca, con la risa floja o tosiendo. Me cuestan las escenas románticas. Soy torpe hasta para eso. Con su mano derecha me levanta la mandíbula y me besa. Sus labios finos se fusionan con los míos rojos. Una lengua astuta y áspera se enreda tímidamente con la mía. No hay grandes proezas ni movimientos bruscos ni caricias. Solo un beso húmedo, caliente y cohibido. Arrimo mi cuerpo al suyo. Abrazo su cintura con mis brazos. Aprieto su torso contra el mío. Y ahí sí, se desata la pasión. Él no cierra los ojos. Eso me incomoda.

—¿Te apetece venir a casa? No vivo muy lejos de aquí.

Pienso en mis sábanas que todavía contienen los fluidos de aquella noche con Ricardo. ¿Follar ahí sería ético? ¿La gente soltera cambia las sábanas después de cada polvo?

—Me apetece.

Un taxi a lo lejos con su luz verde. Leo levanta el brazo. El taxi para. Entramos. Le da la dirección. Su pitillo sigue esperando en la oreja. El pelo rubio le cae por la cara. Me mira, suspira y sonríe. Estos son los instantes que nunca salen en las películas, los que te incomodan sin saber muy bien el motivo. Entramos en una pequeña calle y nos detenemos delante de un portal antiguo.

—Es aquí, ya hemos llegado.

Paga el taxi. Nos bajamos. Antes de subir, ahora sí, se enciende el cigarrillo. Me mira. De nuevo, el beso. Le echamos ganas. Le quitamos el acobardamiento del primero, del desconocimiento. El sabor amargo, el tacto rudo, la saliva que baila, el sonido de los fluidos, los ojos que analizan, mi intranquilidad ante esa extraña manía. Leo me coge de la nuca y sigue surcando mis labios, navegando por la excitación que está a punto de presenciar en directo.

Entre beso y beso, le da una calada a su pitillo. Mira al cielo. Observa la luna. Hago lo mismo. Está creciente, casi llena.

—La luna nos afecta, ¿lo sabías?

—Algo me han contado.

Recuerdo el retiro tántrico y la conversación sobre la luna y la menstruación. Un antes y un después.

—Siempre me ha provocado fascinación. A veces paso horas y horas mirándola. Tiene magia, ¿no crees?

Sigo sin apartar mis ojos del satélite blanco, de esa diosa que hiende los cielos. Me siento como una polilla atraída por la luz. Él está igual. El humo que lanza por la boca nubla con ligereza la visión del horizonte. No decimos nada, ¿para qué? Tira el cigarrillo al suelo y lo apaga. El calor de agosto sigue protagonizando las noches, no pierde oportunidad para mojar mis axilas, mi frente y mi escote. Escucho unas llaves. Vuelvo a la realidad, a este plano físico. Leo abre la puerta. Sonríe. Paso. Subimos unas escaleras. No hay ascensor. Abre otra puerta. No sé ni qué hora es. Miro el móvil. Las chicas me han escrito. «Pásalo bien, zorra. Estaremos escuchando tus empotramientos.» Y Ricardo. «Disfruta esta noche. Mañana si te apetece me cuentas. Te quiero (un trozo).» Una sonrisa estúpida se cuela entre las comisuras de mis labios. Suspiro. Me siento amada aunque no sea de la manera a la que estoy acostumbrada.

El piso de Leo es un cliché absoluto. Un sofá con una tela cochambrosa. Una mesa de centro con algunas birras vacías. Un sillón antiguo y unos muebles de esos que acabas comiéndote con el alquiler porque al casero le daba pena tirarlos o porque a saber por qué cojones no prende fuego a esa terrorífica estantería. Las paredes son de gotelé y de un tono amarillento. Quiero pensar que es la pintura y no la falta de ella. Sus dos compañeros de piso están fumándose un porro mientras charlan. Saludo. Al final no me he fijado en qué hora es.

—¡Ey! ¿Qué tal? Pensé que estaríais durmiendo.

Los colegas me miran. Me escanean. Qué típico. Esto sucede con personas de cualquier género. Analizar a quien acabará, minutos más tarde, gimiendo en la habitación de al lado.

—No, tío. Nos hemos liado, ya sabes. Es viernes, tronco.

—¿Me dais una caladita? —Se vuelve—. ¿Quieres algo? ¿Una birra? ¿Una calada?

—¿Si te digo que quiero ambas estoy abusando de tu generosidad?

—¡Qué va!

Fuma del porro y me lo pasa. Me siento en el sillón lleno de ácaros y polvo. Disfruto de esa calada y del sabor a hierba que recordaba lejano. Asiento con la cabeza mientras expulso el humo. Un clásico. Leo me ofrece una birra.

—¿Vamos a mi habitación o quieres quedarte aquí?

Coño, es cierto. He venido a follar. Me levanto.

—Gracias, chicos. Un placer.

—Hala, hala. Que disfrutéis, guarros. —Se ríen.

—No seas envidioso, Carlos.

Carcajadas. No entiendo la broma. Entramos en su habitación. El colchón está tirado en el suelo. Una mesita de noche de madera esconde las pelusas que hay debajo. Una colcha con una luna y un sol estampados arrastra por el suelo y tapa unas sábanas de cuadros azules, amarillos y verdes. La ropa se amontona en un rincón. No sé si está sucia o limpia. Un armario grande con un espejo. Una estantería con instrumentos, libros de blues, ceniceros, filtros de cigarros y polvo. Dejo mi bolso encima del montón de tejanos y camisetas.

—Perdona, no he tenido tiempo de ordenar el cuarto.

—Tranquilo.

Abro la cerveza. Me siento en la cama. Estoy segura de que me podría quedar embarazada con la cantidad de polvos que deben de acumular las sábanas. Leo sale un momento. «Ahora vengo.» Escucho a sus amigos de fondo.

—Joder, tío, no paras. ¿Estás en racha o qué?

—Anda ya. Esto va por temporadas, ya sabéis.

Bebo un sorbo. Sigo con la oreja pegada a la pared.

—Tu verano está siendo tremendo, tío. Disfruta. Joder, el colega.

Me siento como un trozo de carne expuesta. Aunque, de algún modo, mi verano también está siendo bueno. El trío en el club *swinger*, Sophie, Pablo, Ricardo... No me puedo quejar. No me ofende que él haga lo mismo. Quizá me molesta la conversación, pero ¿no diría yo lo mismo si estuviera con mis amigas en la misma situación? Entonces, ¿el problema está en el género o en la forma en la que percibimos el sexo y los cuerpos?

—Perdona. Te he dado una birra, pero yo no he cogido ninguna.

Me río. Se sienta en la cama, a mi lado. Me acaricia.

—Me pareces una chica muy atractiva, Alicia. Me encanta tu rollo, tu forma de vestir. Me gustas.

—Gracias. A mí también me gusta tu estilo.

El tuyo, no el de la habitación. De ese mejor no hablemos.

—Llevo tiempo en este piso y no le he puesto ni pósters. Me he mudado tantas veces que ya no tengo ganas de decorar mis habitaciones. Me da pereza.

—Te entiendo. Mi piso está amueblado. Menos mal.

—Qué suerte que puedas vivir sola.

—Sí, lo es. Aunque no sé durante cuánto tiempo voy a poder mantener la situación, la verdad.

—¿Por qué?

—Tengo que ver qué adelanto me dan por la trilogía, pero, vaya, sé cómo funcionan los números en el sector.

Y, a diferencia de lo que se muestra en la ficción, es jodido vivir de tus propios libros. Tendré que aceptar menos trabajos como escritora fantasma y eso se traduce en menos ingresos y, en consecuencia, en un alquiler mucho más bajo.

—¿Y si sale la trilogía y lo petas?

—Eso solo pasa en los cuentos y a cuatro personas con grandes agentes literarios, intereses editoriales y pasta por detrás. Normalmente cuesta hacerse un nombre y llegar a vivir solo de escribir novelas propias.

—¿Y qué tienes pensado? ¿Seguir viviendo sola o compartir piso?

—Creo que compartiré piso porque la cosa no está como para vivir sola en Madrid. Tenía ahorros y cobraba bien, sí, pero, joder, ahora mismo mi cuenta está temblando y no quiero dejarme tanto dinero en un alquiler.

La conversación me está cortando el rollo. Leo se da cuenta. Deja la cerveza apoyada en la mesita de noche.

—Bueno, te tengo que enseñar mis dotes lingüísticas.

Entiendo lo de «lingüísticas» por el órgano, no por el idioma.

—Es verdad, he venido solo para descifrar el enigma.

Se ríe. Dejo la cerveza en el suelo. Él la coge y la asegura encima de la mesita. Bien hecho, soy un desastre. Me besa. Empieza a desnudarme. Va bastante rápido. Tampoco me molesta. Me quita la ropa. Observa mi cuerpo, aunque no demasiado. Lo justo para saber dónde se encuentran mis bragas y el sujetador. Ni tan siquiera se fija en que llevo mi lencería de las noches especiales. Esa de encaje negro. Esa que demuestra mis intenciones mucho antes de nuestro encuentro. Me empuja en la cama. OK, vamos a buen ritmo. Sigue besándome y baja por mi abdomen hasta llegar a la entrepierna. Ahí se para. Me mira. Sonrío. Y se lanza al abismo. Me tenso. Va demasiado rápido.

—Suave, suave, suave —susurro.

—Perdona. ¿Así te gusta?

Prueba con la lengua dura, pero baja la velocidad. Me sigue resultando molesto.

—Me encantan las largas pasadas con la lengua blanda.

—¿*Ahjí*? —comenta mientras me come el coño. Suelto una carcajada.

—Perfecto.

Juro que la Alicia de hace unos meses no se atrevería a comunicar lo que quiere. Me sorprendo porque he cambiado, he crecido, me he conectado con mi propio centro. O al menos estoy en ello. Soy capaz de decir lo que me gusta y lo que no. No sé por qué esto debe de ser tabú para las mujeres cuando follan. Supongo que nos han educado en la sumisión, en el «sí, quiero», en que todo nos parece bien. No hay un manual de instrucciones genérico para todos los cuerpos y podemos pasarlo muy bien descubriendo cómo funcionan los botones y cuándo empieza a centrifugar el deseo.

—Joder —gimo.

Lo cierto es que no se le da nada mal. Tiene una lengua entrenada, capaz de moverse con velocidad sin cansarse. Parece que, al final, eso de la armónica me va a beneficiar. Muevo la pelvis hacia delante y hacia atrás. Miro al techo. El puto gotelé. Una telaraña flotando en una esquina. Un lametón que me hace cerrar los ojos con fuerza. Exhalar. Vibrar. Él se ríe con cierta maldad. Empiezo a acercarme al orgasmo, me dejo inundar por la luz cegadora. Aumento el compás de mi respiración. Mi vientre se hunde. Las costillas se marcan. Elevo el pecho al cielo. Arqueo la espalda. Intento gemir flojito para que no nos escuchen sus compañeros, pero me la suda. A estas alturas, me da igual todo. ¿Será eso la libertad? Aprieto la cabeza de Leo contra mi coño mientras muevo las caderas con fuerza. Él se percata de lo que sucede y aumenta el ritmo. Arrugo las sábanas. Me sujeto. Tres, dos, uno. Y ahí está, el despegue. La NASA interceptando un OVNI en la atmósfera. Mi alma saliendo disparada hacia la nada, la carencia, la ausencia. Se me corta la respiración. Floto en medio del cosmos. Esta sensación, joder, esta maldita sensación. Y luego dicen que el sexo es físico, superficial, carnal. No sé a dónde irán esas personas; en esta inmensidad seguro que nunca han estado.

Los primeros orgasmos con seres desconocidos son una reminiscencia de la virginidad. De algún modo te tocan, te acarician, te besan, te sienten, te penetran, te elevan, te conocen, te desnudan de forma distinta. Es curioso. Una manía que te corta el rollo. Una vulnerabilidad recurrente. Una intensidad desmedida. Un aprendizaje del otro. Son curiosas esas primeras veces en las que se ignora la conexión que pueden sentir los cuerpos, las almas, las mentes. Como si fuésemos enchufes y ladrones y no supiéramos si vamos a inundar la sala de la luz más cegadora que existe o si solo seremos capaces de ser fugaces. Quién lo sabe esas primeras veces en las que todo lo superficial se consagra o en las que todo lo sagrado se vuelve insustancial.

—¿Te ha parecido un buen ejemplo?

—¿De qué? —pregunto absorta por la corrida.

—De lo que puedo hacer con la lengua.

—Ah, sí. Aprobado. —Me río.

Me recompongo del orgasmo y me lanzo a él. Justo cuando se la voy a chupar, me para. Y yo ahí, con cara de circunstancia y con la boca abierta a punto de comerme un jugoso kebab, interrumpida por una propuesta repentina.

—¿Te apetece follar?

Pienso en Ricardo. Si estuviese aquí, diría que ya lo estamos haciendo.

—¿Penetrarme dices?

—Eh, sí —contesta dubitativo.

—Claro. ¿Tienes condones?

Abre la mesita de noche y coge una caja medio vacía. Sonrío. Se coloca el preservativo. Lo miro.

—¿Cómo quieres que me ponga?

—Así está bien.

Me tumba boca arriba. Abro las piernas. Me coloca bien la pelvis. Aprieto mi cabeza contra la almohada. Levanto las caderas. Me penetra despacio. Observa cualquier gesto fuera de lugar que pueda transmitir una anomalía. Clavo mis pupilas en las suyas. El azul de sus ojos sigue teniendo un destello vibrante a pesar de la oscuridad de la habitación, iluminada por la luz cálida de la lámpara. El pelo rubio se entremete en su cara. Deja la mandíbula suelta y sus labios se entreabren. Suspira. Sigue introduciéndose. Adoro ver la fragilidad con la que entran en mi templo. El cuidado, el detalle, la amabilidad. No siempre fue así. Hubo muchos que entraron en mi hogar dando portazos, tirando las cosas, rompiendo este pequeño rincón que habito en mí. Por suerte fueron pocos, pero los hubo. Existieron. Y no sé quién perdió el respeto antes: si esa persona al penetrarme o yo al no saber decir: «Que te jodan, cabronazo».

Leo empuja su pelvis contra mis glúteos. De rodillas, entra y sale de mi coño con experiencia, con seguridad, con exactitud. Me mira a los ojos, pero no demasiado. Intenta analizar el vaivén de mi pecho en cada impulso. La vibración que emite mi garganta en cada embestida. El sudor que se adueña de mi escote y de su frente. Abre la ventana.

—Perdona.

—Tranquilo, no pasa nada.

Nos sonreímos. Y en una centésima de segundo, cambia su cara de chico bueno a la de empotrador nato. Un juego de ilusionismo que no te deja adivinar quién se encuentra detrás de ese ser, a veces frágil, a veces intocable. Leo se tumba encima de mí y penetra con ritmo y fuerza. Miro al techo de nuevo y siento que la telaraña baila a ritmo del reguetón que estamos haciendo con nuestros cuerpos. Huelo su melena, que se esparce por su cara y acaba en mi boca. No me molesta. No será el primer pelo que me trago durante el sexo. Su espalda moldeada y lisa, con algunos lunares que dibujan constelaciones de nuevos mundos y cielos que hasta ahora no había visto. Acaricio su columna, clavo mis uñas en la piel. Él gime bajito, cerca de mi oído. Me quedo boquiabierta con sus jadeos. Creo que son los más eróticos que he escuchado en mi existencia. Los guardo en la *pajoteca* de mi mente, para futuras ocasiones de apaño —y alivio— momentáneo.

—¿Te importa ponerte a cuatro patas?

Me giro. Pongo el culo en pompa. Lo mira. Frunce el ceño y pone esa cara de «guau» que casi todos ponen cuando estás a cuatro patas. Se coge la polla, apunta y dispara. Sigue metiéndola, empujando, gimiendo, sudando. Se divierte variando el ritmo de su balanceo en mi interior. Yo me hundo en un sinfín de sensaciones, de emociones, de placeres. Y disfruto de su presencia en mí. Pasan los minutos, seguimos follándonos como si nos lo debiéramos. Y de repente, Leo:

—¿Te vas a correr?

—¿Yo? —respondo extrañada—. No.

—Yo creo que tampoco.

¿He hecho algo mal? ¿No le pongo?

—Ah, bueno. No te preocupes.

—Hace calor —se disculpa.

—No pasa nada. —Sonrío.

Se tumba a mi lado. Enciende el ventilador que tiene en el suelo. Una brisa enfría la exudación de nuestra piel. Gira la cabeza. Su pelo se extiende ahora por la almohada. Sus ojos persiguen los surcos de mi envoltorio. Yo me fijo en el vello irregular de su pecho y de su abdomen. Se quita el condón y lo tira a un lado. Se instala un silencio incómodo. Es el primer hombre que no se ha corrido conmigo. Y no es que yo sea una diosa del sexo, no va de eso.

—Oye, ¿quieres que haga algo? —pregunto.

—¿Cómo?

—Para que te corras, no sé. Una mamada, probar otra postura, masturbarte...

—¿Qué? ¡No!

Me mira. Se incorpora. Coge el tabaco de liar y se empieza a enrollar otro cigarrillo, con delicadeza y concentración.

—No suelo correrme la primera vez que follo con alguien —confiesa.

—¿Sabes? Eres la primera persona con la que me pasa algo así.

—No es por ti, Alicia. Me pones muchísimo y he disfrutado como un loco. Pero no me apetece correrme.

—Está bien siempre que tú estés bien.

—Lo estoy.

Con la lengua moja el papel de liar y acaba de envolver el tabaco. Lo enciende. Pega una calada. Se arrodilla al lado de la ventana abierta.

—Se habla mucho de la eyaculación precoz, pero se sabe muy poco sobre la eyaculación retardada.

—¿Qué es eso? Bueno, a ver, el nombre me da pistas.

—Hay personas a las que les cuesta un poco más llegar al orgasmo. En mi caso me sucede solo cuando follo. Y sobre todo con una chica que no conozco... Me cuesta correrme. Si me masturbo, tardo medio minuto. Pero, vaya, eso no quita que haya sido un polvazo.

—Sin duda.

Se hace de nuevo el silencio. Sigo con la mirada perdida en el gotelé.

—Yo no me puedo correr más de una vez. Solo en una ocasión.

—Ah, ¿sí? Joder, sería una buena experiencia.

—Lo cierto es que sí, lo fue.

Pienso en los chicos bisexuales, en la cama blanca, en la comida de coño a dos lenguas. Esa experiencia está marcada a fuego en mi alma. Qué bien estar viva.

—Me gustas, Alicia. ¿Ya te lo he dicho?

—Creo que sí.

—Pues eso, me gustas.

—Y tú a mí, Leo. Creo que congeniamos muy bien, ¿no?

—Totalmente.

—Aunque ahora mismo, y esto lo digo para dejar las cosas claras pero sin presión, no busco nada serio o establecido. Me gustaría fluir. Si follamos y estamos bien, ¿para qué forzar las cosas?

—Yo no soy una persona de cosas serias, Alicia. Creo que por eso me gustas. Ves las relaciones igual que yo.

—No sé si igual. Para mí una pareja es un compromiso muy grande. Cuando estoy en una relación, lo doy todo hasta el punto de quedarme vacía.

—Pero eso de las relaciones abiertas...

—Requieren un compromiso igual. Por eso te decía que creo que no puedo decir que tengo una relación abierta. O, al menos, un vínculo romántico. Joder, es un lío. Al final, ¿qué es el romanticismo? Yo soy muy romántica con mis amigas. Perdona. Estoy aquí deconstruyendo mis propias movidas y tú ahí, pensando en lo loca que estoy.

—¿Quién dice que pienso eso?

—Lo digo yo.

—Ah, bueno, entonces si lo dices tú, vale.

Nos reímos. Tira el cigarrillo por la ventana.

—Normalmente, cuando quedo con una chica un par de veces, enseguida quiere algo más serio. Eso me agobia. En general, el compromiso no me gusta. Me gusta sentirme libre.

—Pero puedes sentirte libre y comprometerte al mismo tiempo.

—¿Tú crees?

—Yo soy fiel a mi entorno y me comprometo a cuidar y amar a la gente que me importa. De eso se trata al final. De no estar tan solos en esta existencia, ¿no crees?

Asiente con la cabeza. Bosteza. Cojo el móvil. Miro la hora. Son las cuatro de la madrugada.

—Leo, creo que me voy a ir a casa. ¿Te importa?

—¿Por? Te puedes quedar a dormir sin problema.

—Lo sé, lo sé, pero me apetece dormir en mi colchón. Ya sabes, pequeñas manías.

—¿A estas horas?

—Pillo un taxi y en un momento me planto en mi casa.

Abro la aplicación y solicito un taxi. En dos minutos llega. Una despedida apresurada. Un par de picos. Cojo mi bolso y me asombro del olor rancio de mis axilas. Él se pone unos pantalones. Me acompaña a la puerta. Sus compañeros están durmiendo, o eso parece.

—Ha sido genial, Alicia. Seguimos en contacto, ¿vale?

—Lo mismo digo. Hablamos.

Otro beso. Bajo las escaleras y subo al taxi. No miro atrás. En menos de quince minutos llego a casa. Tiro el bolso en la entrada. Me pego una ducha rápida. Me desmaquillo, me lavo los dientes. Me tumbo en la cama. Hace calor. Hay oscuridad. Una que lo abarca todo, que desde las esquinas se asoma, que por el techo se desliza, que sin poder evitarla llega a mí. Y otra vez ese sentimiento familiar: la jodida, la odiada, la maldita, la puta soledad.

XXII

La puta soledad

Una tonelada de ansiedad aplasta mis pulmones. No entiendo de dónde nace, de dónde sale, y menos a estas alturas, joder, que ya llevo un tiempo aquí, sola, en Madrid. De mi pecho surge un agujero negro infinito; con tan solo asomarme, me entra vértigo. ¿Todo eso es mío? ¿Todo eso está en mí? Y aunque los días se llenen de emociones, de sonrisas, de abrazos, de vivencias, las noches, mierda; las noches quiebran toda razón de ser, me sumergen en la oscuridad de los fantasmas que alquilan por temporadas mi cabeza. No doy con el hechizo mágico, ese bibidibabidibú que convierte la calabaza en carroza, la sombra en gloria, el aislamiento en empoderamiento. ¿Algún día conseguiré superar este miedo? ¿Saber estar en mí sin que me falte nada?

La soledad quita las sábanas que cubren los espejos de una casa abandonada. Y el polvo vuela por los aires y puedes ver cómo cae a través de los rayos de luz que se cuelan tímidos por la persiana. En esta película, el director de fotografía capta a la perfección el descenso de esas partículas de irracionalidades y grandes verdades. Vuelven al suelo de la casa y manchan el parquet. Alguien barre y, de nuevo, el polvo vuela. ¿De dónde sale tanta porquería? ¿Y por qué puedo verla ahora? La soledad. Eso es, la puta soledad.

¿Y yo? ¿Me habito? ¿Estoy en mí? Quiero pensar que

el vacío es la señal divina de que estoy en el camino correcto. Si no, no sentiría nada, como cuando estaba con Diego. Nada. Ni pulso, ni vibración, ni ilusión, ni desgracia, ni lágrimas, ni risas, ni gritos, ni socorros, ni celebraciones, ni vida. Nada. Tal vez sea este el precio que haya que pagar. Tal vez la soledad sea el termómetro de nuestra existencia, ese que evitamos mirar o enfrentar. El mismo medidor que te dice si frío, frío o caliente, caliente. Si tocas con la yema de tus dedos la materialización de tus sueños o si, por el contrario, estás tan congelada que ni tan siquiera recuerdas cómo se propaga el deseo.

En esta soledad me hallo, odiando el calor en Madrid. Quedándome sorda de tanto silencio. No lo soporto más. No sé si podré con todo. No sé si podré conmigo. No sé si esta oscuridad se llevará el último suspiro o si haré frente al mayor cáncer —y miedo— que vivimos en los tiempos modernos de Prozacs virtuales y TikToks que te hacen perder la noción del tictac.

Miro al techo. Ni manchas ni telarañas. Nada. Solo esta puta soledad.

XXIII

¿Tú también?

Es sábado y me levanto empapada en sudor. Menuda noche. Hay veces que la soledad es un regalo, sin duda. Otras, un suplicio. He quedado con las chicas esta tarde para tomar algo y ver a Rita, que ya está en la ciudad. Diana nos ha mandado una foto con ella. Esa cara de enamorada. Esas ganas de amar. Emily está preparando su viaje a Estados Unidos y no para de preguntar por su fiesta de despedida. «Tiene que ser épica, zorras.» No sé si estoy preparada para dejarla ir, para decir adiós, para no tenerla aquí, en Madrid.

Me ducho y desayuno algo. Abro el *e-mail.* Lo actualizo y nada, sigo sin noticias de la editorial. Relax, Alicia, que todo lleva su tiempo. Paso el sábado repasando la novela, le escribo a Leo, le contesto a Ricardo. Aquí, en mi piso, sola con mi soledad. Me quedo dormida en el sofá con el ventilador a máxima potencia. Por la tarde se nubla y cae una tormenta de esas que alivian el verano, las mismas que refrescan el ambiente, que te regalan ese olor a suelo mojado. Hemos quedado a las ocho en Sol. «¿Qué plan tenemos?», pregunto. «Dejarnos absorber por la ciudad», suelta Emily. Me parece bien. No me apetece arreglarme demasiado. «Arreglarme», como si estuviera rota. Me enfundo en un vestido negro y me calzo unas sandalias planas. Me va a bajar la regla y mi cuerpo está en una dinámica de antojos y vientre hinchado, de acné imprevisto, de contestaciones mal encajadas y de baja tolerancia ante cualquier gilipollez. Salgo corriendo de casa mientras me coloco la riñonera y me acabo de atar el vestido. Cojo lo imprescindible. Camino a paso ligero agradeciendo este frescor improvisado que reina en la capital. En pocos minutos me planto en Sol y ahí están. Diana con sus trenzas recogidas, luciendo unos pantalones cortos y un top. Va de la mano de Rita, que lleva sus rastas al viento y unos pantalones hippies muy llamativos. Los tatuajes que bañan su piel me recuerdan a los de Ricardo. Emily se presenta con unos pantalones pitillo, un body imposible y unas cuñas altas. Las veo, perreamos en la distancia. Las abrazo bien fuerte.

—¡Rita! Qué ganas tenía de verte.

—Y yo a ti, Alicia. ¿Cómo estás?

—¿No la ves? Si tiene cara de haber follado —suelta Emily—. Con todo el semen que habrá tragado estos días podría montar un centro de fecundación *in vitro*.

—Pero, ¡Emily! Serás... —Me río.

—¿Qué tal ha ido? ¡Nos tienes que contar!

—Pues, tías, fue bien. Aunque tampoco ha sido el mejor polvo de mi vida.

—Ningún primer polvo lo es —dice Emily.

—No generalices —contesta Diana, mirando a Rita.

—Es cierto, en vuestra primera vez liberasteis a Willy con los fluidos de Diana —vuelve Emily.

—¿Qué te pasa hoy?

—No sé, tía, voy a tener que apuntar estas mierdas. Estoy que me salgo.

Soltamos una carcajada. No podemos evitarlo. Nos dirigimos a la primera terraza. A Diana le han hablado de un *skybar* en Madrid con las mejores vistas de la ciudad. Sin duda lo son. Veo Malasaña bañada bajo el sol cálido del atardecer y observo el enorme cartel del Capitol, casi puedo tocarlo. Los colores rosados y anaranjados contrastan con el blanco de las fachadas, del lugar donde los sueños van a parar. Pedimos cuatro mojitos. Hay un DJ que pincha música chill out. Brindamos. Reímos. Celebramos. Estamos juntas, no sé qué haría sin ellas.

—Bueno, zorra, cuenta.

—¿El qué?

—Alicia, basta. Te veo venir —sentencia Diana.

—No me podéis conocer tanto.

—Es que te encanta el dramatismo, amiga. Hacerte de rogar es tu pasión. —Se ríen.

—Ayer estuvo bien. Leo es encantador. No sé cuántas veces me repitió que no quería ningún tipo de compromiso, que no funcionaba en las relaciones, que era un hombre libre. Y yo le repetí que tampoco quiero pareja. Aunque a estas alturas mi concepto de relación sea algo diferente. Eso te lo debo a ti, Rita.

—¿A mí?

—Sí. Si no me hubieras hablado de la complejidad de los vínculos, de las relaciones abiertas y del amor romántico, seguiría repitiendo el mismo patrón y buscando a alguien a quien aferrarme y así evitar sentirme sola.

—Me alegra que te haya servido. —Sonríe.

—Alicia, que te vas del tema. ¿Qué pasó? —insiste Emily, chasqueando los dedos.

—Pues nada, fuimos de ruta por varios garitos. Escuché jazz, blues; comí unos champiñones rellenos; me bebí varias cervezas y, después de escucharle tocar la armónica, me confesó su habilidad con la lengua. Y, como comprenderéis, tenía que comprobarlo.

—¡Ahhh! —grita Emily—. ¡Sigue, sigue! ¿Te comió el coño?

—Fui a su casa. Comparte piso con dos chicos más. Nos metimos en su habitación y, sí, me comió el coño.

—¿Y qué tal?

—Al principio iba muy rápido. Parecía que tenía prisa por llegar a algún sitio, no sé.

—Qué típico —corrobora Emily.

—Me quitó la lencería como si nada... ¡Y eso que llevaba mi conjunto sexy de encaje!

—¿El negro tan bonito?

—Ese, ese.

—Joder, no tiene perdón —añade Diana.

—Lo sé, chicas, lo sé. Bueno, el caso es que ya estaba yo con las piernas abiertas y el coño expuesto y empezó a ir muy a saco. Le tuve que pedir que fuese más lento y suave. Enseguida le pilló el truco a mi clítoris y ¡jo-der! Me corrí muy a gusto. —Me río.

—¿Las habilidades con la lengua eran ciertas?

—Sí, tiene mucho aguante y una capacidad de hacer ciertos movimientos...

—O sea, que la armónica es un buen entrenamiento —apunta Rita.

—A ti no te hace falta, amor. —Diana la mira. Se besan.

—Alicia, vas a tener que ser mi novia por esta noche porque yo con esto no puedo.

—Encantada, Emily. —Sonrío.

—Oye, ¿y tú con él? ¿Hubo ñiqui-ñiqui? —pregunta Emily.

—Sí. Se la fui a chupar y me paró en plena trayectoria. Quería mete-saca. Yo encantada, eh. Se puso un condón y estuvimos bastante tiempo, pero me pasó algo que, a ver, no es nada grave, pero es la primera vez que me sucede algo así: él no se corrió.

—¿Y?

—Nada, no pasa nada, pero jamás me había encontrado en esa situación. Normalmente los tíos se corren, ¿no?

—¿Dónde está Ricardo cuando más lo necesitamos? —suplica Diana.

—Tía, ¿cuántas veces no te has corrido tú?

—Bastantes.

—¿Y eso significa que no te gustara? —continúa Emily.

—A veces, no siempre. Hay ocasiones en las que, simplemente, no me apetecía correrme.

—Creo que en el caso de los tíos es lo mismo. Tienen esa presión de correrse, de llegar al orgasmo y de eyacular sin que sea ni demasiado tarde ni demasiado pronto. Debe de ser bastante complicado de gestionar —dice Rita.

—Leo tampoco se preocupó demasiado.

—Que tú sepas —añade Rita.

Me quedo callada y con cierto temor al mismo tiempo. ¿Le habré hecho sentir mal?

—Estamos un poco obsesionados con el orgasmo en general, ¿no creéis? —comenta Diana—. A ver, yo desde que tuve mi querido primer orgasmo, no he podido parar, es cierto, pero se puede disfrutar del sexo sin orgasmos. Hay tantas cosas que te dan placer que reducirlo a una obsesión de acabar y tener ese subidón..., no sé.

—Correrse es la hostia, Diana, qué coño dices —bromea Emily.

—Sí, lo es, y también muchas otras cosas lo son. Todos los sentidos que están presentes, las sensaciones, las emociones, las conexiones... Es una pasada.

—En eso estoy de acuerdo. He tenido polvos en los que no me he corrido y han sido espectaculares —corroboro.

—Parece que el orgasmo tenga la hegemonía del placer, ¿no? Si no lo tienes, no ha servido para nada todo el tiempo invertido —señala Rita.

—Y eso genera malestar en la gente que no lo ha sentido o no lo consigue de forma habitual —puntualiza Diana.

—Venga, un brindis. Por los orgasmos y los no orgasmos. —Alzo la copa.

El tintineo de los cristales es ensordecedor. Emily nos para.

—Un momento, ¡un momento! El ritual, chicas: por la Diosa de las Zorras.

—Tía, no jodas. ¿Tenemos que gemir aquí? —Miro a mi alrededor. Está a rebosar de gente.

—Sí, amiga. Es la tradición.

Diana y yo, resignadas, gemimos bajito. Emily pega un grito. Nos sorprendemos. El grupo de chicos que está a nuestro lado se gira de golpe. Nos miran estupefactos. Emily les guiña el ojo. Echaré de menos su descaro, joder. Rita no entiende nada y a nosotras nos sobran las palabras.

—Echaré de menos esto, chicas —anuncia Emily.

—Tía, no puedo creer que te vayas —comento un poco triste.

Diana y Rita se miran. Rita le da un codazo. Diana niega con la cabeza. Rita insiste. No entiendo qué sucede.

—¿Pasa algo? —pregunto un tanto preocupada.

—Lo cierto es que... os tengo que decir una cosa —contesta Diana.

—¿Qué pasa? ¿Va todo bien?

—Sí, sí. No es nada malo, pero...

—¿Estás bien, Diana?

—Chicas, voy a hacer una locura. Bueno... —Se vuelve hacia Rita—. Vamos.

Emily y yo nos quedamos calladas. Un millón de ideas se me pasan por la cabeza. ¿Se van a vivir juntas? ¿Se van a casar? ¿Embarazo? ¿Negocio conjunto? Yo qué sé. Dilo ya.

—Desde hace mucho tiempo he querido viajar por el

mundo. Era algo que nunca me he atrevido a hacer por mis padres. Ahora, como sabéis, las cosas han cambiado. Cuando hablé con Ricardo en la furgoneta de camino a Madrid, vi las cosas con otra perspectiva. Vi que, por fin, ese deseo se podía materializar aun sin tener ahorros en mi cuenta bancaria.

—¿Te vas? —lanzo.

—Nos vamos, sí. ¡Nos vamos a dar la vuelta al mundo! En principio queremos pasar un año sabático, viajando y trabajando en diferentes países. La primera parada es Bali, donde viven los padres de Rita. De ahí tenemos pensado ir por todo el sudeste asiático, Oceanía, América del Sur y, si nos da la economía, América del Norte.

—¡Tía! Qué locura. ¿Cuándo tenéis pensado iros? —se emociona Emily.

—Hemos comprado el billete para el 13 de septiembre.

Intento procesar la información. Bebo un buen trago de mi mojito y no digo nada. Estoy en *shock*. Mi expresión cambia por completo. Lo que iba a ser una buena noche se convierte en un momento de mierda que no sé ni cómo manejar. No me lo puedo creer. No lo comprendo, no lo entiendo. El universo me ofrece la oportunidad de tener amigas, al fin, y de repente, ¡chas!, se esfuman. Se van. Se marchan a la otra punta del globo. No me jodas. No me puto jodas.

—¿Alicia? ¿Estás bien?

Me quedo callada. Estoy siendo egoísta, lo sé. Debería alegrarme, sí, pero no puedo. Lo intento y nada.

—Ey, Alicia.

—¿Tú también?

—¿Cómo?

—¿Tú también te vas? —reitero.

Diana y Emily se vuelven cómplices a través de sus ojos. Puedo leer sus pensamientos, los escucho en mi cabeza.

«¿Y ahora qué le decimos?» Las miradas saben a compasión, a lástima, a piedad, a dolor. Podía soportar que Emily se fuese una temporada a Estados Unidos, aunque, pensándolo bien, me estaba engañando a mí misma al pensar que se iba por un año y poco más. Va a empezar una carrera en una universidad prestigiosa. Allí está su hogar, su familia, su ciudad. ¿Qué esperabas, Alicia?

—No pensé que te molestara tanto, Alicia. Cuando te dije que me iba, no dijiste nada —responde Emily.

Sé que estoy actuando como una niñata, inmadura e infantil. Soy consciente de ello. El problema es que no sé cómo dejar de sentirme así. Cómo me quito este sentimiento que hunde sus dedos en mi garganta y no me deja respirar. Un monstruo que se esconde debajo de la cama de mis vivencias, de mis traumas, de mi ego. Una cama deshecha, maltrecha e incómoda donde intento descansar cuando la vida aflige. Y ni con esas.

—¿Qué sientes? —pregunta Rita.

La miro de reojo, con cierta desgana.

—No necesito que hagas de *coach* ahora, Rita —suelto.

—Oye, Alicia, basta. No vayas por ese camino. No es justo —sentencia Diana.

—¿El qué no es justo?

—Lo que estás haciendo, tu actitud.

—A mí no me parece justo que para una vez que conecto con alguien, ese alguien se vaya.

—Estás siendo egoísta, tía. Tenlo presente —comenta Emily.

—¿Yo? ¿Egoísta yo? ¿Acaso me yo voy a algún sitio? ¿Soy yo la que se pira?

—Alicia, estás donde quieres estar. ¿O no es así?

¿Es así? ¿Estoy donde quiero estar? ¿Qué sentido tiene Madrid si no es con ellas?

—Creo que ahora no sé dónde cojones quiero estar.

—Entiendo tu rabia, Alicia. A mí también me da mucha pena todo esto —añade Diana.

—Pero ¿qué hacemos? Tú estás en Madrid porque tienes que sacar adelante tus sueños. Viniste a conseguir firmar tu propia novela y, fíjate, vas a publicar tres —sigue Emily.

—Ah, ¿sí? ¿Vas a publicar tu propio libro? ¡Enhorabuena! —celebra Rita.

—Todavía no tengo noticias de la editorial —apunto.

—¿Y qué? La oferta está en la mesa. Es cuestión de tiempo. Estas cosas van lentas.

—Diana, no sabes cómo funciona el mundo editorial.

—Bueno, pero sé cómo funciona el mundo. O, al menos, los negocios.

—¿Cuál de ellos? —vacilo.

—Eh, basta —grita Emily—. No estamos aquí para discutir. Mira, Alicia, siento que estés así de jodida. A mí tampoco me gusta que nuestra amistad se vea afectada por todo esto. Hablas de que nunca has tenido amigas, pero te olvidas del resto. Deja de mirarte el ombligo, las tres estamos implicadas y creo que ninguna de nosotras había experimentado una unión tan profunda y tan bonita como esta.

Emily suspira. Una lágrima recorre sus mejillas. La aparta rápido aunque no lo suficiente como para que no nos demos cuenta de su tristeza. La misma que destruye cada uno de los órganos que sustentan mi cuerpo.

—Me costó tomar la decisión de irme a Estados Unidos. Al igual que para ti fue difícil salir de ese pueblo de mierda y venirte a Madrid. O para Diana dar un portazo a su pasado y vivir por y para ella, algo que la ha llevado a materializar sus ganas de viajar por el mundo como mochilera. Es el momento, ahora puede hacerlo. Y también es el mío, estoy preparada para regresar al lugar de donde hui.

Pero tú, Alicia, debes estar aquí y luchar por tu carrera. Por eso lo dejaste todo, ¿entiendes? No te enfades con nosotras, no merece la pena.

—Comprendo tu frustración, Alicia. He pensado muchísimo en mi viaje por el mundo, pero necesito hacerlo. Sabes cómo araña el deseo bajo la piel —dice Diana.

Bebo mi mojito, y aquella soledad que se aferraba poco a poco a mis entrañas baña cada célula de mi interior. Espero poder procesar algún día esta desdicha, este miedo, el vacío que genera la libertad.

—Entiendo lo que me decís, pero siento mucha rabia y enfado en estos momentos. Sé que no es la mejor actitud y que parece una pataleta de una niña de siete años. Si supiera quitarme la negatividad, creedme que lo haría, pero no sé por dónde empezar. Durante estos días me he negado a enfrentarme a tu despedida, Emily, y resulta que ahora no solo eres tú la que se va... También Diana. Me quedo sola, joder.

—Sola no vas a estar, Alicia —añade Diana.

—¿No? ¿A quién tengo?

—Nos vas a tener.

—Sabéis que estas cosas no funcionan así. Al principio hay mucha implicación, pero luego... todo se desvanece. Cada una tendrá sus prioridades y la distancia hará el resto.

—¿Desde cuándo nosotras hemos funcionado de forma convencional? Creo que empezamos de una forma muy distinta.

—Joder, ya ves, sujetándome las tetas en el baño de un garito cutre. —Diana se ríe.

Una punzada me atraviesa el corazón. El recuerdo de nuestra primera conversación, la ignorancia de todo lo que vendría después.

—Alicia, esto no cambiará nada.

—Esto lo cambia todo.

Me regocijo en mi negatividad, en mi barro, en mi mierda. Retozo cual cerdo hambriento de ansiedad y depresión. Qué sentido tiene haberlas conocido. Ninguno si de repente se esfuman. Se pierden. Se van. Se desdibujan en el firmamento. Se largan por el horizonte.

—Creo que por más que te digamos, seguirás viendo las cosas a tu manera —finaliza Emily.

Me acabo el mojito. Esto es una pesadilla. No me apetece salir de fiesta ni estar aquí.

—Lo siento, chicas, me voy a ir. Necesito procesar esto con calma —me despido.

Cojo mi riñonera de la mesa y la coloco de nuevo en mi cintura. Emily y Diana me miran con una composición facial propia del cubismo. Un ojo ahí y otro allá. La boca desencajada, las fosas nasales bien abiertas. El ceño fruncido, la frente arrugada. Los hombros encogidos, la mirada extraña. Rita no se entromete, ni tan siquiera respira. Sabe que no es su conflicto, que ella es ajena. No miro atrás. No giro la cabeza, no beso ni abrazo. Simplemente me voy.

—Alicia, espera. Alicia, ¡joder! —escucho a lo lejos.

No reacciono. Huyo. Huyo como lo hice en Montgat. Huyo como lo hice en Ibiza. Huyo como lo hago en Madrid. Huyo como lo llevo haciendo toda mi puta vida. Bajo las escaleras con rapidez. Las lágrimas empiezan a emborronar el camino. Las aparto con rabia, con esta impotencia que quiebra mi interior. Me encantaría estar en la cima de la montaña más alta y gritar a pleno pulmón: «Que te jodan, universo. Vete a tomar por culo, cabrón».

Me choco con un camarero y casi le tiro la copa. Pido perdón con torpeza y continúo mi camino. Salgo a la calle, la oscuridad todavía no ha invadido las esquinas. Al menos en este mundo físico. En el otro plano, joder, en el otro plano la negritud se cierne sobre el paisaje, arrasa con la luz. Para qué quieres ver si estás rota. Subo al metro, pocas paradas. Enseguida llego a casa. Abro la puerta. Cierro de golpe. Me dejo caer encima de las baldosas. El culo se acomoda, las piernas ceden. Me dejo en mí. Miro al suelo. Y ahí está. Mierda, otra vez no.

XXIV

La mancha en el suelo

Nunca me había fijado en la mancha que hay en el suelo. Lo invade por completo, aferrándose a la uniformidad de un parquet de roble lijado y esmaltado. Parece un gusano, o un horizonte, no sé. Aunque si me fijo mejor, creo que es el universo diciéndome que salga de mí. Pero ¿de mí de dónde?

¿Esa mancha es problema de Carolina o mío? Vale, supongamos que mío: ¿cómo coño se limpia una mancha en el parquet? Poner una alfombra es tapar el problema con una solución rápida. Qué novedad, como si no hubieses estado tapando marrones toda tu puta vida, Alicia.

La espalda rebota contra la puerta principal y cada golpe hace que el cuerpo se desconche un poco más. Ellas siguen ahí, despidiéndose de una amistad que jamás pensé que podría experimentar. Ni tan siquiera imaginé que existiera, la verdad. Veo sus miradas clavadas en la mía. Las palabras entran y salen de sus bocas. Hay situaciones que tienen la capacidad de quitarle ganas a la vida. ¿Cómo voy a salir adelante con esta mancha en el parquet con forma de gusano mirándome desde el suelo? ¿O con la señal divina del universo diciéndome que me largue lejos de mí, que ya vale de estar así? Esto me lleva a plantearme lo siguiente: si Dios está en todas partes, ¿se estará riendo en alto con esta situación? ¿Será un castigo? ¿Estoy condenada a esto?

Una gota transparente e irregular cae a pocos centímetros de mi ingle y hace que desvíe la mirada hacia mí. La humedad abraza los tejidos del vestido que llevo puesto y que hunde mis huesos. De fondo siguen sonando las voces de aquellas mujeres que se van, se marchan, se esfuman. Las venas se me marcan como ramas bajo la piel y a mí me invade una sensación de nostalgia al recordar lo que fue un día con ellas. Llevamos pocos meses de amistad. Por supuesto, entiendo que al principio todo es más intenso, más denso, más agudo, pero ¿cómo será cuando ya no añadamos más tiempo al conteo? Ya no recuerdo lo que son la rutina, la calma, el equilibrio, la sensación de plenitud al adentrarme en un mundo conocido y monótono. ¿Acaso lo echo en falta?

Soy demasiado compleja. Como esa mancha en el parquet que cada vez se hace más grande. Casi tanto como el vacío que siento en este momento.

Me sorprendo: ya he estado aquí, en el principio de los tiempos, en el inicio del ascenso. La noche en la que decidí que ya no más, que ya era suficiente. Sí, estuve aquí, en el lodo. Bienvenida de nuevo, Alicia. Inmersa, reiteradamente, en una crisis de identidad tan profunda que no recuerdo el motivo de mi lucha. De mi rebeldía. No sé quién coño soy. Por qué buscaba tanto. Qué encontraba. Lloro por las noches y me da igual la vida. Me niego que esto pueda estar pasando, hasta que me encuentro en el lodo. No es la primera vez, tampoco la segunda. He estado ahí en varias ocasiones. El lodo siempre trae las mejores verdades a pesar del olor a mierda. Al final es la otra cara de la misma moneda. La sensación que provoca es muy clara. Si estás, sabes que estás. Cuando todo cae y piensas que no hay más fondo... vaya si lo hay. La mierda te llega hasta el cuello y no te deja ni respirar. ¿Y ahora qué?

En este momento me planteo algo tan profundo como mi trascendente —y efímera— existencia. Me vuelvo a hacer la pregunta, la misma que evito cuando el tiempo corre y el reloj asfixia. Esa que el sistema no quiere que responda, no vaya a ser que me encuentre. Esa que me hice hace unos meses. Esa que me hago ahora.

Quién soy.

Y me quedo muda. «¿Que quién soy?» No sé si me da más miedo la respuesta, el silencio o la verdad. En cualquier caso, las tres opciones apuntan a lo mismo: sigo sin tener ni puta idea.

XXV

Sácate de aquí

Desconozco cuánto tiempo llevo abismada con la mancha del parquet. Las luces de la calle iluminan con timidez algunos rincones de este piso que se cae a pedazos encima de mí, además de las paredes que esconden los fantasmas más terroríficos que pasean por mi interior. Necesito salir de esta mierda. Necesito a alguien. Lo necesito a él. Cojo mi teléfono de la riñonera y marco su número. Suena. Piii. Piii. Venga, cógelo, joder. Piii. Vamos. Piii.

—¡Hola! —dice una voz.

—Ey, Ricardo, yo...

—¿Te lo has creído, eh? Soy Ricardo. En estos momentos no estoy disponible, pero déjame un mensajito y te contesto en cuanto lo escuche. ¡Gracias!

Cuelgo resignada. Joder. Sale la rabia de mi interior. La contengo en un sonido inconexo que vibra en el centro del pecho. Insisto de nuevo. Esa voz que me pide un mensaje. Pienso en otras personas. ¿Mi madre? ¿Leo? ¿Carolina? Quién. Quién me puede sacar de aquí. Automáticamente me doy cuenta de otro patrón: soy incapaz de enfrentarme sola a los problemas.

Tanto pavor le tengo a la soledad que prefiero subir la música para dejar de escuchar los suplicios de mi alma. Se acabó. Es hora de tomar las riendas y de intentar hacer algo con este embrollo, con este ovillo de llanto, desgana y dependencia.

Como si de una animación infantil se tratara, la bombilla de la mente se enciende. De golpe, me acuerdo de un ejercicio que leí una de esas veces en las que buscaba en Google cómo aumentar la autoestima, asumir la soledad o enfrentarme al miedo. Sí, lo voy a hacer. Pareceré una loca, es posible. Más de lo que ya estoy, lo dudo.

Me levanto decidida. No enciendo las luces. La iluminación que penetra del exterior es suficiente para iluminar mi desdicha. Pongo el móvil en silencio. Dejo la riñonera a un lado. Muevo el sillón del comedor. Coloco los muebles. Cualquiera que me vea... Dios mío, directa al manicomio. Mi valentía es un torrente rebosante que pulsa la vida. Me siento en el sofá con el sillón de frente, mirándome, juzgándome. Da un poco de yuyu, debo añadir. Me falta algo. Espera, ya sé. Voy a la nevera. Cojo el vino. Paso de las copas. Vuelvo a sentarme en el sofá. Observo el sillón, que no se inmuta, menos mal. Pego un buen trago que me hace toser. Joder. Otro más. Sigo sintiendo insuficiencia. No, no. Es abundancia. El peso. El aplomo. La ropa. La limitación. Me desnudo. Lanzo el vestido lejos. Las bragas, a la mierda. Me acomodo. Bebo vino. ¿Estoy? Creo que sí, estoy. Alzo la mirada. Me siento gilipollas. No sé si podré hacer esto sin estar un poco piripi. Pienso en el blog de psicología que recomendaba este ejercicio. No recuerdo si aconsejaban estar borracha para enfrentarte a esta realidad, a la conversación (sí, aquella que se escribe con mayúsculas). «Tenemos que hablar, Alicia.» Cierto. Es el momento. Allá voy.

—Hola, Alicia —digo en voz alta mientras clavo mis ojos en el respaldo del sillón.

Obviamente, no hay respuesta. Esto no va a servir de una mierda, coño. Bebo más vino. Abro las piernas, apoyo los codos sobre mis rodillas. La mirada se pierde en el suelo. Enfrentarse a una misma jamás fue fácil. Teatralizarlo, menos. Es necesario, tengo que hacerlo. Dejar que esa voz que escucho en lo más profundo de mi ser renazca. Sé cómo es. Sé lo que dice. La escuché aquella vez en plena *Ecstatic Dance*. La vi. Permite que vuelva. Tal vez ella tenga la respuesta. Una conversación conmigo misma, con mis ancestros, con mis miedos, mis desasosiegos, mis temores, mis respetos, mis almas, mis entrañas, mis voces. Cierro los ojos. Respiro en profundidad. Abro bien el pecho. Retengo el aire. Suelto. Repito el ejercicio varias veces. El corazón golpea la caja torácica. Me meo. No, ahora no. Esa es la mente intentando evitar que corra el riesgo. Tengo que enfrentarme a ello. Tengo que sacarme de mí. Quiero respuestas. Va siendo hora de que sea yo quien me las dé y no el contexto.

—Hola, Alicia.

Esta vez no miro al sillón. Permanezco con los ojos cerrados. Hay un silencio. Pruebo de nuevo.

—Hola, Alicia.

Nada. El tictac de ese puto reloj que no encuentro. Un momento. Quiero adentrarme en ese estado meditativo. Abro las piernas. Toco mi cuerpo. El sexo, eso es. Es el camino que me lleva a mis adentros. Cuando follo, cuando me corro, es entonces cuando me conecto. Entre la ira y la rabia me masturbo. No es sano, no es perfecto. Es un proceso. Punto. Me centro en las caricias, en los movimientos. Separo más mis extremidades. Dejo el coño expuesto. La excitación del lamento me invade. La necesidad de dejarme en punto muerto. Jadeo. Sigo con el vaivén de las caderas, con la efusividad de mis dedos. Gimo. Una luz a lo lejos. Arqueo la espalda. Un grito quebrado. Un trozo de este clamor. Siento la tensión de la despedida. Estoy a punto de viajar. Sí, quiero hacerlo. Una combustión nuclear se cierne sobre el cielo de mis párpados, se nublan los pensamientos. El estallido de un suspiro que me arroja al vacío, a la nada, al agujero. Las contracciones que galopan por la entrepierna. Las uñas que se clavan en los cojines del sofá. Las piernas que tiemblan, el sudor que baña el escote. La voz que no puede contener el suspiro. El pelo que se entremete por el rostro. La mano que de forma automática le da al botón. Un tirachinas me lanza al universo. Capas y capas de atmósfera. Ozono en los ojos. El tiempo perdido. La nebulosa que me atrapa. Los colores volátiles que se evaporan cuando los miro fijamente. Los azules se comen a los naranjas. Los naranjas se fusionan con los blancos. Floto. El coño palpita. El plano físico se disipa. Aquí no queda nada. Estoy desnuda en el centro de la vida, en el *Sri Yantra* de la creación. Donde todo se condensa, colapsa, estalla. Donde la luz y la oscuridad son necesarias para la existencia. Empiezo a llorar. Me deshago por dentro. Las lágrimas inundan las mejillas, nadan en este paisaje de polvo y gas. Lloro. Lloro porque no me encuentro. Cuando no podía más, cuando pensaba que nada iba a sostener mi caída a la tercera dimensión, cuando este viaje astral parecía llegar a su final... Ella.

—¿Por qué lloras? —dice una voz que retumba en mi cabeza.

Cuatridimensional. Un espacio sagrado. El sótano de mi templo. El sigilo de mi alma. Una presencia física intangible. He estado aquí antes. Sí, aquí es donde la encuentro.

—Por la soledad.

—¿Qué soledad? —pregunta.

—Esta que siento.

—¿Dónde?

—Aquí, en mis adentros. Se aferra a todo. Lo tiñe todo. Lo destroza todo.

—Sigues huyendo —me corta.

—Lo sigo haciendo.

—¿Por qué?

—El miedo.

—¿A qué?

—No lo sé. ¿Al silencio?

—¿Tienes miedo de las respuestas que pueda traer?

—Es ensordecedor.

—Por fin le has puesto sonido a la mudez que siente tu interior.

—No entiendo.

—Durante todo este tiempo, has escuchado lo que tú querías, lo que preferías. No le pones voz al contexto, Alicia, y todo adquiere sentido cuando prestamos atención y escuchamos el ruido que trae el silencio.

—¿Qué debo oír? No lo entiendo.

—Sabes cuál es la respuesta y viene con interrogantes. Es el inicio del camino, Alicia. La pregunta más trascendental que se ha hecho el ser humano hasta el momento.

—¿Quién soy?

—Exacto. ¿Quién eres? ¿Por qué estás aquí? ¿Por qué has venido a mí?

—No sé vivir en mí. Pensaba que era posible, que la soledad se esfumaría, que sería manejable. Creía que la libertad era la solución.

—¿Y no lo es?

—No, sin duda. No lo es.

—¿Por qué?

—Es la separación, la muerte, la despedida. Es el dolor, la pérdida.

—¿Qué piensas que es la libertad, Alicia?

—No sé, el eterno grial de la inmortalidad. La píldora azul que te hace ver el Matrix.

—¿No te das cuenta de que estás cogiendo la píldora equivocada?

—¿Cómo?

—En tus manos tienes la píldora roja.

Observo la palma de mi mano derecha y sí, así es.

—Pero en qué momento...

—¿En qué momento? Siempre has mantenido la mano cerrada.

—Creía que era libre.

—Creías, es cierto. Eso solo se refleja en el plano imaginario, en tu percepción. No eres libre, Alicia. No quieres serlo.

—Sí quiero.

—¿De veras? ¿Y por qué no dejas ir?

—¿A quién?

—Sabes la respuesta a esa pregunta.

—Las quiero.

—Por eso mismo.

—No puedo. Es demasiado doloroso. He construido algo tan fuerte, tan sólido, tan puro con ellas...

—No las quieres libres, Alicia.

—Eso no es cierto.

—Ah, ¿no? ¿Y por qué obstaculizas su crecimiento?

—Yo...

—¿Pensabas que la libertad era la hipersexualización de la existencia, la fluidez en las decisiones, la indiferencia al contexto?

—Supongo.

—¿Que vivir bajo el mantra del *carpe diem* era todo lo que necesitabas para ser libre?

—No, creo que no.

—Alicia, en la existencia hay luz y oscuridad. Nos guste o no. Todo conlleva un lado amable y afable y otro terrible y doloroso. Absolutamente todo se rige por esa norma universal. El *ying* y el *yang*. Sin oscuridad no existiría la luz, sin el blanco es imposible que se vea el negro.

—Eso significa que la libertad tiene otra cara.

—Aquella que nadie ve, aquella que todos callan. Si quieres ser libre, si realmente quieres tomar la píldora azul, si pretendes romper con las cadenas que te aferran al sistema, debes abrazar el lado oscuro.

—¿Y cómo es la negritud en esta libertad?

—Trae consecuencias.

—Entiendo.

—Como aprender a dejar ir.

—Ya.

—A recorrer el camino que se traza frente al abismo.

—Lo veo.

—Convivir con el vértigo.

—No me acostumbro a esto.

—Nunca has estado tan elevada, Alicia. Siempre has viajado a ras de suelo. Cuanto más te alces, más miedo sentirás. Cuanto más escales, más aturdimiento notarás. Cuanta más altura, más conocerás el contexto.

—¿Y qué hago?

—¿Para qué?

—Para vivir con ello.

—Abrázalo.

—¿Cómo?

—Abre tus brazos y hazlo tuyo. Haz tuyo este miedo. El miedo es el pulso de la vida. Sin él, no hay latido. No hay éxito. Sin él, no escalamos. No respetaríamos el movimiento.

—No puedo abrazar algo que duele, que odio, que me jode.

—¿No? Entonces, ¿para qué vives, Alicia? ¿Para qué sigues? ¿Para qué luchas? ¿Para qué buscas? ¿Para qué quieres sacarte de ti? Es el proceso, la transición, el mal de altura, el ascenso. Son las agujetas de tener que elevarte con tu propio peso y la mochila vital llena de tormentos. Es la rabia, el grito, el sudor, el cansancio. Esto no es sencillo. Ser libre no implica estar exenta de peso.

—¿Qué sentido tiene?

—Acepta que la vida no sería posible sin la muerte. Ni la muerte sin la vida. Acepta que si quieres éxito, tienes que asumir el fracaso. Que si quieres felicidad, debes comprender la tristeza. Que si quieres ser libre, debes discernir la esclavitud que conlleva. El secreto es ese, Alicia: abrazarlo todo. La negación. La afirmación. El poder del tiempo en tu cuerpo. El reseteo de tu mente. La evolución. El cambio de opinión. La ignorancia. El conocimiento. La pesadumbre del entorno. La complejidad del sistema. Su sencillez.

—Qué fácil parece.

—Lo es. Es más fácil vivir en la aceptación que en la negación. La energía que conservas con uno y que gastas en otro no tienen comparación. De ti depende cómo quieres procesar esta existencia.

—Siento que por más que soy consciente de ciertos patrones, de mi obsesión y debilidad por el amor romántico, de mi dependencia emocional; por más que le ponga nombre y apellidos a mis defectos, no los supero.

—El primer paso es el despertar y es también el más difícil. Señalar qué queremos cambiar y qué queremos mejorar es conocerse, es estar más cerca de responder a la eterna pregunta.

—Quién soy.

—Exacto, quién eres.

—Soy una gilipollas que sigue tropezando con la misma piedra, que sigue encontrándose la misma puta roca bajo los pies.

—Ay, Alicia, y así seguirás. Cogerás la piedra, la analizarás y la lanzarás lejos. Y de nuevo la encontrarás, tropezarás y te caerás. ¿No te das cuenta de que la piedra te da información sobre el camino?

—¿Cuál es mi camino?

—Míralo, está debajo de tus pies.

—¿Y ellas?

—Trazan otro distinto del tuyo.

—Donde son libres.

—Exacto. Donde son ellas.

—Y donde yo soy yo.

—Y donde tú eres tú, al fin.

—El miedo sigue afligiendo.

—Y que nunca falte. Que el pulso de la muerte lo tengas bien presente. Él te recuerda constantemente que estás viva, que puedes hacerlo, que todavía hay tiempo. Porque siempre lo hay.

—¿Y si me equivoco?

—¿Y si no lo intentas? ¿Y si te vas a la tumba con el arrepentimiento de no haber hecho lo que tú has querido hacer? ¿Qué pesa más? ¿El error o la escasez de tiempo?

—Tienes razón.

—Déjalas ir, Alicia. Y déjate ir a ti también. Todo fin es el inicio de un ciclo. Es un círculo infinito que no para de girar y girar. Empieza y acaba. El punto que marca el final y da paso a un nuevo principio.

—Entiendo.

—¿Y ahora? ¿Qué píldora coges, Alicia?

De nuevo, abro la palma de mi mano y ahí está. La introduzco en mi boca. La voz se evapora. Caigo a través del universo. Impacto contra el suelo. Abro los ojos. El cuerpo inerte. Ese tictac. Me lavo la cara ante el espejo. Noto un sabor extraño en la boca. Saco la lengua. Está azul.

XXVI

Celos

Me he quedado dormida de una manera extraña. He soñado algo rarísimo. El sol ilumina el salón y hace calor. Yo odio el calor. Me levanto y me tomo un café bien cargado. Cojo el móvil. Son las doce. Veo algunas llamadas perdidas de Ricardo. Un par de mensajes en el grupo. «Alicia, creo que deberíamos hablar.» Sí, yo también lo creo. Les envío un mensaje de voz pidiéndoles perdón varias veces por la despedida repentina de ayer por la noche. No estuvo bien aunque para mí fuera necesaria. Debo aceptar sus caminos. Debo aceptar que estén lejos del mío. Ricardo me vuelve a llamar.

—Ey, hola.

—¡Alicia! ¿Estás bien?

—Sí, sí. Todo bien. Siento haberte llamado ayer.

—No, tranquila. No importa. ¿Qué ha pasado?

—¿Quieres venir a comer a casa? —pregunto.

—Claro, en una hora estoy ahí.

Cuelgo. Preparo algo para comer. Un arroz con verduras. A veces se me olvida que Ricardo es vegano. Me doy una ducha rápida, dejo que el agua sane y limpie. Suena el interfono. Llega antes de lo previsto. Nos abrazamos. Me encanta cómo huele. Lleva una camiseta de manga corta con un estampado curioso. Unas bermudas y unas chanclas de tiras. Está guapísimo.

—Te veo genial —comento.
—Vaya, muchas gracias. Qué bien huele.
—Sí, he hecho arroz con verduras. ¿Quieres comer ya?
—Lo cierto es que sí. No he desayunado nada.
—Yo tampoco.
Nos reímos. Pongo el mantel en la mesita de centro. Comemos en el sofá. Bebemos el poco vino que sobró de mi viaje astral de ayer. ¿Fue real? Charlamos sobre su trabajo. Está agobiado porque le han entrado muchos proyectos de golpe. Yo me alegro de que así sea. Él sigue pensando en cómo coño hará para sacarlos adelante. Le cuento con detalle mi reunión con Carmen y me abraza. Después, coloca mi pelo tras la oreja. Cojo la copa de vino, bebo y lo miro.
—¿Qué pasó ayer, Alicia?
—¿Por qué lo dices?
—Me llamaste.
—Sí.
—Y no es habitual en ti que me llames sin enviar antes un mensaje.
—Lo sé.
—¿Entonces?
—Diana se marcha, Ricardo. Se va.
—¿Cómo? ¿A dónde?
—Ayer quedé con las chicas y nos fuimos a tomar unos mojitos. La idea era salir de fiesta, Rita llegó el viernes a Madrid. Nos apetecía estar juntas. En medio de la conversación, Diana dijo que nos tenía que contar una cosa muy importante. Me preocupé muchísimo, ya sabes. Resulta que tras vuestra conversación retomó esas ganas y ese sueño de viajar por el mundo como mochilera.
—¿En serio? ¡Qué bien! ¿Lo va a hacer?
—Eso parece. Se va con Rita a viajar un año por el mundo. Quiere trabajar para poder costearse la aventura, claro.

—¿Hará lo de *Workaway*?

—No le pregunté. No pude decir nada. Solo sé que el 13 de septiembre tienen billetes para Bali, los padres de Rita viven allí. Ahí empezará su periplo.

—¿Cómo estás?

—Jodida. Muy jodida, la verdad. No te voy a engañar, a ti no.

—Me imagino.

—¿Sabes? Ayer me encontré con que las dos personas que más quiero en este mundo, bueno, aparte de mi madre, claro, se marchan. Y no sé cómo procesar esto.

—Bueno, cada una ha encontrado su propio destino.

—Sí, y no puedo retenerlas en Madrid. No sería justo por mi parte.

—Siento no haber podido estar ayer, Alicia.

—No te preocupes.

—Lo cierto es que estaba con una chica.

Se me hace un nudo en la garganta. Carraspeo. Bebo un poco de vino. El corazón se me acelera. ¿Qué está pasando? ¿Estoy celosa?

—Ah, ¿sí? ¿Y qué tal? Cuéntame.

—Muy bien, nos conocimos en Tinder. Llevábamos un tiempo hablando y justo ayer me dijo de quedar. Fuimos a tomar algo y...

—¿Follasteis?

—Sí, sí. Fue una gran noche. —Se ríe.

Sigo bebiendo vino. Las taquicardias inhiben mis pensamientos. ¿Por qué cojones siento esto? El viernes hice lo mismo con Leo. ¿Por qué no sé gestionar mis celos? ¿Cómo cojones lo hago? ¿Cómo hay gente que es capaz de hacerlo?

—¿Quieres darme detalles?

Y ahí estoy, pidiendo que me dé veneno que quiero morir, como Los Chunguitos.

—¿Quieres que te cuente detalles? ¿Estás bien? —pregunta Ricardo un tanto preocupado.

—Sí, sí.

No, no.

—Tiene unos pies preciosos. Fue muy divertido. Jugamos toda la noche, sin prisas. Estuvo bien. Se quedó a dormir en casa y esta mañana se ha ido a primera hora.

—¿Os volveréis a ver?

—No lo sé, seguramente.

—Qué bien. —Sonrío un poco falsa. Vale, bastante falsa.

—Alicia.

—Dime.

—¿Bien?

—Sí, ¿por qué iba a estar mal?

Eso, ¿por qué?

—No lo sé. Te has puesto tensa, a mí no me engañas. Recuerda cuál es nuestra regla: plena confianza, Alicia. Sabes que puedes contármelo todo.

—Soy gilipollas, Ricardo.

—¿Por qué?

—¿Te puedes creer que me pone un poco celosa?

—¿El qué? ¿Que haya quedado con esta chica?

—Sí, no sé. Sé que es una tontería y que no tenemos nada, pero estoy celosa.

—Comprendo.

—¿Cómo lo haces tú?

—¿Para qué?

—Para gestionar los celos.

—Lo cierto es que nunca he sentido celos, Alicia.

—¡Venga ya! ¿Qué eres? ¿Un cíborg?

—Oye, no te cachondees.

Me empuja. Nos reímos. Me coge de la mano y me acaricia el antebrazo con calma y suavidad.

—Nunca he sentido celos en las relaciones. Lo único que pienso es que las personas son libres de hacer y deshacer lo que quieran. Intento disfrutar cada momento que estoy contigo sin pensar demasiado en lo que tenemos, en lo que sentimos, en lo que puedas estar haciendo antes o después. Para mí solo existe el aquí y el ahora, ¿entiendes? Creo que ya te conozco un poco y que eres una persona que le da mil vueltas a la cabeza. Y no es algo negativo, eh. Eres así y punto. Tú estuviste varios días diciéndome que no querías relaciones románticas y yo insistiendo en que te olvidaras de las etiquetas y vivieras el momento. ¿Acaso has dejado de plantearte nuestro vínculo?

—No, lo cierto es que aún sigo pensando en ello. No quiero perder lo que tenemos, pero tampoco quiero que me limite o me modifique. Tengo que encontrar el equilibrio en todo esto.

—Lo encontrarás, ya verás. Estamos bien, ya te lo dije. No pienses en nada más. En el instante en el que te pese esta relación o no te sientas cómoda, lo hablamos y analizamos qué ha pasado.

—Definitivamente, eres un cíborg —bromeo.

—Ven aquí.

Me abraza. Me acurruco en su pecho. Pienso en la otra chica. Alicia, no. Bloquea ese sentimiento. Justo cuando la intensidad gobernaba el contexto, suena el teléfono.

—Es Diana.

—Cógelo —insiste.

Me levanto. Paseo por el comedor.

—¿Sí?

—Hola, Alicia, ¿cómo estás?

—Lo siento, Diana.

—No te preocupes. Nos vamos conociendo. —Se ríe.

—En serio, perdón.

—Oye, he hablado con Emily. ¿Te parece que retomemos nuestros mojitos esta tarde?

Me aparto el móvil de la cara. Miro la hora. Son las cinco.

—¿A qué hora?

—¿Quedamos sobre las ocho en el mismo sitio de ayer?

Observo a Ricardo. Él frunce el ceño extrañado. Mueve ligeramente la cabeza en un gesto de interrogación.

—Un momento, tía, que estoy con Ricardo en casa.

—¡Ah, Ricardo! Dale muchos besos. Oye, no os habré cortado...

—No, no. Tranquila.

Estábamos a puntito de combustionar.

—Ricardo, ¿te importa si quedo con las chicas esta tarde?

—¿A mí qué me va a importar? ¡Al contrario! Tenéis asuntos pendientes. —Sonríe con esa sonrisa no perfecta.

Vuelvo a la conversación con Diana.

—Hecho, nos vemos esta tarde.

—Te quiero, Alicia.

—Y yo a ti, Diana, muchísimo. —Se me escapa una lágrima. Contengo el llanto.

—Lo sé.

Sonrío. Cuelgo el teléfono.

—¿Bien? —pregunta Ricardo.

—Sí, bueno, ya sabes. Un tanto revuelta, pero bien.

—Son muchas emociones, Alicia. Estás en un proceso muy intenso. Entre la trilogía, las chicas, esto... En fin, sabes que no estás sola, ¿verdad?

—Bueno...

—No, bueno, no. Una cosa es vivir sola y otra muy distinta es estar sola.

—Tienes razón.

—A mí me vas a tener siempre. No me pierdes, Alicia. Nosotros nos encontramos continuamente.

Le beso. Fundimos nuestros labios, que buscan el contacto fácil, plácido, lento. Las lenguas se rozan y los celos que antes me asfixiaban ahora pesan menos. El fuego arde, las pieles se reclaman. Me pongo encima de él. Y ese contacto dulce y sosegado se vuelve salvaje e indomable. Siento su polla dura bajo el pantalón. Aprieta mi culo con las dos manos. Seguimos comiéndonos a besos, amándonos fuera de lo impuesto; a nuestra manera. Le quito la camiseta; Ricardo me mira con pasión.

—Puedes comer si quieres —susurro.

—¿Ahora? Si has quedado.

—Yo no me refería al cuándo, me refería al qué.

—El qué ya lo sé, el cuándo depende de ti.

—Y si reducimos el cuándo al ahora.

—Y si reducimos el qué a tu coño —me suelta.

Sonrío en ese espacio tan íntimo que recuerda a un hogar. Agarra mi trasero con fuerza y se levanta. Casi nos caemos. Soltamos una carcajada. Me tumba en la cama y el resto, joder, el resto suma.

XXVII

VPH

Lanzo un gemido al viento y viajo a ese lugar al que siempre regreso. Ricardo jadea a mi lado y nos miramos incrédulos por la unión que formamos. Por ese vínculo que resuena eterno. Estoy sudando. Escucho el móvil a lo lejos. Mierda, la hora. Me levanto. Son las siete. Coño.

—Hostia, voy tardísimo.

Entro en la ducha. Me lavo los dientes, me peino. El *eyeliner* no está del todo perfecto. Es lo que hay. Ricardo ya está vestido.

—¿Vas en metro?

—Sí, sí.

Cojo mis cosas y salimos por la puerta. Todavía puedo sentir su lengua en mi coño, su polla bien adentro. Me estremezco con solo pensarlo. Corremos hacia el metro.

—Perdona que hayamos salido tan precipitados —añado.

—Tranquila, habías quedado, pero nos hemos liado un poco.

—Un poco solo. —Sonreímos.

—Si después de quedar con ellas necesitas hablar, aquí estoy, ¿vale?

—Gracias, Ricardo. Eres un ser de luz.

—Anda ya.

Apoyo mi cabeza en su hombro. Él me besa. No hablamos. Estamos inmersos en el más absoluto silencio que puede existir un domingo por la noche en la línea 1.

—Esta es mi parada. Te quiero un trozo, Ricardo.

—Y yo a ti, Alicia.

Nos abrazamos. Un beso sentido. Un guiño sexy. Salgo por la puerta. Me encuentro con las chicas en el mismo *skybar* de ayer. Las abrazo. Emily me quita parte del *eyeliner* mal puesto.

—¡Cómo te has maquillado hoy!

—Como el culo, amiga. Lo cierto es que Ricardo y yo...

—Ah, ya. Ahora lo entiendo todo. Ven aquí, anda. —Me abrazan de nuevo. Esta vez es más profundo, más sentido, más eterno.

—Lo siento, de veras.

—Ya está, Alicia. Yo también siento haberlo dicho sin vaselina ni nada —se disculpa Diana.

—Me alegra que hayáis encontrado vuestra felicidad.

—Estamos en ello, las tres. —Diana sonríe—. Bueno, las cuatro.

—¿Qué tal con Ricardo? Cuéntanos.

Pedimos cuatro mojitos como si nada hubiese sucedido, con la enorme diferencia de que ha pasado de todo. En especial, mi propio viaje o sueño o lo que cojones fuera eso.

—Me encanta Ricardo. Es un hombre tan especial y tan bueno... Estoy un poco obsesionada con nuestra relación porque, aunque odie la soledad con todas mis fuerzas, me quiero obligar a no llenar este vacío que siento con otra relación romántica. Llevo emparejada toda mi vida. Necesito estar soltera y dejar de entrar en las mismas dinámicas.

—Te vendrá bien para centrarte en tu trilogía, zorra —contesta Emily.

—Sí, es cierto, pero tengo sentimientos hacia Ricardo, eh.

—Una cosa no quita la otra —añade Diana.

—Es solo que... Mirad, os lo cuento. Resulta que ayer estaba en la mierda cuando llegué a casa y llamé varias veces a Ricardo. Sabía que era la persona que me podía sacar del pozo en el que andaba metida. No me lo cogió, que no pasa nada, ¡eh! Hoy ha venido a comer y me ha dicho que estaba con otra chica.

—Follando, entiendo —interrumpe Emily.

—Exacto. Y aunque no tengamos nada y nos queramos libres, he sentido celos. Y no sé cómo dejar de sentirlos porque nunca me he encontrado en una situación parecida.

—Amiga, yo en eso no te puedo ayudar. Soy experta en toxicidad —aclara Emily.

Diana mira a Rita. Se fusionan a través de sus sonrisas tiernas y enamoradas.

—Eso es algo muy habitual, Alicia. Cuando empezamos relaciones más únicas o no monógamas, tenemos que lidiar con esos sentimientos —avanza Rita.

—¿Y cómo lo hago para que no duela?

—Creo que esta conversación la tuvimos en Ibiza.

—Sí, es cierto. Me hablaste de los celos como una emoción con muchas otras dentro, ¿no?

—Ja, ja, ja, exacto, una emoción compleja que tenemos que deconstruir. ¿Qué has sentido cuando Ricardo te lo ha contado?

—Pues... —Me tomo un momento—. Creo que me ha dado miedo el no ser especial para él, que nuestra relación se vea modificada o que de repente haya otra persona que limite nuestro vínculo.

—No conozco a Ricardo, pero ¿piensas que dejará de sentir lo mismo hacia ti porque haya aparecido esa chica?

—Sí, en parte sí.

—¿Tú has cambiado tu forma de relacionarte con Ricardo desde que te acostaste con Leo? —corta Diana.

—Eeeh..., no.
—¿Entonces?
—Pero porque yo sé en el punto en el que me encuentro.
—¿Y no confías en él?
—Será eso —digo.
—A ver, el hecho de sentirnos especiales tiene que ver con el ego, con la necesidad de reconocimiento y aceptación. A veces buscamos esos aplausos o esa exclusividad de forma innata porque no somos capaces de encontrarla en nosotras mismas —sigue Rita.
Hachazo a mi alma.
—El otro miedo, el miedo a que la relación se vea modificada es irracional. Por supuesto que vuestra relación cambiará, ¡la vida es evolución!
—Cierto.
—¿Por qué no confías en Ricardo? Si él quiere seguir con vuestro vínculo y la otra persona se entromete, es adulto para establecer límites.
—¿Y si no lo hace?
—¿Qué?
—¿Y si se acaba lo que tenemos?
—¿Qué pasa? —insiste Rita.
—Me jodería.
—Por supuesto, pero ¿ahora cómo estáis?
—Estamos muy bien, viviendo esta relación rara que hemos creado.
—El futuro está en el horizonte. No quieras ir más rápido que el tiempo, Alicia.
¿Será Rita esa voz que a veces aparece en mi cabeza?
—Mira, existen algunos ejercicios que te pueden ayudar en la gestión emocional. Al menos a mí me funcionan.
—Cuéntamelos, por favor. Los necesito.
—Lo primero es hacer un quesito y dividirlo en tres por-

ciones que representan las tres emociones negativas básicas: el enfado, la tristeza y el miedo. Tienes que poner el porcentaje que sientes de cada una. Por ejemplo, ahora mismo, ¿podrías hacerlo?

—Sí, creo que sí. A ver... Enfado no siento. Miedo sí, ¿un ochenta por ciento? No, espera. Un setenta, eso es. Y el resto es tristeza.

—Vale, genial. Una vez tengas eso, en un papel haces una columna por cada emoción. En tu caso, dos. Céntrate primero en el miedo, ¿de acuerdo?, y empieza a escribir todas las ideas y todos los pensamientos que se te ocurran relacionados con ese sentimiento: «La otra chica es más especial que yo», «no me va a querer igual», «siento que esto cambiará las cosas», etc. Absolutamente todo lo que se te pase por la cabeza, ¿me sigues?

—Sí, estoy a tope con esta mierda.

—Ja, ja, ja, vale. Una vez lo hayas hecho, enlazas y conectas creencias. Al final te darás cuenta de que se puede meter bajo el mismo paraguas el miedo al abandono, el miedo a no ser especial...

—¿Y después?

—A partir de ahí, tiras del hilo.

—¿De qué hilo?

—El hilo de la mierda más profunda que albergas. —Rita se ríe.

—¿En serio?

—Sí, debes plantearte por qué te sientes así y de dónde nace. Quizá el miedo al abandono venga de una situación pasada con tus padres, de tu ex, de tu infancia... Intenta descubrir cuándo fue la primera vez que te sentiste así.

—Aham.

—Después viene la parte más interesante. Si sabes de dónde viene, ¿cómo puedes dejar de sentirte así?

—¿Eso se puede hacer?

—¡Claro! Apunta ideas racionales que te quiten el miedo. Como hemos dicho antes, el hecho de que Ricardo se vincule con esa persona no significa que vaya a olvidarse de lo vuestro, puesto que tú estás haciendo lo mismo con... ¿Cómo se llama?

—Leo.

—Eso, con Leo, ¿lo entiendes? Y, finalmente, anota algunos mantras. A mí me ayudan cuando estoy en crisis de celos, puedo recurrir a ellos.

—Rita, eres una enciclopedia de la no monogamia. Mil gracias. Lo probaré.

—Ay, hermana, es la experiencia. Ojalá te sirva. Estas son las herramientas que a mí me funcionan. Tú debes encontrar las tuyas propias.

Nos acabamos los mojitos. Es de noche en la capital. Pedimos otros cuatro más. Es domingo, sí, pero es agosto. La vida se percibe diferente. Emily está rara, más inquieta de lo habitual.

—Joder, chicas, os tengo que contar una cosa —interrumpe.

—¿Qué pasa?

—Estoy muy rayada y no lo quería comentar con nadie porque me da vergüenza, pero...

—¿Qué? —decimos las tres a la vez.

—El viernes me llamó el ginecólogo. La semana pasada me hice una revisión. Quería hacerla antes de irme a Estados Unidos, allí la sanidad es privada y es muy muy cara.

—Emily, qué pasa —le corto.

—Me dijo que tenía VPH.

—¿Y eso qué es? —dice Diana.

—Yo tampoco tenía ni idea. Le pregunté. Me dijo que era una ETS.

—Se dice ITS —aclara Rita—, Infección de Transmisión Sexual.

—¡¿Qué dices, Emily?! Pero, pero... ¿has follado sin condón? —pregunto.

—No, tías, os juro que no. No sabéis el agobio que me entró hablando con el médico, casi me da un ataque de pánico. Me calmó bastante cuando me dijo que es más habitual de lo que pensamos.

—A ver, un momento. ¿Tienes algún síntoma? ¿Te pica el coño? No sé, ¿qué sientes?

—Nada, eso es lo más fuerte, que no siento nada.

—Normalmente el VPH no suele dar síntomas —aclara Rita.

—¿Sabes algo de esto? —exclama Emily.

—Sí, bastante. Varias amigas lo tienen. —Sonríe.

—¿Cómo? Pero ¿esta mierda la regalan o qué? —bromeo.

—Es la infección más común entre la población. De hecho, se dice que el ochenta por ciento de las personas pasarán el Virus del Papiloma Humano en algún momento de su vida.

—¿Así es como se llama?

—Exacto.

—¿Y cómo puede ser que lo haya pillado a pesar de follar con el puto condón? —se cabrea Emily.

—El preservativo te protege del VPH, pero, incluso aunque lo utilices, hay un treinta por ciento de posibilidades de contraerlo. Piensa que se transmite con el contacto de mucosas. Si has hecho las tijeritas o has practicado *petting*...

—¿*Petting*? —pregunto.

—Sí, cuando hay roce, pero no penetración, ya sabéis.

Joder, yo he practicado eso sin protección. Socorro.

—Hostia —dice Diana preocupada.

—Calma, hermanas. Respirad —nos tranquiliza Rita—. El VPH es una mierda muy común, aunque la gran mayoría de las personas no saben que lo tienen. Por eso es tan importante hacerse una revisión anual.

—Pensaba que cuando contraes una... ¿ITS?

—Sí.

—Pensaba que te picaba la zona o que te salían verrugas..., no sé. ¿Cómo es posible que no presente signos o síntomas? No lo entiendo.

—Es muy sencillo. Hay dos tipos, ¿vale? El de alto riesgo y el de bajo riesgo. El primero puede derivar a la larga en cáncer de cuello de útero, aunque las probabilidades son muy bajas. El segundo puede hacer que te salgan verrugas con una forma parecida a una coliflor.

—¿Y te ha recetado algo el ginecólogo? —Miro a Emily.

—No, nada. Me ha dicho que no hay tratamiento para esto, que mi cuerpo lo eliminará.

—Eso es. Si el sistema inmune no genera anticuerpos y las células precancerígenas aumentan, lo que se suele hacer es una pequeña intervención: te quitan una capita del cuello del útero. Una de mis amigas pasó por eso el año pasado.

—Menuda movida —dice Emily.

—Tranquila, la probabilidad es baja. Lo importante es que lo han detectado a tiempo y van a estar pendientes.

—Ya, pero ahora, en Estados Unidos... Me costará una pasta.

—No, solo tienes que hacerte una revisión anual y decirle al médico que tienes VPH. Nada más —vuelve a calmarla Rita.

—Te juro que me quise morir cuando me lo dijo. Estoy bastante preocupada. Me puse a llorar. Lo he pasado muy mal —aclara Emily.

—¿Y por qué no nos llamaste? —pregunta Diana.

—Porque sabía que estabas con Rita y que Alicia había quedado con Leo. No quería molestar, tías. Empecé a buscar información en Google, pero me entró el pánico. Y ayer os lo quería comentar, pero, claro...

—Me fui, sí. Lo siento.

—No, Alicia, tranquila. Ya está.

—Es mejor no buscar estas cosas en Google. Ahí todo son tumores y muerte asegurada —bromea Rita.

—Sí, me asusté y mi ginecólogo tampoco te creas que me ayudó mucho. Yo estaba que me subía por las paredes, ¡no entendía nada!

—Lo peor de las ITS es la vergüenza que provocan. Nadie habla sobre ellas, parece que no existan. Y están presentes, ¡vaya!

—Ni tan siquiera en el colegio —insisto.

—Nada, nada. No te educan sobre este tema en ningún lado. Se le da más importancia a los embarazos no deseados que a contraer cualquier mierda.

—Y además que sigue siendo una visión bastante clásica, ¿no? Porque ya me dirás qué riesgo de embarazo podemos tener, por ejemplo, tú y yo —señala Diana.

—Los tiempos cambian, hermanas. Todo se adapta, pero es normal que vaya lento. Lo dicho, Emily, respira. Es un rollo y lo siento mucho, pero no te vas a morir por eso. Sigue follando con condón y listo.

—Lo cierto es que ahora me ha entrado el pánico. Iba a quedar el viernes con un tío de Tinder, pero... me bloqueé. Me siento como ¿sucia?

—¡¿Por qué, tía?! —grito.

—No sé. ¿Y si me lo vuelven a pegar? ¿Y si lo transmito yo? Estoy paranoica. No tengo ganas ni de tocarme, joder. Y que yo no tenga ganas... manda huevos.

—A ver, ya te lo ha dicho Rita: si sigues follando, que

sea con condón y sin frotarte. No puedes dejar de experimentar y de vivir por tener esto, Emily. Al final es algo muy común, ¿no? —dice Diana.

—Bueno, supongo que necesitarás tu tiempo y tu proceso. Debes asimilarlo tú misma. No te sientas sucia, en serio. Seguro que todo sale bien y que al final tu cuerpo puede con ello —la animo.

—Gracias, tías. No podía guardármelo más. Me pesaba demasiado.

—Ven aquí, anda.

Nos abrazamos fuerte. No me hago una idea del estigma que puede conllevar esto. Me sorprende lo poco que sabía sobre este tema y lo común que es. ¿Cómo puede ser que no se informe de esto? ¿En qué mundo vivimos?

—No quiero ser un bajón, tías. Se acabó —se anima Emily—. ¿Cuándo y cómo vamos a montar ese fiestón de despedida?

—Emily va a lo importante: la fiesta —se mofa Diana.

—Por supuesto. Y hay que contar con un invitado más: el VPH.

Soltamos una carcajada. Es mejor tomarse las cosas con sentido del humor, sí.

—¿Cuándo te ibas, Emily? —pregunto.

—El 7 de septiembre —aclara.

—¿Y tú, Diana?

—El 13.

—Vale, o sea, tenemos que hacerla antes. A ver...

Cojo el móvil. Abro la agenda.

—Tenemos la semana que viene o la siguiente. No tenemos más margen.

Mierda, creo que no he asimilado que se van ya.

—¿La semana que viene? —pregunto—. Ah, no, esperad. Me va a bajar la regla.

—¿Y?

—Zorras, no me apetece estar de bajón.

—¿La siguiente, entonces?

—Que sea un viernes para que me dé tiempo a descansar la pedazo de resaca que voy a tener —sugiere Emily.

—Pues el 4.

—¡Listo! Apuntado —responde Diana.

—Rita, ¿tú estarás?

—Sí, sí. Viajo la semana que viene a Ibiza y vuelvo la siguiente con la mochila preparada para dar la vuelta al mundo. Así dejo la casa bien cerrada y..., ya sabéis.

—*Fuck*, qué ilusión.

—Tenemos que hacer una gran despedida. —Diana sonríe. Contenemos las lágrimas. Todavía es demasiado pronto, ¿no?

—Ay, chicas, joder.

Abro la veda de llantos y te quieros. Qué duras serán estas semanas. Qué difícil será esta nueva etapa en Madrid sin ellas. Qué raro todo.

—Vale, vale. Dejemos el drama, joder, que todavía quedan muchos días por delante —interrumpe Emily.

—Sí, mejor. ¿Dónde haremos la fiesta?

—Yo tengo mi casa —digo temerosa—. Pero no sé si podremos liarla mucho. Es pequeña, ya sabéis.

—Cierto, no cabe mucha gente.

—¿Cuánta gente vendrá?

—Vamos a montar una buena, ¿no? —se motiva Emily.

—Qué peligro tienes, tía.

—¿Y si alquilamos una casa rural? Podría estar bien, ¿no? En medio de la naturaleza seguro que nadie protesta —sugiere Rita.

—Hostia, ¡qué buena idea! Pues ya está, casa en medio de la montaña y fiestón —aprueba Emily.

—¿A quién invitamos? —pregunta Diana.

—Por supuesto a Ricardo. —Emily me mira. Sonreímos—. Puede venir Leo y que se traiga a algunos amigos macizos.

—O amigas —anota Rita.

Miro de reojo a Diana. No se ha inmutado. Quiero su gestión emocional, joder.

—Yo puedo comentárselo a algunas amigas de la universidad con quienes todavía me escribo —añade Diana.

—¡Perfecto! Yo tengo a varios *tinders* por ahí perdidos. Estaría bien que vinieran.

—Tus ligues me dan miedo, Emily.

—¿Por?

—No tienes un buen historial.

—¿Lo dices por el VPH, zorra?

—¡¿Qué dices?! ¡No! Por lo zumbados que están: que si no se ponen condón, que si el de la *mamaíta*, que si el flipado de Christian Grey o aquel al que le molaba disfrazarse.

—Pues con ese último era superdivertido. Amorticé el disfraz de Frozen.

—¿En serio? Pero ¿a quién le ponen esas cosas?

Y automáticamente aparece Ricardo en mi cabeza con su «No juzgues, Alicia». Es omnipresente.

—A mí me puso muy cachonda. Él hacía de Olaf, el muñeco de nieve de la película. Su polla era la zanaho...

—Vale, vale. Nos ha quedado claro, Emily —corto la conversación.

Es tarde, empieza a refrescar por la noche. Mis pezones dan fe de ello. Miro la hora. Son las doce y media.

—Sí, sí, nos vamos.

—No he dicho nada —justifico.

—Te vemos la cara, Alicia.

—Y te conocemos muy bien. —Diana sonríe.

Me las quedo mirando, embobada. Las echaré de menos. Tantísimo...

—Venga, pagamos y nos vamos.

Salimos a la concurrida calle. Se empieza a notar que estamos llegando casi al final del verano. Menos mal.

—Miramos casas y nos mandamos aquellas que nos gusten por el grupo, ¿vale?

—Hecho. Avisamos a la gente.

—Podemos hacer invitaciones. Le podemos llamar: «La casa mística del perreo» —propone Emily.

—Tú y el perreo, tía. Tal para cual —bromeo.

Nos abrazamos y cada una se va por su camino. Llego a casa, dejo las llaves y la riñonera en la entrada. No sé qué manía tienen en Madrid de beber y beber sin llenar el estómago. Al final, todo sube más. Cojo un trozo de pan rancio y algo de embutido que tengo en la nevera. Rebaño la sartén del arroz con verduras que ha sobrado del mediodía. Pienso en Ricardo. Le envío un mensaje. «Estoy bien. Ha ido genial. Gracias por todo. Por cierto, apunta el 4 de septiembre, que vamos a montar un fiestón de despedida.» No pasan ni treinta segundos y me responde. «Esa no me la pierdo por nada del mundo. Si necesitas hablar, aquí estoy. Eres mágica.» Sonrío. Leo me ha mandado una foto del bar donde toca esta noche. Lo invito a la fiesta. «Tengo que mirar bien la agenda, pero en principio no tengo nada. Avisaré a mis compis de piso.»

Dejo caer mi cuerpo pesado encima de la cama. No enciendo las luces, me siento cómoda en la penumbra. Lo cierto es que, joder, me siento bien en esta soledad.

XXVIII

Sangre

Es lunes. Me he quedado dormida. Abro el *e-mail* ansiosa por encontrar esa respuesta, esa oferta, ese futuro. Nada. Me pongo en contacto con Carmen para saber si tiene noticias. «Por supuesto que nos sigue interesando, Alicia. He hablado con mi jefa y entre mañana y el miércoles te haremos una oferta», responde. El resto del día transcurre sin demasiada importancia entre pajas en el sofá, conversaciones por WhatsApp y fotografías de casas rurales.

Es miércoles. Ayer fue un día sin demasiado sentido. Me levanté pesada, afectada, sensible. Todo era cuesta arriba. Empecé a pensar en mi vida, en lo raro que será la ciudad sin las chicas, en si encontraré nuevas amigas o a alguien con quien salir a pegarme alguna fiesta de tanto en tanto al menos. Me aflige el pensar que no hay nadie con quien pueda compartir esto tan único y especial que he creado con ellas. ¿Acaso es lo que quiero? No se trata de sustituirlas; se trata de mantenerlas en mi vida aunque sea de otro modo, aunque cada una recorra su propio camino. En eso consiste la libertad, ¿no?

Llega un mensaje a la bandeja de entrada de mi *e-mail.* Pego un salto del sofá y casi tiro el café. Es Carmen ¡Joder, es Carmen! Vale, inspiro. Espiro. Es el momento, Alicia. Me empiezan a doler los ovarios de forma abrupta. Un pinchazo. Ay, mierda. ¿Me ha bajado la regla? Me meto el dedo y, en efecto, ahí está, saludándome otro mes más. Luego soluciono esta matanza, antes quiero leer el mensaje de la editorial. En efecto, es una trilogía. Y, en efecto, la oferta es muy baja. No me frustro, puesto que es algo que ya esperaba. No tengo un nombre relevante, ni una carrera brillante, ni una marca de autora capaz de vender miles de ejemplares en el mercado. Soy una auténtica desconocida, un fantasma que se esconde tras los nombres de grandes *influencers*. No soy nadie y acepto el punto en el que me encuentro como también abrazo el hecho de no alcanzar el éxito con esta primera entrega. Ni con la segunda. Ni tan siquiera con la tercera. La vida de las escritoras es así. Depende del marketing, de lo comercial que sea el libro, de los buenos agentes, del número de seguidores en redes sociales. Yo no tengo nada de eso, dudo mucho que los quinientos seguidores que tengo en Instagram sean relevantes para esto.

Mi útero está acuchillándome. Voy al baño arrastrándome, agarrándome a las paredes. ¿Cómo puede ser que cada mes tenga que sufrir este suplicio? Abro el armario y busco una compresa. No quedan. Mierda. Me pongo un trozo de papel de váter en las bragas y me enfundo unos *shorts* y una camiseta cutre. Bajo a la calle y ahí está, mi querida farmacéutica. La misma que meses atrás me interrogó por un puto colirio.

Me acerco a la sección de compresas y tampones. Justo cuando estoy a punto de coger un paquete, veo un artilugio extraño. «Copa menstrual», dice la etiqueta. Coño, esto era de lo que hablaban en el retiro tántrico. Dudo unos segundos y lo tengo claro. Paso por la caja. Pido ibuprofeno o algo parecido. Necesito un chute de droga. Con dificultad, vuelvo a mi hogar, me meto en el baño. Me quito la ropa y me acomodo. Abro la caja y analizo este instrumento morado tan curioso. Es blandito y, joder, grande. ¿Esto me cabrá ahí? ¿Así sin más? ¿Sin ponerme cachonda ni nada? Leo atenta las instrucciones. «Hervir durante tres minutos antes de su uso». Hostia. Voy con las bragas por las rodillas hasta la cocina. Lleno un cazo de agua y lo pongo al fuego. Sigo leyendo. «Aquí puedes ver las tres técnicas más usadas para plegar la copa menstrual.» Con la copa en la mano, empiezo mi máster. Ninguna de las tres formas hace que la copa sea más pequeña. Sigo preocupada por el tamaño de mi vagina.

El agua hierve y dejo que la copa flote mientras controlo el tiempo para que no se acabe pegando en el acero. El temporizador suena. Cojo la copa y me voy al baño. Me siento en el váter con las instrucciones a un lado. Vale, es el momento. Relaja el coño, esto no puede ser tan difícil. Doblo la copa por el medio. Levanto mi ceja izquierda y miro con detenimiento el diámetro. Allá vamos. Me toco con la mano la entrada de la vagina. Me lleno los dedos de sangre. Mierda. Me los lavo. Vuelvo y otra vez. Me resigno. Solo es sangre, Alicia. Introduzco la copa. Esto aquí no cabe ni de coña. Pienso en momentos excitantes que he experimentado. ¿Funciona? No. A ver, respiro y poco a poco encajo la copa y empujo. ¿Ya está? Eso parece. Me levanto. Ay, no, no está. La meto un poco más y ahora sí, listo. Vamos a ver qué tal. Pone que aguanta doce horas, ¿será verdad?

Me hago la comida y pienso en la oferta de la editorial mientras observo el piso. Ricardo me escribe. Le digo que me ha bajado la regla. «¿Quieres que me quede a dormir?», pregunta. Dios, sí. Al cabo de una hora suena el interfono. Abro la puerta. Lleva una bolsa transparente. Saca helado de coco con trozos de chocolate. Oh, sí. Lo abrazo.

—Acabas de cumplir mi fantasía sexual, Ricardo.

Se ríe. Nos acomodamos en el sofá. Me acaricia la tripa mientras apoyo la cabeza en su muslo.

—Si comes helado así, te vas a atragantar —me avisa.

—Tengo experiencia, no te preocupes.

—¿Cómo te encuentras? ¿Te duele?

—Bueno, ahí ando. El helado compensa con creces el dolor, eh.

—Me alegro.

—Hoy me ha escrito Carmen, de la editorial.

—¿En serio? —se sorprende.

—Sí.

—¿Ya tienes oferta?

—Aham —balbuceo mientras devoro el helado.

—¿Y bien?

—Bueno.

—¿Bueno qué?

—Bueno, bueno.

—Alicia.

—¿Qué?

—Venga, dispara.

—Era lo que ya me imaginaba. Un adelanto muy muy modesto.

—¿De cuánto?

—Muy modesto, Ricardo.

—Perdona. ¿Y eso qué significa?

—Significa que no voy a poder pagar este piso en Madrid.

—¿Cuánto estás pagando por el alquiler?

—El piso es de una antigua clienta, Carolina. Cobraba mil euros al mes y me lo bajó a ochocientos.

—Joder, está muy bien.

—A ver, no, tampoco nos flipemos, Ricardo. Es caro.

—Estás viviendo en el centro, Alicia. Por un piso así están cobrando hasta mil doscientos euros.

—¿Qué dices?

—El alquiler en la ciudad es una locura. Da gracias a que te puedes permitir esto.

—Lo cierto es que con los proyectos que me entraban como escritora fantasma podía permitirme cubrir gastos y vivir bien. No se cobra nada mal si te lo montas bien en este mundillo.

—¿Y ahora? ¿Qué ha cambiado?

—La trilogía, Ricardo. Eso lo altera todo. Voy a tener que dedicarle más tiempo y no podré aceptar tantos proyectos de pseudopsicología de *influencers* diez años más jóvenes.

—Siempre me ha llamado la atención ese mundillo.

—¿El de las *influencers*? No quieras conocerlo.

—Entonces, ¿te mudas?

Sigo comiendo helado. Sin darme cuenta, voy por la mitad de la tarrina. Debería parar. Claro, debería.

—Llevo pensando en eso desde que conocí a Carmen. Sabía que la oferta no iba a ser para tirar cohetes y que tendría que tomar una decisión —digo mientras chupo la cuchara—. Creo que voy a buscar piso, Ricardo, y creo que no podré seguir viviendo sola.

—Ya te lo he dicho, el alquiler es una locura.

—He pensado en compartir piso. Nunca lo he hecho y me llama la atención.

—¿Nunca has compartido piso?

—Bueno, con mi ex.

—Pero ¿con gente desconocida o con amistades?

—No.

—Vaya, pues es una experiencia.

—¿Buena o mala?

—Depende.

—¿De qué?

—Del piso, de las ganas que se tengan de convivir...

—¿Tú has compartido mucho tiempo?

—Creo que, a día de hoy, poca gente en la treintena y soltera puede permitirse vivir sola. Los sueldos no dan para pagar los precios de los alquileres.

—Entiendo. La verdad es que me hace ilusión eso de compartir piso.

—Y te vendrá bien.

—¿Por?

—Pasas muchas horas sola y encerrada, Alicia. Hay días que ni tan siquiera tienes contacto con otro ser.

—Lo sé. A ver, he pasado unos meses de puta madre, eh. El verano en Ibiza, las noches con las chicas, la convivencia con Diana...

—Sí, pero piensa en las semanas que has estado currando.

—Tienes razón.

—Es una experiencia más. Estoy seguro de que te gustará, sobre todo si encuentras buenos compañeros.

—Oye, y en tu piso, ¿no tenéis hueco?

—Qué va.

—¿Cómo busco habitación?

—Hay una aplicación donde las publican. La he visto anunciada en el metro.

—¡Es verdad!

—Pero una cosa, Alicia.

—Dime.

—¿Diana no está compartiendo piso?

—Aham —digo mientras me acabo el helado.

—¿Y ella no se va de viaje?

—Aham.

—¿Hola?

—¿Qué?

—¡¿Hola?!

—¿Qué pasa, Ricardo?

¿Es por el helado? ¿Tanto le sorprende? Es cierto que no he dejado ni un poco.

—Puedes quedarte en la habitación de Diana.

—¡Ah, coño! ¡Es cierto! ¿Te puedes creer que ni había caído? Se lo voy a preguntar ahora mismo.

Cojo el móvil y le envío un audio. Casi de forma automática, Diana me llama.

—Justo estaba hablando de esto con los chicos —dice.

—¿De qué?

—De buscar a alguien. ¿Y tu piso?

—No lo puedo pagar, Diana. Prefiero apostar por mi carrera, ya sabes.

—Claro. Pues, una cosita...

—Dime.

—¿Tú puedes cuidar de Bartolo?

—¿Tu gato?

—Sí... Prefiero que te hagas cargo tú mientras viajo.

—Claro. ¿Me envías fotos de tu cuarto?

—Espera, hago videollamada y te lo enseño.

Me quito el móvil de la oreja. Ella recorre un pasillo hasta llegar a una puerta con un cartel que no logro leer. La abre. La habitación es pequeña, con un pequeño balcón que da a una calle concurrida.

—Los muebles se quedan.

—Ah, genial. ¿La cama también?

—¡Sí! Y es cómoda. Bueno, no tanto como la de tu casa...

—Es que Carolina tiene pasta, amiga —bromeo.

—Este colchón es barato —puntualiza.

Sigue enseñándome: un armario empotrado, un pequeño escritorio, las vistas desde el ventanal y a Bartolo, que no para de maullar.

—Es su hora de cenar —aclara Diana.

—¿Y qué tal con tus compis? —digo.

—¡Ah! Son dos chicos, ¿te lo dije?

—Sí, sí.

—Se llaman Tomás y Abraham.

—¿Están buenos? —susurro. Ricardo pone los ojos en blanco. «¡Superficial!», me grita a lo lejos.

—Pues..., no están mal, no. Son muy majetes. Hacemos mucha vida de piso los tres.

—Me encanta, Diana. ¿Cuánto pagas?

—Trescientos euros al mes más gastos.

—Es perfecto. ¡Si aceptaran a esta escritora sería genial!

—Claro, ahora se lo comento y te vienes una tarde. ¡Qué bien! —suspira aliviada.

—Te dejo, Diana, que estoy con Ricardo.

—Claro, te quiero, tía.

—Y yo a ti.

Me giro. Ricardo sonríe.

—¡Ya está! Una cosa menos.

—Ay, sí, menos mal.

—¿Ves? Al final todo se acaba conectando.

Me acurruco en su pecho. Besa mi cabeza y se recrea oliendo mi pelo.

—¿Quieres pizza?

—Menuda orgía de calorías voy a ingerir hoy.

—Te ha bajado la regla.

—Es una muy buena excusa.

Comemos pizza mientras vemos *Friends*. No entiendo cómo he podido tardar tanto en descubrir la mejor serie de televisión jamás escrita.

—Esa serás tú dentro de unas semanas en tu piso compartido —bromea Ricardo.

Me emociona pensar en este cambio, en esta nueva etapa, en este recorrido. Sigo en Madrid y, qué cojones, voy a publicar mi propia trilogía. Seguramente me pase años compartiendo piso, pero ¿acaso tengo prisa?

—Estoy cansado. ¿Vamos a dormir? —sugiere.

Nos lavamos los dientes mientras chocamos las caderas y meneamos el culo. Ricardo me peina con delicadeza. «Tu pelo es brutal», me susurra. Un relámpago me recorre la espalda hasta llenarme el pecho. Nos metemos en la cama y apago las luces. Luego pasa su brazo derecho por debajo de mi cuello y me abraza. Oh, sí, la cucharita es justo lo que necesito. Poco a poco, y con discreción, pego mi culo en su paquete.

—Alicia.

—¿Qué?

—¿Qué de qué? No estás haciendo nada, ¿no?

—¿Yo? Qué va.

Nos reímos. Muevo en círculos mis caderas.

—Alicia.

—¿Qué pasa?

—Ya sabes lo que vas a conseguir.

—No lo sé. Dímelo tú.

—Sabes que tengo calada tu falsa inocencia, ¿verdad?

Mierda, me conoce demasiado. Acerca su boca a mi nuca y sopla en mi oreja. Un escalofrío eriza el vello de mi piel, cada poro de mi ser. Nunca me ha gustado follar con la regla, aunque quizá es porque no había encontrado a la persona adecuada. Sin duda, con Ricardo me apetece, así que aprieto más mi trasero contra su entrepierna. Está dura. Unos besos suaves y húmedos bajan por mi espalda. Tiemblo. Me giro. Nos miramos y sonreímos como sabemos que lo hacemos cuando estamos en esta intimidad tan nuestra. Él coloca bien mi pelo y se adelanta a ese beso salvaje. Nos liamos como si no hubiera un mañana. Ricardo baja su mano hasta mi coño y empieza a tocarlo. Abro las piernas. Gimo bajito. Él me huele el pelo, que cae por la almohada. Introduce su dedo y...

—¿Qué tienes aquí?

—Ay.

—¿Una copa menstrual? —pregunta.

Me sorprendo.

—¿Cómo sabes eso? —Y una milésima de segundo más tarde—: Ah, claro. Estoy hablando contigo, Ricardo. A veces se me olvida.

—¿El qué?

—Lo increíble que eres.

No soy de hacer cumplidos, lo reconozco, pero cuando me salen, los clavo.

—¿Te apetece penetración o te duele?

—Me apetece, me apetece.

Me levanto de un brinco de la cama. Voy al baño. Saco la copa como ponía en las instrucciones, aunque en el papel parecía mucho más sencillo. Me lleno los dedos de sangre roja y brillante. Me los lavo y limpio la copa.

—Ya estoy.

—¿No pones ninguna toalla o algo? Por las sábanas.

—¿Te da asco?

—¿El qué?

—Ya sabes...

—¿Tu sangre?

—Sí.

—Pero ¡qué cojones dices! Ven aquí.

Se toma la libertad de abrir el cajón de los condones. Ya los tiene localizados. Se coloca uno con mucha delicadeza y se masturba para no perder la erección. Me acomodo. Él me observa e introduce poco a poco su polla dentro de mí.

—¿Cómo vas? ¿Bien?

—Sí, sí.

—¿Te duele?

—Un poco.

Ricardo para inmediatamente.

—¡Pero no pares!

—Avísame si quieres que me detenga, ¿vale?

—Que sí. Fóllame ya.

Suelta una carcajada. No entiendo la gracia, pero lo sigo. Empujo sus caderas y la penetración se hace más profunda. Me molesta al final de la vagina, pero resulta hasta placentero. No sé, es raro. ¿Me pone? Sí, me pone. Ricardo me folla con tanta suavidad que parece que está patinando sobre hielo. Su miembro entra y sale resbalando con mi sangre. Él gime y baja la mirada para no perder detalle. Me incomoda que vea la sangre, no sé por qué. ¿Tanta mierda tengo en la cabeza? ¿Tanto daño me ha hecho el sistema? Él se da cuenta de que estoy preocupada. Su capacidad para leer mi cuerpo es sorprendente. Se detiene. Con su dedo índice toca mi coño y acto seguido me acaricia la cara.

—¿Qué haces? —Me río.

—Así pareces una guerrera de sangre.

—¿Qué? No. No me lo puedo creer. ¿Me has manchado la cara con la regla?

Él se ríe tanto que pierde la fuerza. Cae sobre mi cuerpo y la vibración de su pecho hace que rebote el mío. Miro al techo sin cambiar la expresión de sorpresa.

—Si yo soy una guerrera, esto es una batalla.

—¿Cómo? —dice.

Meto mi mano en el coño y le mancho el pecho.

—¡Eh! Eso es hacer trampa.

—Ah, ¿sí?

Me penetra más profundo y saca su polla. La restriega por mi vientre y yo arrastro con las manos los restos de mi fluido hacia el pecho. La huella de los dedos me decora el torso. No me da asco. No hay rechazo. No hay pensamiento negativo. No hay odio, ni arcadas. No hay preocupaciones. Solo está la naturaleza de mi ser junto con la suya. Solo somos dos humanos jugando a ser eso, humanos. Sin limitaciones ni suposiciones. Sin estereotipos ni prototipos. Dos personas que cogen lo más sagrado que comparten y deciden hacer con ello un nuevo argumento. La sangre que fluye natural cada mes por mi coño, la misma que por primera vez mancha mi piel. Y follamos de una forma salvaje y caníbal. Retozamos en la rojez de los cuerpos, en el pringue que nace de mi interior. Nos embadurnamos el pelo, las manos, la cara, el cuello, el pecho, el abdomen, las caderas, los pies. Besamos cada rincón que se crea en este universo que construimos cuando nos ponemos a ello. Me corro entre embestidas, sangre y aprecio. Ante sus ojos, sus tatuajes teñidos y su sonrisa no perfecta. Entre su mente, su alma y su cuerpo. Él decide bautizarme con su semen y creamos la salsa rosa perfecta, aquella que nace de nuestros adentros. Nos reímos al ver la obra de arte que hemos plasmado en mí.

—¿Una ducha?

—¿Con o sin meadas?

—Alicia, eres peor que yo. —Se carcajea.

Corro hacia la ducha para no derramar los fluidos que resbalan sobre mí. Entramos juntos. Nos enjabonamos, meamos y juego con su polla como si fuese una manguera de orina. Nos secamos con delicadeza y me pongo la copa. Ricardo, todavía mojado, me observa.

—Ricardo, si me miras fijamente, no puedo, que soy novata en esto.

—Siempre me ha llamado la atención, perdona.

Me tomo un tiempo para colocarme la copa de la mejor forma que sé. La acabo empujando un poco más. Me lavo las manos y los dientes. Nos metemos en la cama. Misma postura, misma luz. Distinta intención.

—Buenas noches, Alicia —susurra.

—Buenas noches, Ricardo. Ha sido mágico.

—Estoy de acuerdo.

Mi cara se estira con una sonrisa que no puedo disimular. Acomodo la mejilla en la almohada y cierro los ojos. Cuánta belleza hay en lo natural y cómo nos esforzamos en no verla.

XXIX

¿La última noche?

He aceptado la oferta de Carmen y estoy pendiente de que me envíen el contrato. Todavía no me creo que esto sea real. Todavía no asumo que, el año que viene, se publicará un libro firmado con mi nombre. Tengo miedo de las críticas, de la mala gestión, de que no haya una segunda oportunidad.

Estoy asumiendo que me voy de este piso, que voy a tener que escribir el resto de las entregas en una pequeña habitación en el centro de Madrid. Supongo que los sueños no se cumplen como esperamos, o al menos requieren de tiempo y paciencia, algo para lo que no se nos prepara en esta sociedad. Lo queremos todo para anteayer y no somos capaces de esperar —o luchar— más de lo que estipulan las frases que se publican en Instagram con tonos pastel. Ojalá aquello que nos hace vibrar, que nos hace explosionar, aquello que realmente nos nubla el juicio y nos devuelve el pulso fuera tan fácil de alcanzar. Pero lo que sube rápido, cae del mismo modo. La lucha, el sacrificio, la piel por el camino, las ganas de llorar, las victorias, las derrotas, los «no puedo más» acompañados de los «venga, un último empujón» son la representación del propósito, de la implicación por un sueño. Esto nadie lo dice, nadie lo cuenta y, sin embargo, existe. Está más presente que las hemorroides.

—Tengo la casa perfecta, mirad. —Emily envía un mensaje al grupo.

Una casa rural en Miraflores de la Sierra con piscina, seis habitaciones, cocina, salón, barbacoa, tres baños y un gran jardín.

—¡Por favor! Hagamos la fiesta ahí —pide Diana—. Si invitamos a varias personas, saldrá bastante económico.

—A mí me encanta. ¡Reserva!

Emily se pone con la gestión de la casa rural y yo empiezo a avisar a las pocas —poquísimas— personas que conozco en la capital. Básicamente a dos: a Ricardo y a Leo. Ambos me confirman que vendrán y que traerán a algunas amistades. Perfecto, cuantos más seamos, más barato saldrá.

—Vamos a liarla gordísima —escribe Emily.

—Miedo me das.

La semana pasa entre cafés, series, sofocos y algún que otro revolcón nocturno. Uno con Ricardo y otro con Leo. Es viernes y preparo la maleta para esa noche de locura, para ¿nuestra última noche juntas? Meto un par de conjuntos de lencería, esos tejanos que me hacen buen culo, un par de camisetas y unas sandalias. El bañador, las gafas de sol, condones, el neceser y... espera. Abro el cajón del mueble que preside el salón. Ahí está. Se me caen las lágrimas al verlo. Está intacto, igual que cuando lo guardé. No me lo puedo creer. Lo guardo con sumo cuidado entre mis caprichos y necesidades para este fin de semana. Cierro con llave y me subo al coche. Pongo el GPS con la dirección de Diana y después paso a recoger a Emily. Madrid está tranquilo, aunque se nota que hemos cambiado de mes y que la rutina está a la vuelta de la esquina. La gente vuelve a tener prisa, a correr por las calles, a caminar con la mirada desvaída, a utilizar el claxon sin motivo aparente, a saltarse los semáforos y a inundar los pasos de peatones. Madrid vuelve a su normalidad, a esa tan extraña que ahora se tiñe de frío y que desconozco. ¿Cómo será el invierno en la capital? Me agobia pensar en pasar la Navidad sola en este lugar. ¿Qué será de mí sin ellas? ¿Podré disfrutar de mi hogar? Tengo un nudo en el estómago desde hace varios días. Las cervicales están tensas, la cabeza no para de dar vueltas y más vueltas. Náuseas cada mañana, diarrea todas las noches. Estoy entrando de nuevo en ese túnel en el que ya estuve hace unos años y que ahora parece abrir la puerta sin piedad. La puta ansiedad que se anticipa a lo que viene, a lo que está por llegar. ¿Algún día disfrutaré de la vida, de los momentos, de los cambios? ¿Cómo lo hacen los demás para gestionarlo tan bien? ¿Y por qué cojones no soy capaz? Intento quitarme esta sensación de mierda que lleva reinando este cuerpo durante los últimos días. Al fin y al cabo, vamos a una fiesta y sé que puedo ser monotemática con esto. Qué curioso, anhelaba la adrenalina y la aventura y no me daba cuenta de que lo que necesito es equilibrio y estabilidad de tanto en tanto. No me presiono. Son muchos cambios. Supongo.

—¡Alicia! ¡Que nos vamos! —grita Diana mientras sube al coche después de dejar su equipaje y el de Rita en el maletero.

—¡Sí! Qué ganas. —Intento alegrarme y dejar atrás estos sentimientos para poder disfrutar de nuestros últimos días juntas.

—Hemos comprado muchas cosas. Diana se ha vuelto loca —informa Rita.

—¿Qué cosas? Yo no he comprado nada.

—No te preocupes, es que soy un poco friki para las fiestas. Fuimos a una tienda y arrasamos con la sección de decoración —explica Diana.

Pongo la dirección de Emily y volvemos a las calles abarrotadas, al meneo que se acerca a lo rutinario, al fervor de la ciudad.

—¿Cómo estás? —me pregunta Rita.

Dudo en si contar mi situación real o fingir. Apuesto por lo segundo.

—Bien, la verdad. Esperando el contrato de Penguin. ¿Qué tal por Ibiza?

—Genial, me ha dado tiempo de cerrarlo todo y de hacer la mochila para nuestro viaje. Todavía no me lo creo —celebra Rita.

—Oye, Diana, ¿qué harás con tu tienda *online*? ¿No me dijiste que estabas creando una?

—Sí, sí. En ello sigo, ¡no me olvido! La tengo encarada y en Bali seguiré trabajando en mi marca personal. Quiero embriagarme de la cultura del mundo para poder crear. Me apetece mucho sumergirme en nuevos colores y formas, no sé. Aprender más, porque está claro que tengo que cagarla antes de conseguir mi propia marca. Esto lleva su tiempo, pero estoy emocionada.

—¿Y tu negocio, Rita?

—¿Cuál de ellos? —Se ríe.

—El de la cerámica. Vaya, es el único que conozco.

—Cuando estoy en Ibiza, lo gestiono con una compañera que también es artista y entre ambas nos ayudamos con los pedidos, el marketing, las redes sociales..., ya sabes, toda esa mierda. En estos tiempos en los que vivimos, tenemos que aprender a manejar mil movidas. Mientras esté de viaje, Carlota seguirá con los pedidos y los envíos. Tengo varias obras que están sin vender.

—Es lo bueno de trabajar para ti: al final puedes montarte la vida como quieras.

—Sí, pero cuesta mucho salir hacia delante —añade.

—Lo sé, lo sé.

Emily nos espera en la calle con una maleta enorme. ¿A dónde va?

—Tías, ¿me he pasado con el equipaje? —pregunta a través de la ventana.

—No sé si cabrá. Vamos a probar.

Aparco en doble fila y me bajo. Abro el maletero. Las dimensiones de este bulto darían para esconder un cadáver.

—A ver, si movemos esto así y esto para aquí...

Me sorprenden mis habilidades para encajar las maletas en el poquísimo espacio que ofrece mi coche.

—La próxima vez avisa y te vas con Ricardo, que él tiene una furgoneta entera para llenar —bromeo.

—¿Una furgoneta solo? No creo que le llegue a Emily —se mofa Diana.

—Oye, zorras, luego me pediréis el *glitter* y mierdas variadas.

—¿Cuántas toneladas de *glitter* dices que llevas?

—¡Basta! No os burléis de mí.

Soltamos una carcajada. Subo el volumen de la radio. Suena la canción ideal para este momento. Diana hace Shazam y la pasa al grupo. Es de Major Lazer. Me siento como si flotara entre la contaminación, el asfalto y el ambiente grisáceo que emana de la carretera. Aun así, estoy más calmada. Quiero exprimir cada segundo que compartamos, no sé cuántos me quedan o cuándo volveremos a poner el contador a cero.

—¡Tías! Qué ganas tengo de fiestaaa —grita Emily.

En una hora llegamos a Miraflores de la Sierra. Se presenta ante nosotras un camino de piedras y, a lo lejos, una casa también de piedra. Llamamos al timbre y sale el propietario, quien nos hace una pequeña ruta y nos entrega las llaves. La casa es grande, con una piscina muy apetecible. El sol sigue causando estragos en la provincia. El jardín parece una alfombra verde, mullida y suave. Dan ganas de retozar y rodar césped abajo como cuando éramos unas crías. Hay una barbacoa y un pequeño porche donde cobijarse del relente de la noche. La puerta principal da a un amplio salón, más grande que todo mi piso. Un fuego a tierra, varios sofás y una mesa enorme que bien podría ser de la realeza. Hay un baño en la parte de abajo y una cocina con suelo de baldosas de los setenta y electrodomésticos de la misma década por lo menos. Subimos las escaleras y encontramos las habitaciones: tres dobles y tres con camas individuales.

—Aquí tenéis las mantas por si tenéis frío. Y allí, las toallas.

Los dos baños restantes se encuentran repartidos uno en cada punta de la planta. Es una casa enorme, sin grandes lujos y muy acogedora. El dueño se despide, nos da las llaves y su contacto.

—Cualquier cosa que necesitéis, llamadme.

—Perfecto, gracias. —Sonreímos.

En cuanto sale por la puerta, nos abrazamos y gritamos. Estamos emocionadas, como si fuese nuestra fiesta de final de curso. Con las mismas expectativas, miedos e ilusiones que vibran cuando un nuevo ciclo se avecina. Una etapa que puede traer mucha tristeza, sí, pero también una liberación sin precedentes. Un pulso desorbitado en la muñeca. Unas ganas de cagar insoportables. Una presión en el centro del pecho. Señales que nos recuerdan que estamos vivas y, sobre todo, que estamos viviendo.

Nos repartimos las habitaciones. Diana se queda con una que tiene vistas a la montaña. Está en un extremo del pasillo. La decoración es más bien escasa: cortinas verdes, sábanas blancas y muebles de madera. Un armario que no vamos a utilizar, un tocador que llenaremos de *eyeliner*.

Emily se queda con la habitación que está justo enfrente de las escaleras y yo me voy a la otra punta. Me acomodo. Me tumbo en la cama. Escucho que Emily y Diana vienen corriendo y se tiran a mi lado. Nos cogemos de las manos y nos acercamos para sentir el roce de nuestras cabezas mientras observamos el techo.

—Tías, este lunes me voy a Estados Unidos —dice Emily nerviosa.

—¡Es verdad!

—Qué locura, ¿verdad? Me repetí tantas veces que no volvería y... fijaos, me voy.

—Pero ¿estás bien? Es lo que quieres, ¿no?

—Sí, sin duda. No sé si lo que quiero, pero sí lo que necesito. Quiero enfrentarme a esos males que tanto me han hecho correr, *fuck*. Quiero enviar a James a tomar por culo. Abrazar a mi padre. Estudiar.

—¿Cómo llevas el examen?

—Bien, tías. Esto de volver a empollar me está dando la vida. Lo echaba de menos y no me daba cuenta.

—Lo harás genial, Emily. Eres una zorra demasiado lista.

—Las zorras son astutas, ¿no? —Se ríe.

—Lo somos.

Rita llama a la puerta. Alzamos la cabeza.

—Perdonad, hermanas, no quería molestar.

—¡Tú nunca molestas! Vente, Rita —la invito.

—No, no, que como me acomode, me duermo.

—Es verdad. Rita se pone en posición horizontal y se queda frita —añade Diana.

—Voy a ponerme con la decoración, ¿vale, amor? —avisa Rita.

—¡Espera, espera! Vamos contigo.

Nos levantamos y Diana saca miles de artilugios para adornar la casa. Lo bajamos todo al porche, ponemos música en el altavoz *bluetooth* que ha traído Rita y nos dedicamos a cantar, bailar, darnos chapuzones en la piscina y beber vino. Después de comer y de una buena siesta, Diana y yo vamos al supermercado a comprar alcohol, comida y... ¿he dicho alcohol?

—Creo que nos estamos pasando. Si nos bebemos todo esto... —sugiere.

—¡Es la última noche! —Se nota que estoy en fase de preovulación y con ganas de marcha.

Rita y Emily se están duchando. Aprovechamos para guardar la compra, enfriar la bebida, meter el hielo en el congelador y organizar la noche que nos espera. Me meto en la ducha y me recreo con el agua. Quiero maquillarme y vestirme sin prisas, pero el tiempo apremia. Nos pintamos juntas y, como ya es tradición, la liamos con la purpurina, que acaba cubriendo el suelo y el tocador.

—Joder, siempre igual —se indigna Diana.

Me enfundo en unos tejanos negros, esos que me hacen tan buen culo. Llevo lencería de encaje sexy. Un top semitransparente y unas sandalias sin tacón. Diana lleva el vestido de las tetas. Emily y yo nos miramos.

—¿Es nuestra última fiesta y me estás pidiendo que te sujete las tetas otra vez? —pregunta Emily.

—Acabamos igual que empezamos —bromea Diana.

Emily lleva un vestido corto y con algo de vuelo. Le queda espectacular. La raíz de su pelo empieza a notarse y contrasta con el tono rosa pastel de sus puntas. Lleva la cara con tanto *glitter* que parece una bola de discoteca.

Son las nueve y alguien llama a la puerta.

—¡Ya están aquí! —grita entusiasmada Emily.

—¡Emily! —grita Diana—. Madre mía, está revolucionada. Lo que le gusta una fiesta —me dice.

—¿Solo a ella? —le guiño el ojo.

Nos cogemos de la mano. Rita está terminando con la decoración para que quede perfecta. Lo cierto es que las guirnaldas de luces quedan muy románticas y acogedoras. Encendemos las del jardín y las de la piscina.

—¡Aaah! ¡Esto es una locuraaa! —exclama Emily.

Debe de tener infinitas sensaciones. Emoción por el gran cambio que está a punto de realizar, nervios por enfrentarse a su pasado, ilusión por volver a estudiar, miedo por dejar una vida atrás. Subo el volumen del altavoz y no puedo evitar cantar en alto:

I, I follow, I follow you,
deep sea baby, I follow you.
I, I follow, I follow you,
dark doom honey, I follow you.

Ricardo mueve las caderas a lo lejos. Me alegro tanto al verlo que salgo corriendo y me cuelgo de él. Me sujeta las piernas como puede y casi nos caemos.

—Qué guapa estás —me susurra.

—Tú sí que estás para comerte —le respondo.

Sigo bailando a su alrededor y él hace movimientos extraños sacados del baúl de los ochenta. Nos reímos y nos volvemos a abrazar.

—¡Ricardo! —grita Diana—. Ella es Rita.

—Vaya, Rita, ¿o sea que tú eres la culpable de haberle descubierto la bisexualidad a Diana?

—Sí, culpable. —Rita se ríe.

Ricardo nos presenta a un par de amigos. Se acomodan por el espacio. Al poco tiempo, llegan las antiguas compañeras de universidad de Diana.

—¡Diana! Quién te ha visto y quién te ve. Pareces otra persona —le dicen. A ella se le escapa una sonrisa de oreja a oreja, orgullosa del trabajo y del crecimiento, pero ante todo, de la liberación. Pienso en lo que he metido en la maleta con tanto amor y cariño. Más tarde, Alicia.

Leo llega con unos pantalones negros y una camisa de manga tres cuartos. Lleva un sombrero con unas plumas en un lateral. Su melena rubia, sus ojos azules y esa sonrisa tan jodidamente sexy.

—Vaya, mira quién ha venido. —Me levanto de la hamaca.

—Pero, pero... ¡qué mujer! —grita.

Nos abrazamos un buen rato. Saludo a sus compañeros de piso con cierta timidez. Creo que conocen más mis gemidos que mis palabras.

—Mira, Leo, ella es Emily. Y la preciosa y guapísima mujer que ves ahí es Diana y a su lado, Rita, su novia. ¡Ah! Y él es Ricardo.

—Un placer. Me han hablado muy bien de ti —dice Leo.

—Lo mismo digo —responde Ricardo.

Me tensa ligeramente la situación. Ver juntos a los dos hombres que me acompañan por las noches, con quienes hablo durante el día; a los dos seres que me llevan a esos rincones de mi ser y que potencian la intensidad de mi persona. Y, joder, la estampa de ambos es digna de un guion pornográfico que al instante genera mi cabeza, o mi entrepierna, no sé. Los tatuajes que luce Ricardo contrastan con la piel virgen de Leo. La melena rubia de este choca con el pelo rapado y moreno del otro. Una sonrisa perfecta, otra que no lo es. Dos cuerpos que he disfrutado, en los que me he sumergido y he naufragado.

—¿Quieres beber algo, Leo? —pregunta Ricardo—. ¿Una cerveza?

—Sí, tío. Espera, te acompaño y así me entero de dónde están.

Ambos se esfuman. Me indigno. ¿Cuánto tiempo he estado fantaseando?

—¡Eh! —grito. Se giran sorprendidos.

—Yo quiero otra cerveza, malditos —bromeo.

—Hostia, Alicia, perdona —se disculpa Ricardo—. Es que...

—Ya, ya. No te justifiques —le guiño el ojo.

Vuelven con tres cervezas. Siguen conversando sobre blues, arte y profesiones. Han congeniado al instante, algo que me alegra. Emily está charlando con varios chicos. ¿Serán sus ligues? Me acerco.

—Tía, ¿cómo vas? —me pregunta.

—¿Yo? Bien.

—Veo que Leo y Ricardo se han conocido y han hecho *match*. Quizá... —Me da unos codazos en las costillas.

—¿Qué? Siempre pensando en lo mismo, ¿eh?

—Como si tú no lo hubieras pensado. Venga ya, zorra, que nos conocemos.

Pillada.

—¿Rita está liada con la cena?

—Eso parece.

—Voy a ayudar.

Me levanto. Avisamos a la gente de que la cena consiste en un picoteo vegetariano. Ricardo lo celebra. La música va en aumento y empezamos a bailar. Voy a por otra cerveza. Bailo con Diana y con sus compañeras, que son majísimas. Nos dejamos llevar. Saltamos. Gritamos. Movemos la melena de un lado a otro. Reímos. Otra cerveza. Como un poco para no beber con el estómago vacío. Quiero aguantar toda la noche. Alguien se tira a la piscina y aplaudimos. Un chico se acerca y cuenta un chiste. Es malísimo, pero estallamos en carcajadas; a estas alturas ya... Ricardo baila conmigo. Nos cogemos de las manos y movemos los brazos como si fuésemos olas en un mar bravío. Me abraza, me besa el cuello. Lo aparto.

—Sabes que no soy de piedra y que ese es mi punto débil.

—El cuello... Claro que lo sé. —Me mira con picardía.

—Qué malo eres.

—Por cierto —cambia de tema—, ¿Leo?

—¿Qué?

—¿Hola?

—¿Qué pasa?

—Está tremendo —contesta.

—Ja, ja, ja, ¿te ha gustado?

—Joder, ¿y a quién no?

—Qué maravilla es tener un... —Pienso en la palabra correcta, en esa etiqueta que nos defina. No la encuentro.

—¿*Amijo*?

—Un *amijo* como tú. —Me río.

Es la una de la madrugada y la fiesta está en auge. La gente se descalza, se baña en la piscina con ropa. Se acumulan las latas de cerveza vacías y yo estoy descalza. El césped acaricia mis pies, que no paran de moverse. Necesitaba descargar todo el estrés emocional que había acumulado en las últimas semanas, meses quizá. Paseo por el jardín y me escondo en un pequeño rincón alejada de la fiesta. Abro una cerveza. Miro al cielo. Está lleno de manchas, sí, que no paran de iluminar el camino. Escucho unos pasos tras de mí. Es Diana.

—¿Puedo?

—Claro, amiga. Siéntate. ¿Quieres cerveza?

—Tengo una.

Se acomoda. Mira al cielo también.

—¿Quién nos lo iba a decir, eh?

—¿El qué?

—Que acabaríamos así, un poco borrachas en una fiesta de despedida. Que me voy a dar la vuelta al mundo con mi novia, que tú vas a escribir tu propia trilogía y que Emily vuelve a Estados Unidos a estudiar.

—¿Habláis de mí, zorras? —se escucha.

—Nos has pillado. —Sonrío.

—¿Qué hacéis?

—Flipar un poco con la vida —comento.

—¿Por?

—Por lo curioso que ha sido encontrarnos.

—Gracias a las tetas de Diana —suelta Emily.

—Siempre dando problemas y, por una vez, me traen la solución.

Nos quedamos calladas. Suspiramos. Bebemos sin apartar la vista del cielo.

—Es increíble todo lo que hemos vivido, ¿no?

—Joder, he vivido más en estos meses que en toda mi vida —dice Emily.

—Pues anda que yo... —exclama Diana.

—Menudo viaje —añado.

—Menudas compañeras —sigue Diana.

—Ha sido un regalo del universo el haberos conocido, chicas. —Intento contener el llanto. Es imposible.

—No llores, que si no voy yo detrás —amenaza Diana.

—¿Queréis ver una cosa? He traído algo.

—¿El qué?

—Esperad. Un segundo.

Dejo la cerveza y salgo corriendo. Paso entre la gente, atravieso el comedor, subo las escaleras y rebusco en mi maleta. Lo cojo. Hago el camino a la inversa.

—¿Qué tienes ahí?

—Creo que tenemos que cerrar el ciclo bien.

Mantengo esos segundos de tensión y drama que tanto me gustan y que ellas tanto odian.

—¡Venga ya, zorra! Como te gusta, joder —se enfada Emily.

—Vale, vale. Mirad.

Saco un papel del bolsillo del tejano. Lo abro. Hay una mancha de vino seca y un título escrito: «El Club de las Zorras». Ocho reglas. Tres fantasías por cada una. Tres firmas que sellan un pacto. El mismo que nos ha hecho volar alto, tanto, que al final cada una necesita su propio cielo.

—¡No me jodas! ¡Alicia, joder! —Emily rompe a llorar. Nos abrazamos. Lloramos las tres.

—Es nuestro contrato —recalco.

—¿Lo tenías guardado?

—Por supuesto. Lo he traído porque creo que es importante ver si hemos conseguido cumplir todas nuestras fantasías antes de cerrar esta etapa.

—A ver, las de Emily eran: probar el MDMA.

—¡Hecho! —gritamos.

—Participar en una orgía.

—¡Madre mía! ¿En una solo? —bromea.

—Follar en un club de intercambio en Cap d'Agde.

—Reciente, reciente. —Se ríe.

—Pues, Emily, has cumplido todas tus fantasías. Eres oficialmente una zorra.

—¡Bien! —celebra.

—A ver, Alicia, tú querías hacerlo con una tía.

—Sophie fue una buena candidata.

—Probar el sadomasoquismo.

—Sí, bueno, el BDSM. Tienes ahí al realizador de dicha fantasía —señalo.

—Qué suerte has tenido con Ricardo. Me encanta —dice Diana.

—Es un amor. Un hombre mágico, amigas.

—Y, por último, hacer un trío con dos tíos.

—¡Listo! Fue sin duda lo que me motivó a escribir la novela. Menudo polvazo, uno de los mejores.

—Eres una zorra oficialmente.

—¡Toma ya!

—Zorra bendecida.

—Amén.

—Y, finalmente, Diana.

—Yo.

—Querías masturbarte y tener un orgasmo.

—Esto lo podéis corroborar vosotras también —apunta.

—Joder, ya ves, menudo charco —se mofa Emily.

—Ir a un festival, ¡listo también!

—Qué fiesta nos pegamos en Ibiza. Todavía tengo alcohol en la sangre de esos días —sigue Emily.

—Y, por último, ser otra persona.

Nos quedamos calladas. Ella mira al suelo y las lágrimas brotan de sus ojos. Destellan sobre su piel negra y recorren sus mejillas. No dice nada.

—Me habéis liberado, chicas, y no tengo palabras para agradeceros esto.

—No, Diana, te has liberado tú sola. Nosotras solo hemos sido la coartada.

—No os imagináis la tortura que vivía en casa con mis padres, la presión por ser igual que mi hermana, lo cerrada que tenía la mente con todas esas mierdas... Mi vida no tenía sentido. Me veía siendo alguien que no soy durante toda mi existencia. Una persona tímida, conservadora, miedosa, frágil, acomplejada... y podría seguir y seguir. De repente, aparecen en mi vida dos mujeres con sus piezas rotas que han sido capaces de ayudarme a construir el hogar que habito. Y no se trata de follar más o menos, y lo sabéis.

—Lo sabemos —corroboro.

—Se trata de romper con lo establecido, de haberlo probado, de querer experimentar. Se trata de darnos cuenta de nuestros propios valores, de lo que deseamos y lo que buscamos.

—De saber quiénes somos —interrumpo.

—A mí me encanta este «yo» en el que os habéis convertido —susurra Emily.

—Nos hemos ayudado a crecer, a salir del sistema. A retomar nuestras vidas tal y como queríamos. A hacer lo que nos sale del coño sin importar el qué dirán.

—A vivir por y para nosotras.

—¡Exacto, joder! Que nadie morirá por ti o por mí —continúa Diana—. Solo nosotras sabemos cómo queremos vivir, quiénes somos y en qué queremos que se convierta nuestra existencia. Y esta decisión no será un camino fácil, chicas, nos esperan obstáculos.

—Pero este es el precio de la libertad: asumirla con todas las consecuencias, con la luz y la oscuridad, con lo bueno y lo malo.

—Nos hemos hecho crecer tanto, tías... —dice Emily.

—Nos hemos convertido en unas buenas zorras —bromeo.

—Lo cierto es que sí. Nos hemos acompañado en este viaje hacia el autodescubrimiento, hacia la verdad. Ha sido precioso, joder. —Diana llora.

—Tía, no llores que si no... —Emilia estalla en llanto también.

No puedo contener las lágrimas. Es durísimo dejar ir a aquellas personas a las que amas, las mismas que se han convertido en parte de tu alma. Nos abrazamos.

—No sé qué voy a hacer sin vosotras, chicas. Me duele muchísimo que nuestros caminos se separen —balbucea Diana.

—Nos tenemos que dejar ir. Este era el objetivo, ¿no? Ser libres.

—Aunque eso implique que nos separemos, sí. Tienes razón —añade Emily.

—En realidad, nos distanciamos de forma física, pero aquí, chicas, aquí seremos eternas. —Señalo el contrato. Nos cogemos de las manos.

—No quiero que desaparezcáis, por favor —suplica Diana.

—No lo haremos.

—Podríais venir a verme el año que viene a San Francisco —sugiere Emily.

—¡Eso estaría genial! La vuelta al mundo teníamos pensado acabarla en Estados Unidos.

—Yo ahorraré para el vuelo.

—Vale, prometedlo —insiste Emily.

—Lo prometo.

—Yo también.

—¿Promesa de zorras?

—Promesa de zorras.

Nos quedamos calladas. Hemos probado todo lo que hemos querido. Nos hemos enredado con aquellos cuerpos que nos han apetecido. Hemos gritado, gemido, bailado, bebido, perreado, cabreado, meditado, viajado, saltado, reído, soñado, prometido, encontrado, buscado, perdido, embriagado, llorado, amado, follado, entregado, perdonado, vivido. Hemos vivido lo que nos ha salido del coño. Y no, la libertad no va de meterse en la cama con cuantos más cuerpos mejor, no si no lo deseas. No va de ser una hija de puta o de herir a los demás. No va de ser egoísta y solitaria. No, la libertad no es eso. Se trata de aceptar las decisiones porque al final es la vida lo que está en juego, sobre el tablero. Se basa en asumir los errores como propios porque hemos sido nosotras las que hemos decidido. Se sustenta en lo grandes que quieras hacer tus alas y en el vértigo que quieras tolerar, puesto que cuanto más alto vuelas, más miedo da, pero más cerca estás del cielo. La libertad no es despojarse de unas cadenas y bailar el cumbayá. Sigues siendo esclava aunque estés flotando en el espacio, viajando por los lugares que quieres, disfrutando de las vistas, las mejores, que se ven desde el abismo.

La libertad es la peor de las cargas y, sin duda, el mejor descanso para un alma afligida por las normas y las leyes que nos alejan de ser humanos. La libertad es abrazar la naturaleza de nuestros cuerpos sin cuestionar la belleza, puesto que lo natural es bello en sí mismo. No es discutible. La libertad es el pasaporte que te lleva a *hackear* al sistema. Este que nos asfixia, nos domina, nos condena, nos hegemoniza, nos martiriza; este en el que somos reclusas. La libertad es ese «que te jodan» que sabe tan bien cuando lo sueltas. Es tomar las riendas de tu vida, llegar a la tumba sin ningún «y si...» en el banquillo. Es morir diciendo: «Viví siendo esclava de mí».

XXX

Enredos de piel

—Será mejor volver a la fiesta, ¿no? —dice Emily.

—Sí, chicas, que nos vamos a poner sentimentales —aclaro.

—Os quiero —dice Diana.

Nos apretujamos, otra vez. Mi culo está dormido de estar sentada en el césped y un tanto húmedo por el relente de la noche. Nos cogemos de la mano y saltamos hasta la improvisada pista de baile que se ha creado en el centro del jardín. La gente está borracha, algunos empiezan a conectar y las esquinas se llenan de amantes apasionados que se devoran como si fuese la última noche. Perreo con Emily, que está feliz de ser la DJ de su propia fiesta.

—¡Echaré de menos el perreo, joder! —grita.

Muevo la melena de un lado a otro, salto sin parar, bajo hasta el suelo y me doy cuenta de que a los veintiséis la flexibilidad no es la misma que hace diez años. Me cuesta levantarme y seguir. Bebo otra cerveza. No sé cuántas horas pasan. Nos bañamos en la piscina, aunque yo solo meto los pies y me protejo de los malditos salpicones. Diana y Rita están acurrucadas en una de las hamacas. Se las ve tan felices... Son la pareja perfecta. A su lado están Ricardo y Leo charlando. No me lo pienso dos veces. El ambiente se caldea. Una música erótica y lenta se adueña de la fiesta. La gente se pega más, se acaricia, se besa, se deja llevar. Me acerco a ambos y bailo lo más sexy posible, como si fuese una danza de la fertilidad. Estoy un poco borracha y totalmente desinhibida. Eso favorece que no procese demasiado las ideas y que las locuras adquieran un sentido lógico. Mis pasos sensuales se convierten en torpes intentos de hacer el payaso y alegrarles la noche. Por lo visto, lo consigo. Se ríen de mí, ¿o conmigo? Los cojo de la mano y los animo a bailar.

—Soy un desastre bailando, Alicia —dice Leo.

—Pero ¿tú no eres músico?

—¿Y qué?

—Seguro que sabes moverte, ven.

Me pongo frente a él y pego mi cuerpo al suyo sin soltar la mano de Ricardo, que conoce mis intenciones desde el primer momento. Cojo las caderas de Leo y las desplazo hacia un lado y hacia otro, con un vaivén suave. Él lo hace lo mejor que sabe. Es un tanto torpe, tenía razón. No supone un problema. El reguetón vuelve a sonar.

—Esto ya sí que no sé cómo bailarlo. —Se ríe.

—Déjate llevar y no pienses demasiado.

Ricardo, sin embargo, hace unos movimientos de cadera dignos de un bailarín profesional, una habilidad que desconocía de él. Me giro, él apoya su nariz en mi nuca y recorre con sus manos mi cintura. Observo a Leo y lanzo esa mirada de gata en celo. ¿Lo estoy asustando? Parece que no. Aprieto su cuerpo contra el mío y detengo su huida cogiéndolo por la hebilla del cinturón. Nos comemos con los ojos, no dejamos ni las migas. Noto la polla de Ricardo por detrás. Dios, por favor, por favor: deja que me folle a estos dos hombres a la vez.

Leo se ríe, gira la cabeza y ve que sus compañeros de piso están ocupados con otras dos chicas. Vuelve a mirarme con esos ojos azules y me besa, sin pensarlo dos veces. Puedo sentir su polla dura bajo el pantalón. Doble ración de carne en barra. Noto el sudor resbalando por mi escote y mi espalda. Uno de los dos jadea y siento que la energía sexual está a punto de explosionar. Nos olvidamos del entorno, solo estamos los tres en un enredo de pieles y suspiros.

—¿Nos vamos? —susurra Ricardo.

Me separo de Leo y espero su respuesta. Sé que acaba de escuchar la invitación de Ricardo. Suelta una mueca pícara y una risa vacilona. ¿Eso qué significa?

—Nos vamos —contesta Leo.

Un grito nace de mi coño y me ensordece la mente. El pulso se me acelera, se me seca la boca. No sé de lo que seré capaz con estos dos hombres en la cama. Ambos me acompañan a un trance tan profundo que la combinación puede ser peligrosa para mi salud espiritual. Quién sabe, quizá viaje al centro del cosmos y no sea capaz de regresar. Subimos las escaleras y Ricardo me azota. Leo se carcajea algo nervioso. Entramos en la habitación y cierro la puerta. Nos miramos. Y ahora... ¿qué? Tanta adrenalina, tanta sed que nos entra el pánico. Intento contener mi risa nerviosa, pero es imposible. Estallo en carcajadas que no puedo controlar.

—Perdonad. Ja, ja, ja —continúo.

Ricardo y Leo se contagian y acabamos los tres tirados en el suelo sin poder parar de reír. Me recompongo, inspiro y espiro. Vale, vamos allá. Bajo las persianas y enciendo una pequeña y cálida luz. Es suficiente para vernos. A lo lejos se escuchan la fiesta, los gritos de Emily y los chapuzones en la piscina. Eso incrementa nuestra sensación de intimidad, de encontrarnos en una dimensión paralela, en un universo equidistante. Ricardo y yo nos miramos. Su habilidad para leer mi cuerpo y mi mente es sorprendente. Se pone delante de mí y me besa. Toco a Leo y este se une a nuestro improvisado trío. Observo la belleza natural de estos dos seres y me siento agradecida por tenerlos en mi vida. Desabrocho la camisa de Leo poco a poco mientras Ricardo besa mi espalda y masajea mi cuello. El cuerpo setentero y virgen de tinta se deja iluminar por el tono anaranjado que rebota por las esquinas. Sus cuatro pelos en el pecho y en el abdomen me causan mucha ternura. Acaricio el torso sin prisa y noto su corazón a galope bajo sus costillas. Lo tranquilizo con movimientos circulares. Entiendo que nunca ha experimentado algo así. Quiero acompañarlo en esta experiencia de la forma más especial. Él me coge la cabeza y me besa con pasión. Parece que no son nervios, no. Más bien excitación. Mi coño palpita y es audible. Ricardo sigue mordiéndome la nuca, las cervicales y los costados. Me hace cosquillas. Nos reímos. Me giro y me pongo frente a él. Su sonrisa no perfecta me abraza en la distancia. Somos compañeros en esta vida, cuidadores de un trozo del otro que nos pertenece. Le quito la camiseta y sus tatuajes ya conocidos quedan expuestos. Siempre cuentan nuevas aventuras. Leo, por detrás, me quita el top y mis pechos quedan al descubierto. Los pezones están erectos y la piel se eriza. Un escalofrío peregrina desde la nuca hasta la punta de mis pies. Ahora la que está nerviosa soy yo. Carraspeo. Ambos se pegan a mí y me besan. Estamos de pie, con los pantalones puestos y los tobillos empapados. Ricardo me lame los pezones mientras Leo me soba el culo. Estoy tan extasiada que siento que me voy a desmayar de un momento a otro. Espero no hacerlo. Me desabrocho el pantalón e invito a Ricardo a que lo baje. Me quedo en tanga, ese hilo de encaje negro que me queda tan jodidamente bien. Leo lo observa y recorre con sus dedos la tira que se esconde en el culo. Mi mano derecha y la izquierda se posan sobre sus entrepiernas. Acaricio suavemente las pollas duras y me sorprende que ambos estén empalmados. Será la situación. Lo cierto es que es excitante. Dudo haber estado tan cachonda en mi vida. Jadeamos al mismo tiempo y la energía se eleva. Estamos tan agitados que la sangre hierve bajo la dermis. Hace calor. Le quito los pantalones a Ricardo y después a Leo, que se enreda con el bajo. Nos reímos. Me muerdo el labio sin perder la sonrisa. Los tumbo en la cama. Me quito el tanga y lo lanzo a una esquina de la habitación.

Leo y Ricardo me toquetean tanto que conozco nuevas sensaciones y rincones de este templo. Nos besamos hasta debernos la presencia y fusionamos las fronteras en la guerra más placentera que se haya disputado en una cama. Leo pone la directa y me abre las piernas. Ricardo se da cuenta y acaricia mis tetas mientras observa la paciente —y obediente— lengua de Leo abriéndose paso por mis labios menores hasta el clítoris. Un espasmo mueve sin control cada músculo y Ricardo se centra en lamer mi cuello. Sabe que es mi punto débil. Me hundo en este colchón duro y abro las piernas todo lo que puedo. Dejo el coño expuesto para que siga explorando. Ricardo no pierde detalle de la situación, algo que le pone muy cachondo. Saco su polla y lo masturbo. Él se estremece. «Joder», susurra. Leo clava sus ojos en mí para estudiar si sus movimientos están surtiendo efecto. No puedo parar de mojar su lengua con mis fluidos. Estoy tan excitada que me dejo llevar hacia esa luz, ese destello, ese rayo que atraviesa el aura y me lanza como una mota de polvo en medio del cosmos. La nebulosa que ya conozco, los colores que retengo en la retina. Unos gemidos que no puedo silenciar son el nuevo hilo musical de nuestro pequeño universo. Me agarro fuerte a las sábanas. Siento la explosión y la onda expansiva que arranca todo tormento de mi interior. La bomba H que mata hasta la última célula. Me quedo sin respiración. Se colapsa cada conexión neuronal y todo sale disparado en pequeñas partículas que encuentran su propio camino dentro del caos de este envoltorio. La garganta se seca y el jadeo se queda atravesado en la laringe. Volteo los ojos y dejo la boca abierta. Las fuerzas menguan y me dejo ganar por el placer y el trance. No estoy, no soy. En ese momento, escucho un ruido, el sonido de un plástico. Mi mano coge el miembro de Ricardo, pero pierde el movimiento, algo que él decide continuar por su cuenta. La cadera se desplaza y una polla me penetra hasta el interior de mi ser. Y es en ese preciso instante cuando bajo a la realidad, como si de una descarga eléctrica se tratara, mi corazón vuelve a bombear y mi mente, a hablar. Una sacudida del coxis hasta la nuca. Miles de cosquillas reinan en el interior de la piel. Un oleaje de placer me baña en este mar de orgasmos expandidos. El tercer ojo se dilata y da paso al clímax más inefable. Leo sigue empujando con su polla y mi coño sigue abrazando el placer. Reacciono y cojo el miembro de Ricardo. Hago el intento de llevármelo a la boca, algo que él me facilita. Saboreo sus fluidos, su erección, la suavidad de su glande duro y liso. Los tres estamos vinculados a través del sexo, en un nuevo mundo que decoramos a nuestro antojo y bajo nuestras normas. Qué bien se vive así, la verdad.

Leo me cambia de postura y yo sigo lamiendo la polla de Ricardo, que está a punto de estallar. Sigo jadeando como una loca porque no puedo aguantar la altura en la que me encuentro. Supongo que la libertad es un buen propulsor. Te eleva hasta lo más alto de tu ser para que nades con las estrellas. Adoro el sexo por esto, joder. Leo me embiste con fuerza y el sonido de mis nalgas rebotando contra su pelvis se hace audible. Me giro y observo que está totalmente ido, viendo cómo disfruto con la polla de Ricardo. Sonrío con dulzura. Él sigue frunciendo el ceño y clavando sus ojos azules en los míos verdes. Con sus dos manos me empuja y me mueve a su antojo. Yo solo dejo el culo en pompa para que lo goce.

—Me voy a correr —balbucea.

Me sorprende este aviso. Vaya, parece que al chico que le costaba llegar al orgasmo lo ha superado la situación. Entre sudor, gemidos y empotramientos, Leo se corre. Yo sigo comiéndole la polla a Ricardo, que no tarda demasiado en acompañarnos en este viaje interestelar. El semen inunda toda mi boca y las contracciones disparan las últimas gotas que casi se escapan por el cuerpo de su pene. Saco la lengua y le muestro lo que estoy a punto de tragarme. Su sonrisa no perfecta alivia el ambiente tenso. Glups. Ahora lo ves y ahora no. Magia, querido.

Leo saca el condón, lo ata y se tumba a mi lado. Ricardo hace lo mismo. Nos quedamos callados, en silencio, sin nada que decir. Supongo que no hay palabras para acompañarnos en esta eternidad. Pasan unos minutos, abro los ojos.

—Prometedme que repetiremos esto, por favor —suplico.

Ellos se ríen. Nos miramos los tres. Apoyan sus cabezas más cerca de la mía. Entrelazo mis dedos con los suyos. Suspiro. Creo que ya entiendo cómo se produjo el Big Bang, cómo se creó el universo. Acabamos de hacer exactamente lo mismo.

—Te lo prometo —dice Ricardo.

—Yo también me apunto —añade Leo.

—Ha estado bien, ¿no? —bromea Ricardo.

—Sí, bueno, un polvo normalito —se mofa Leo.

—Oye, cabrones, no me jodáis. Ha estado de puta madre. Casi muero de placer. ¿Eso es posible?

—No lo sé, pero yo he estado cerca —añade Leo.

—La próxima vez os tenéis que liar entre vosotros, chicos, porque yo he tenido mucha faena.

Se produce un silencio incómodo. Vale, voy al rescate.

—Si queréis, claro. Que tampoco estáis obligados. Ricardo, tú eres bisexual, pero Leo...

—Nunca me he acostado con un tío. Esto ha sido lo más cerca que he estado.

—Pero si ni tan siquiera os habéis tocado —exclamo.

—Poco a poco, Alicia.

—Bueno, quién sabe si a la próxima... Porque habrá una próxima, ¿verdad? —vuelvo a insistir.

—¡Que sí! —gritan a la vez.

Nos reímos. Siento tanto amor que me va a estallar el pecho.

—Os quiero, chicos. Gracias por esta experiencia. Ha sido única —digo.

—Yo también te quiero un trozo, Alicia. —Miro a Ricardo y me guiña el ojo.

—Me uno a esta muestra intensa de cariño. Estás descubriéndome un mundo entero, Alicia.

—¡Y lo que te queda! —suelta Ricardo.

—Esto es solo el inicio de tu autodescubrimiento sexual. Sienta bien, ¿eh? —pregunto.

—Es de puta madre. —Leo se ríe.

Estoy algo cansada. El reloj digital marca las seis de la madrugada. La oscuridad sigue reinando en el cielo y mis párpados se caen.

—Me estoy quedando dormida, chicos.

Nos acomodamos. Entiendo que se quedan a dormir conmigo. Me acurruco en medio de ambos cuerpos desnudos. Hacemos una triple cucharita y me siento afortunada por compartir experiencias con personas tan majestuosas, tan brillantes, tan auténticas. Ricardo me acaricia la espalda y me relaja. Poco a poco me quedo dormida abrazando a Leo y dejándome llevar por los dedos delicados de Ricardo.

Escucho en mis sueños que alguien abre la puerta.

—¡Alicia! Despierta, zorra —dice la voz.

Todo pasa en una milésima de segundo. Alguien grita, Leo le sigue, yo también y Ricardo casi se mea encima del susto.

—Pero ¡Emily!

—¡Aaah! Perdón, perdón, perdón —se disculpa. Cierra la puerta de golpe y sale corriendo.

No aguantamos la risa y muevo la cabeza con cierta resignación. Un bostezo, una situación. Miro sus cuerpos inundados por la luz del sol. Qué bellos están. Uno tan tintado, el otro tan blanco. Busco el reloj digital. Son las doce.

—Chicos.

—¿Mmm? —vocaliza Leo.

—Son las doce. ¿Vamos a desayunar?

Ricardo me besa por todo el cuerpo. Yo hago lo mismo con Leo. Este se despierta y se percata de la situación. Se levanta con torpeza y se pone los calzoncillos con total naturalidad. Ricardo y yo observamos su cuerpo desnudo sacado de los setenta. Es el prototipo de hippie nacido varias décadas atrás. Él se peina su melena rubia con los dedos, nos enseña la lengua y sale por la puerta vistiéndose.

—Joder, Alicia, qué hombre tan sexy —me dice Ricardo.

—¿Verdad? Es una locura verlo desnudo.

—Tiene una belleza tan natural...

—Bueno, mira quién fue a hablar. —Lo tumbo en la cama y nos empezamos a besar.

—Como sigamos así, ya sabemos qué vamos a desayunar —susurra.

—Vale, vale. Tienes razón. Además, me estoy meando.

Me visto y bajo las escaleras después de ir al baño. La

gente se está despidiendo. Algunos recogen, otros desayunan. No sabemos muy bien qué ha pasado. Emily me mira y cambia su expresión.

—Tía, perdóname. Yo no sabía...

—Tranquila.

—Pero, zorra, ¿follaste con los dos ayer? —se sorprende.

—Sí, amiga, sí.

Diana se une a la conversación.

—Me ha contado Emily. Estoy flipando.

—Buenos días a las dos, eh.

—Sí, sí, buenos días. Cuenta.

—¿Qué queréis que os cuente?

—¡¡Alicia!! —me gritan.

—Vale, vale. Pues nada, ayer follé con Ricardo y con Leo.

—A la vez.

—Sí, a la vez.

—¿Y?

—Fue brutal.

—Pero ¿Leo es bisexual?

—No, Ricardo y Leo no interactuaron.

—O sea, que te hinchaste a rabo —suelta Emily.

—Siempre tan sutil —añade Diana.

—Estuvo genial, la verdad. Sorprendentemente bien para ser nuestra primera vez juntos. Leo se corrió, Ricardo también y, por supuesto, yo.

—Joder, adoptadme —suplica Emily.

—Si te vas pasado mañana, tía.

—Ay, no digas eso, que me pongo triste y nerviosa.

—¿Qué tal vuestra noche?

—Bueno, la mía no estuvo nada mal. Me acosté con un amigo de Leo, Carlos creo.

—Sí, el saxofonista.

—Ese, ese. Y bien, la verdad. Después me follé a otro

ligue al que había invitado. Ese fue mejor. Bonita despedida madrileña.

—Joder, Emily, ¿y te puedes sentar? —bromeo.

—¿Y tú? —me suelta.

—Jaque mate, amiga.

Ambas miramos a Diana. Ella sonríe como una tonta.

—Rita y yo hicimos un trío.

—¡¿Perdona?!

—Con una chica que vino, creo que es amiga de Ricardo.

—¿Y qué tal? Es tu primer trío —digo.

—No, amiga, lo que te perdiste en Cap d'Agde fue épico —sentencia Emily.

—Es mi primer trío con Rita y ha sido superbonito. Me encanta, chicas, estoy tan enchochada con ella... Es una locura lo que siento —añade.

—Sois mi pareja favorita del planeta —puntualizo.

—Y la mía. ¡Adoptadme! —vuelve Emily.

—¡Si te vas!

—Aaah, no lo digas, ¡que me pongo triste!

Nos reímos y nos abrazamos un buen rato.

—Os voy a echar de menos.

—San Francisco, chicas —susurra Diana.

—Lo prometimos, eh.

—Sí, nos veremos en San Francisco.

Recogemos la basura del césped e intentamos dejar la casa lo más limpia posible. Nos pegamos un último chapuzón y disfrutamos de una barbacoa y del verano que se despide. Ricardo le enseña su furgoneta a Leo y se pasan un buen rato hablando de viajes y nomadismo.

—Un día tenemos que irnos de aventura los tres con la furgoneta —sugiere Ricardo.

—¡Yo me apunto! —digo.

Vaya que si me apunto. Pagaría por eso.

—Claro, cuando queráis. Antes de que llegue el frío. ¡Hagámoslo! —comenta Leo.

Son las seis de la tarde. Dejamos las llaves donde el propietario nos indicó. Diana, Emily y yo nos cogemos fuerte de las manos. Miramos la casa y nos despedimos de ella.

—Ha estado genial —digo.

Y, en ese momento, decimos adiós a una etapa en la que tanto hemos crecido y que tanto nos ha aportado. Abrazamos con miedo un nuevo ciclo que empieza y que nos genera tantas emociones que no sabemos cómo procesarlas, pero que, sobre todo, nos hace sentir vivas. Al final, de eso se trata: de vivir y no de sobrevivir.

XXXI

Serendipia y otros desórdenes de la existencia

Las cajas se amontonan en mi nuevo hogar mientras un gato negro no para de restregarse con ellas marcando, de ese modo, su territorio. «Esto es mío, y esto, y esto, y esto.» Los nuevos compañeros han abierto una botella de vino en señal de bienvenida. Hemos cenado pizza entre anécdotas y risas. Estoy bien, me hace feliz. Mi espacio vital se ha visto reducido considerablemente. He pasado de tener un piso entero para mí sola a una habitación de poco más de quince metros cuadrados. No me importa, en absoluto. Sobre la mesa descansa el contrato editorial que espera mi firma. Me tomo mi tiempo, saboreo este instante único y la incertidumbre de no saber a dónde me llevará el destino. Me da igual, solo quiero seguir caminando por este sendero que yo misma construyo, que yo misma creo. Ese que, de algún modo, sigue unido a ellas. Diana nos ha mandado una foto con unos monos en Bali. Hacemos videollamada todas las noches. Estamos más unidas que nunca. La distancia solo se mide en kilómetros, nada más. Nuestra amistad sigue intacta puesto que, aunque nuestros caminos se separen, el mapa no es tan grande como para no volver a encontrarnos. Emily está de los nervios porque se acerca su examen de acceso a la universidad. Ella cree que entrará y yo no tengo ninguna duda. Ha hablado con James y por fin ha roto con él.

—Lo envié a la mierda, tías. Le dije que era un asco de persona y que había sido una gilipollas al dejarme manipular por él. Le dije que lo quería lo más lejos posible de mi vida. Cerré la puerta, lo he bloqueado en todos lados. ¡Qué liberación! —nos cuenta.

Ha solucionado la situación con su padre y están más unidos que nunca. Cada tarde, se acerca a llevarle flores a su madre y le narra las aventuras del club. «Es una gran admiradora», dice. Intento no ponerme a llorar cada vez que nos habla de ella. Diana todavía sigue sin hablar con sus padres, algo que le pesa. «Es cuestión de tiempo», repite. Su negocio *online* está tomando forma y su motivación sigue en auge. «Al menos para algo han servido los años de Empresariales», se ríe.

Y yo, qué decir. He creado una sinergia única con Leo y con Ricardo. Cuando estamos los tres juntos, lo pasamos en grande. Sí, hemos vuelto a reproducir esas batallas bajo las sábanas y cada vez son más intensas. Hacemos un gran equipo, sin etiquetas. Si nos apetece, nos vemos. Sin presiones, sin obligaciones; con total libertad. De cada uno me pertenece un pequeño trozo, como piezas de un puzle que nos mantiene unidos sin saber muy bien por qué. Hago esfuerzos diarios para no caer en la dependencia emocional, en la fusión, en el amor romántico tóxico y para apaciguar esta soledad. Me estoy acostumbrando a ella, poco a poco. Me gusta la soltería, la verdad.

Tras firmar el contrato con Penguin, me tumbo en la cama. Miro al techo. Nada. No hay manchas. Respiro aliviada y sonrío. Bartolo, ese gato negro que de forma repentina se ha convertido en mi nuevo compañero de habitación, se tumba a mi lado. Y justo en este instante me doy cuenta del significado de aquella mancha en el techo que presidía las noches en Montgat. No era una cabra ni una señal divina. No. Era esa serendipia y otros desórdenes de la existencia que te llevan a tomar las riendas de tu vida. Esas extrañas causalidades que te hacen eterna si te rodeas de las personas correctas. Esa posibilidad de cogerse de la mano y crecer sin limitaciones, sacando lo mejor de cada una, aquello que nunca vemos, lo mismo que otros sí perciben. Era el universo abriéndose ante mí a través del sexo, de la sensorialidad, de las aventuras y de las locuras. Era el inicio hacia mi propio autoconocimiento, hacia la evolución de mi ser, hacia la materialización de los sueños.

Sin duda, esta serendipia y esos desórdenes de la existencia nos llevaron a crear el club. En él siempre seremos zorras, malas y, sobre todo, libres. En él siempre seremos nuestras.

LAS FANTASÍAS DEL CLUB DE LAS ZORRAS

EMILY:

- ~~Probar el MDMA~~
- ~~Participar en una orgía~~
- ~~Follar en un club de intercambio de parejas en Cap d'Agde~~

ALICIA:

- ~~Hacerlo con una tía~~
- ~~Probar el sadomasoquismo~~
- ~~Hacer un trío con dos tíos~~

DIANA:

- ~~Masturbarme y tener un orgasmo~~
- ~~Ir a un festival~~
- ~~Ser otra persona~~

Agradecimientos

Podría empezar estas páginas como hice con las anteriores novelas. Siguen siendo las mismas personas (Carmen, Clara, Bárbara, Anna, Matu, Irene y Eva); la misma madre, a la que adoro; las mismas amigas (mis *perris*, mi *bruji*); las mismas almas que me hacen crecer en el camino (Pablo, Roberto). El mismo equipo, el mismo amor. Pero ¿sabes?, esta vez me lo voy a agradecer a mí. Quizá suene ególatra, lo sé. Créeme que ha sido muy duro y muy difícil terminar esta tercera y última entrega de la trilogía. Justo cuando empecé a escribir, nos confinaron durante varios meses debido a la pandemia. Y así fui incapaz —y reitero, incapaz— de filosofar sobre la libertad cuando me sentía en una puta cárcel donde no me daba el sol y solo veía un enorme bloque de pisos enfrente.

Más tarde, en esta nueva normalidad extraña que nos ha tocado vivir, lo dejé con Lobo, con quien había compartido la vida durante dos años y medio. No te voy a mentir, lo pasé muy mal. En ese proceso de gestión emocional, de duelo, de mudanza, de cambio, acabé *Libres*. Sin quererlo ni buscarlo, escribir me resultó terapéutico. Me permití llorar tan fuerte con capítulos como «La puta soledad», mientras exprimía una copa de vino blanco y me resignaba a la falta de compañía. Me deleité con escenas sexuales tras llevar más de un mes sin catar ni una polla (o coño). Encontré partes de mí misma a raíz de indagar en la cabeza de Alicia, de Diana y de Emily. Y, sobre todo, me dejé salvar por la literatura, la escritura, el trabajo y el propósito.

Es por eso por lo que me apetece agradecerme a mí misma en estas palabras. El haberme permitido ser libre. El aceptar que los caminos a veces se separan, por mucho que duela. El echar de menos dormir acompañada todas las noches y despertar a besos todas las mañanas. El recurrir a series fáciles y vinos rancios como parches para el dolor repentino. El sentir miedo a lo que pueda ser y en lo que me pueda convertir. El haber encontrado un sentido lógico a este caos que alberga mi alma. El querer abrazar la tristeza y la felicidad, puesto que al final son dos caras de la misma moneda. El no parar, el seguir, el dedicar mi vida entera a la liberación del ser. Gracias, sí, Noemí, gracias por no haber dudado ni un segundo de tu camino. Gracias por no haber permitido que el pulso tiemble ni una sola vez. Gracias por abrazar esa soltería que tanto miedo te daba y que era tan necesaria. Gracias por perdonar, por amar, por soltar, por confesar, por eliminar, por no permitir que nadie controle el timón de tu barco. Gracias por los llantos que han protagonizado esas noches de verano, o por las risas (y, por fin, los gemidos, joder) que empiezan a reinar en las noches de otoño. Gracias por haber tenido la capacidad de acabar una puta novela durante el estallido más estremecedor que ha sufrido tu existencia. El punto final de esta trilogía. El inicio de una trayectoria como novelista que, ojalá, sea eterna, como el amor que siento por la profesión.

Y gracias a ti, querida lectora (y querido lector, que después me echáis la bronca porque no pienso en vosotros y, por supuesto, con razón), porque sin ti mi trabajo no tiene sentido. Sin ti mi propósito sería inexistente. Sin ti Alicia,

Diana y Emily no hubiesen cobrado vida. Sin ti no sigo, no avanzo, no crezco. Así que gracias, persona, por hacer que el sistema colapse aún más.

Vendrán más libros, más proyectos, más vídeos, más fotos, más teorías, más prácticas, más libertad. Y ojalá sigas ahí para poder compartir este universo que tengo en mi interior, y para poder estar más cerca del cielo y más lejos de obedecer al aleccionamiento.

Sigamos hackeando el sistema.

MIS FANTASÍAS PENDIENTES